AGATHA CHRISTIE COMPLETE COLLECTION

MURDER IN THE MEWS

MURDER IN THE MEWS

Copyright © 1937 Agatha Christie Limited.
All rights reserved.

AGATHA CHRISTIE, POIROT and the Agatha Christie Signature
are registered trademarks of
Agatha Christie Limited in the UK and elsewhere.
All rights reserved.

Korean Translation Copyright © Minumin 2007, 2013, 2021

Korean translation edition is published by arrangement with
Agatha Christie Limited through Shinwon Agency.

이 책의 한국어판 저작권은 신원 에이전시를 통해
Agatha Christie Limited와 독점 계약한 ㈜민음인에 있습니다.
저작권법에 의해 한국 내에서 보호를 받는 저작물이므로 무단 전재와 무단 복제를 금합니다.

정식 한국어 판 출간에 부쳐

나는 한국에서 우리 할머니의 작품을 정식으로 출간한다는 소식을 듣고 무척 기뻤다. 할머니가 1920년부터 1970년 무렵까지 오랜 세월에 걸쳐 집필한 작품들은 21세기인 지금 읽어도 신선하고 재미있다. 등장 인물들이 워낙 자연스러워서 요즘 사람들과 다를 바 없고 이들이 등장하는 상황과 장소가 전 세계 사람들의 애정과 향수를 자극하기 때문이다. 한국 독자들은 이번에 새로 나온 정식 한국어 판을 통해 그 동안 접하지 못했던 애거서 크리스티의 일부 작품들을 읽을 수 있을 것이다. 덕분에 한국에 새로운 세대의 애거서 크리스티 팬들이 탄생할지도 모르겠다는 생각을 하면 가슴이 벅차다.

애거서 크리스티는 대표적인 두 명의 주인공으로 기억되는 작가이다. 14권의 작품에 등장하는 마플 양은 영국의 작은 시골 마을에서 평온한 나날을 보내며 뜨개질과 수다로 소일하는 미혼의 할머니이지만, 놀라운 기억력과 날카로운 두뇌 회전으로 주변에서 벌어진 살인 사건을 해결한다.

그리고 마플 양과 상반되는 성격을 지닌 에르퀼 푸아로는 자신만만하고 콧수염을 포함한 자신의 외모와 벨기에라는 국적에 대한 자부심이 상당하다. 그는 이집트와 이라크를 비롯한 세계 각지에서 수수께끼를 해결하며 『오리엔트 특급 살인 Murder On The Orient Express』, 『나일 강의 죽음 Death On The Nile』, 『애크로이드 살인 사건 The Murder Of Roger Ackroyd』 등 애거서 크리스티의 여러 대표작에 모습을 드러낸다.

황금가지의 대담하고 참신한 표지와 전반적인 디자인 덕분에 작품의 성격이 잘 살아난 것 같아 기쁘다. 또한 한국 독자들이 할머니의 원작이 지닌 참된 묘미를 느낄 수 있도록 충실한 번역을 위해 애써 준 점도 높이 사고 싶다.

할머니의 작품이 20세기의 그 어떤 작가들보다 많이 팔리고 있는 이유는 나이와 국적에 상관없이 읽을 수 있는 재미와 감동을 갖추었기 때문이다. 모쪼록 한국 독자들도 황금가지에서 선보이는 애거서 크리스티 작품들을 즐겁게 감상하기를 바란다.

매튜 프리처드
애거서 크리스티의 손자
ACL 이사장

내 오랜 친구 시빌 힐리에게 애정을 담아

차례

정식 한국어 판 출간에 부쳐 ——— 5

뮤스가의 살인 ——— 11

미궁에 빠진 절도 ——— 115

죽은 자의 거울 ——— 209

로도스 섬의 삼각형 ——— 349

뮤스가의 살인

제1장

I

"선생님, 이 가이 인형한테 한 푼만 주세요."(영국에서는 화약 음모 사건이 실패로 돌아간 11월 5일을 기념하여 축제를 한다. 아이들은 음모를 주모한 가이 포크스를 인형으로 만들어 구걸을 하고, 사람들은 국왕의 무사를 축하하는 의미에서 불꽃놀이를 즐긴다 — 옮긴이)

얼굴이 때로 얼룩덜룩한 자그마한 소년 하나가 실실 웃으며 말을 걸었다.

"어림도 없는 소리 마라! 이 녀석아, 이런 건 말야……."

재프 경감이 짤막하게 훈계를 하자 소년은 당황해서 급히 내빼며 또래 친구들이 다 들도록 내뱉었다.

"젠장, 경찰만 아니면!"

아이들은 이 말을 듣자마자 가이 포크스 데이 기념가를 부르며 황급히 달아났다.

기억하라 기억하라
11월 5일의
화약 음모 사건을
결코 잊혀서는 안 될
화약 음모 사건을

경감과 함께 걷고 있던 작달막한 중년 신사가 혼자 슬며시 미소를 지었다. 그는 달걀형의 얼굴에 군인을 연상시키는 콧수염을 커다랗게 기르고 있었다.
"트레 비엥(훌륭해), 재프. 설교 한번 근사한데. 아주 잘했어."
그 신사가 말했다.
"별 야비한 구실을 다 만들어서 구걸을 하니 원. 가이 포크스 데이라는 게 이 모양이라니까!"
"재미있지 않나. 이런 축제가 아직까지 계속되고 있다는 게. 불꽃이 저렇게 하늘 높이 올라 펑펑 터지고 있지만 사건의 주모자나 그의 행적은 이미 잊힌 지 오래지."
에르퀼 푸아로가 생각에 잠기며 말하자 런던 경시청 주임경감 재프가 맞장구를 쳤다.
"저 애들 중에도 가이 포크스가 실제 어떤 인물인지 아는 애들은 많지 않을걸."

"머지않아 사람들은 헷갈릴 게 분명해. 11월 5일에 프 다르티피스(불꽃놀이)를 하는 것이 과연 환영의 뜻인지 저주의 뜻인지, 또 국회의사당을 폭파하려던 시도가 죄였는지 숭고한 행동이었는지 말이야."

재프 경감이 킬킬거리며 말을 받았다.

"아마 후자라고 생각하는 사람들도 있겠지."

두 남자는 대로를 벗어나 비교적 조용한 뮤스가(Mews, 옛날 마구간이 모여 있던 거리 이름. 현재는 주택이 들어서 있으며 주로 운전기사들이 모여 산다—옮긴이)로 들어섰다. 이들은 함께 저녁 식사를 마치고 지름길을 따라 에르퀼 푸아로가 머무는 숙소로 가던 참이었다.

거리를 따라 걷는 동안에도 간간이 폭죽 터지는 소리가 들렸다. 이따금 하늘은 황금빛 소낙비로 환하게 빛났다.

"살인하기 좋은 밤이군. 가령 이런 밤에는 총소리가 난다 해도 아무도 못 들을 것 아냐."

경감다운 말이었다.

"그런데도 많은 범죄자가 왜 그런 사실을 이용하지 못하는지 모르겠어. 나는 그게 줄곧 수수께끼였지."

"그거 알아, 푸아로? 자네가 살인을 한번 저지르길 내가 내심 바란다는 거 말이야."

"몽 셰르(아니, 이 친구가)!"

"정말이라고. 그냥, 자네라면 어떤 식으로 살인을 할까 궁금해서 말이지."

"이보게, 친구. 설령 내가 살인을 한다 해도 과연 자네가 그걸 알아챌 수나 있을까? 아마 내가 살인을 했다는 사실조차 모를걸."

재프 경감이 넉살 좋게 웃으며 말했다.

"이 조그만 악마 같으니라고, 건방지기는."

II

다음 날 아침 11시 30분, 에르퀼 푸아로의 전화벨이 울렸다.

"여보세요, 여보세요?"

"여보세요, 푸아로?"

"위 세 무아(그렇습니다만)."

"나 재프일세. 어젯밤에 숙소로 가면서 바슬리 가든스 뮤스가를 지났던 거 기억나?"

"그런데?"

"폭죽이나 불꽃이 그렇게 터져 대면 총으로 사람 하나 죽이는 것쯤은 정말 쉽겠다고 얘기했던 것도 기억나고?"

"물론이지."

"그 뮤스가에서 자살 사건이 일어났어. 14번지. 앨런 부인이라는 젊은 미망인이 죽었어. 지금 가 보려는 참인데, 오지 않겠나?"

"잠깐, 그런데 보통 재프 경감같이 고명하신 분께서 자살 사건 현장에 친히 납셨던가?"

"역시 예리한 친구야. 재프 경감께서 그러실 리가 있나. 사실 담당 의사가 뭔가 이상한 낌새를 눈치챈 것 같아. 어때? 자네가 현장을 좀 봐 줬으면 하는데."

"그렇다면 당연히 가야지. 14번지라고 했나?"

"맞아."

III

푸아로가 바슬리 가든스 뮤스가 14번지에 도착했을 때, 마침 재프를 태운 차도 현장에 도착했다. 차에는 재프 말고도 세 사람이 더 타고 있었다.

많은 사람이 관심을 보이고 있던 터라 14번지는 쉽게 찾을 수 있었다. 운전기사들과 그들의 아내, 사환 소년들, 한가한 백수들, 말쑥하게 차려 입은 행인들과 셀 수도 없이 많은 어린아이가 커다랗게 원을 만들고 서서, 모두 입을 벌린 채 넋 나간 표정으로 14번지를 바라보고 있었다.

제복을 입은 경찰관 한 명이 계단 위에 서서 몰려든 구경꾼들을 있는 힘껏 제지하고 있었다. 재프가 차에서 내리자 카메라를 들고 주변을 예의 주시하던 젊은이들이 정신없이 몰려들었다.

"지금은 해 줄 말이 없습니다."

재프가 그들을 한쪽으로 밀치며 말한 후 푸아로를 보고는 가볍게 인사를 했다.

"왔군. 안으로 들어가지."

재프와 푸아로가 재빨리 안으로 들어가자 뒤에서 문이 닫혔다. 그들은 거의 사다리나 다름없는 계단 발치에 함께 끼여 있는 신세가 되고 말았다.

계단 위쪽에서 한 남자가 나오더니 재프를 알아보고는 말했다.

"이리로 올라오세요, 경감님."

재프와 푸아로는 계단을 걸어 올라갔다.

계단 위에 있던 남자가 왼쪽에 나 있는 문을 열자 작은 침실이 나타났다.

"사건 개요를 듣고 싶어하실 것 같은데요?"

"제대로 맞혔네, 제임슨. 대략 어떤가?"

재프가 묻자 수사과 경위 제임슨이 이야기하기 시작했다.

"사망자는 앨런 부인입니다. 친구 플렌더리스 양과 함께 이곳에서 살고 있었죠. 플렌더리스 양은 시골에 있다가 오늘 아침에 돌아왔습니다. 가진 열쇠로 문을 열고 안에 들어왔는데 아무 기척이 없어서 놀랐답니다. 집안일을 해 주는 파출부는 보통 아침 9시면 온다고 합니다. 플렌더리스 양은 먼저 위층으로 올라와서 자기 방(바로 이 방입니다.)으로 들어갔다가 층계참을 가로질러 친구 방으로 갔습니다. 그런데 안에서 문이 잠겨 있었다고 합니다. 손잡이를 요란하게 돌려보고 문을 두드리며 앨런 부인을 불렀지만 아무 대답도 없더랍니다. 그래서 놀라 경찰서에 전화를 했던 겁니다. 그때가 10시 45분이었습니다. 저희가 곧바로 달려와 문을 따고 안으로 들어갔죠. 앨런 부인은 머리에 총을 맞은 채 끔찍한 몰골로 바닥에 누워 있었습니다. 자동권총 웨블리 25구경을 손에 쥐고 있었고요. 자살이 확실해 보입니다."

"플렌더리스 양은 지금 어디 있나?"

"아래층 거실에 있습니다, 경감님. 아주 멋지고 똑똑한 아가씨예요. 플렌더리스 양부터 만나보시죠."

"플렌더리스 양은 좀 이따 보도록 하지. 지금은 브레트를 먼저 만나 봐야겠어."

재프는 푸아로와 함께 층계참을 가로질러 반대편 방으로 들어갔다. 키가 큰 중년 남자가 재프를 올려다보고 인사를 건넸다.

"안녕하십니까, 재프 경감님. 여기서 보니 반갑군요. 이번 사건은 아주 흥미롭습니다."

재프는 남자 쪽으로 다가갔고, 에르퀼 푸아로는 방 안 전체를 재빨리 훑어보았다.

그 방은 방금 나왔던 방보다 훨씬 큰 데다 내닫이창도 하나 달려 있었다. 앞서 본 방이 단순한 전용 침실이었다면 이 방은 가히 거실로 위장한 침실이라고 할 만했다.

벽면은 은빛, 천장은 에메랄드 빛이었으며 커튼은 은색과 녹색이 섞여 있어 방 안 분위기가 전체적으로 현대적이었다. 방 한구석에 놓여 있는 기다란 소파에는 반짝이는 에메랄드 빛 비단 퀼트가 덮여 있었고, 금색과 은색 쿠션이 몇 개 놓여 있었다. 또 고풍스러운 다갈색 책상과 같은 색으로 된 장롱 하나씩과 크롬 광택이 나는 현대식 의자도 몇 개 놓여 있었다. 그리고 낮은 유리 탁자 위에 담배 꽁초가 가득한 커다란 재떨이가 하나 있었다.

에르퀼 푸아로는 방 안 공기의 냄새를 맡은 후 재프에게로 갔다. 재프는 시체를 내려다보고 서 있었다.

크롬 의자에 앉아 있다가 바닥으로 쓰러진 듯 누워 있는 시체는 스물일곱 살 가량 되어 보이는 젊은 여자로 금발의 미녀였다. 얼굴에 화장기는 거의 없었다. 예쁘고, 뭔가 생각에 잠긴 듯한 얼굴은 약간 멍해 보였다. 머리 왼쪽에서 많은 피가 흘러 나와 굳어 있었고, 작은 권총 한 정을 오른손에 쥐고 있었다. 여자는 목까지 올라오는 간편한 진녹색 실내복을 입고 있었다.

"그런데, 브레트. 뭐가 어떻다는 건가?"

재프가 몸을 옹송그리고 있는 시신을 내려다보며 물었다.

"이런 자세는 충분히 나올 수 있습니다. 스스로 머리에 총을 쏘면 의자에서 미끄러졌을 때 바로 이런 자세가 되겠죠. 더구나 문과 창문 모두 안쪽에서 잠겨 있었고요."

의사가 대답했다.

"자네 말이 맞아. 그런데 뭐가 문제라는 거지?"

"권총을 한번 살펴보세요. 지문 채취반을 기다리느라 아직 만지지는 않았습니다만, 제 말이 무슨 뜻인지 아마 금방 아실 겁니다."

푸아로와 재프는 무릎을 꿇고 앉아 권총을 유심히 살펴보기 시작했다.

"무슨 뜻인지 알겠어. 손 모양 말이야. 스스로 권총을 쥔 것처럼 보이지만 사실은 이 여자가 직접 쥔 게 아냐. 이것 말고 뭐 다른 게 있나?"

재프가 자리에서 일어나며 물었다.

"아직 많습니다. 이 여자는 총을 오른손에 쥐고 있습니다. 총상을 잘 살펴보세요. 왼쪽 귀 바로 위에 대고 쏴야 이런 상처가 생깁니다. 왼쪽 귀 말입니다."

"음, 이건 결정적 단서로군. 지금처럼 오른손에 권총을 들고 방아쇠를 당길 수는 없다는 말이지?"

"장담하건대 전적으로 불가능합니다. 팔을 돌려서 왼쪽 머리를 겨눌 수는 있겠지만 방아쇠를 당기기는 힘듭니다."

"그렇다면 거의 확실해 보이는군. 누군가 다른 사람이 이 여자를 총으로 쏴 죽이고 자살로 위장한 거야. 그런데 문이랑 창문이 다 잠겨 있었다면서?"

이 말에 제임슨 경위가 대답했다.

"창문은 닫힌 채 빗장이 걸려 있었습니다. 문도 잠겨 있었는데 열쇠는 찾을 수 없었습니다."

재프가 고개를 끄덕였다.

"큰 실수를 했군. 누가 그랬는지는 몰라도 아마 문을 잠그고 떠나면서 제발 열쇠가 없다는 사실을 사람들이 알아채지 못하기만을 바랐겠지."

푸아로가 중얼거렸다.

"세 베트 사(어리석은지고)!"

"이보게 푸아로, 진정하게. 다른 사람들이 자네처럼 머리가 지독히 좋다고 생각하면 오산이야. 사실 이런 건 간과하기 아주 쉬운 사소한 부분 아닌가. 문이 잠겨 있다, 사람들이 열고 들어온다, 여자 시체가 발견된다, 손에 총을 쥐고 있는 그녀는 분명 자살한 것처럼 보인다, 자기가 문을 잠그고 총으로 자살한 것이다 등등. 열쇠를 찾으러 돌아다니지는 않을 거야. 사실 플렌더리스 양이 경찰서에 연락한 게 다행이지. 이웃에 사는 운전기사를 한두 명 불러다가 문을 열 수도 있었을 텐데 말이야. 그러면 열쇠 따위는 전혀 문제 되지 않았을 거라고."

"그래, 나도 그 말이 맞다고 생각하네. 사람들은 대부분 당연히 그렇게 대처할 거야. 경찰은 최후의 방책이지. 그렇지 않은가?"

푸아로는 아직도 시체를 내려다보고 있었다.

"뭐 걸리는 거라도 있나?"

무심코 던진 질문인 듯했지만 재프의 눈은 날카롭게 빛났다.

에르퀼 푸아로는 고개를 서서히 저으면서 말했다.

"손목시계를 보고 있었네."

푸아로는 몸을 구부려 손가락 끝으로 시계를 살짝 건드렸다. 여자는 총을 쥐고 있던 오른손 손목에 검정색 명주 줄에 보석을 장식한 고급 시계를 차고 있었다.

"꽤 좋은 물건인데. 값 좀 나가겠어."

재프가 호기심에 불타는 눈빛으로 말하며 고개를 들어 푸아로를 바라보았다.

"이 시계에 뭔가가 있나 보지?"

"그럴 가능성이 있네."

푸아로는 방 한구석에 놓여 있는 책상으로 걸음을 옮겼다. 전면 덮개를 아래로 내릴 수 있는 책상이었다. 책상은 방 안 분위기와 잘 어울리도록 우아하게 배치되어 있었다.

책상 한가운데에는 다소 커 보이는 은빛 잉크스탠드가, 그 앞에는 반짝반짝 윤이 나는 압지대가 하나 놓여 있었다. 압지대 왼쪽에는 유리로 된 에메랄드 색 펜접시가 있었고, 그 안에 녹색 봉랍을 바른 은색 펜대 하나와 연필 한 자루, 도장 두 개가 들어 있었다. 압지대 오른쪽은 요일과 날짜를 알려주는 이동식 달력이 차지했다. 또 구형으로 된 자그마한 유리 항아리도 있었는데, 그 안에는 화려한 모양의 에메랄드 색 깃펜이 하나 들어 있었다. 푸아로는 그 펜에 흥미가 있는 듯 꺼내어 살폈지만 펜에 잉크가 묻은 흔적은 전혀 없었다. 장식용으로만 사용했던 게 분명했다. 펜촉에 잉크가 묻어 있는 걸로 보아 필기용으로 사용한 것은 은색 펜대였다. 그는 달력으로 시선을 옮겼다.

"11월 5일 화요일. 어제 날짜로군. 모두 이상 없어."

재프가 브레트에게 몸을 돌리며 말했다.

"이 여자 죽은 지는 얼마나 된 건가?"

"어젯밤 11시 33분에 살해당했습니다."

브레트가 머뭇거리지도 않고 말했다.

그러더니 재프가 놀라는 표정을 짓자 싱긋 웃으며 말했다.

"죄송합니다, 영감님. 소설에 나오는 대단한 의사 양반 흉내 한번 내 봤습니다. 사실 제가 말씀드릴 수 있는 최대 근사치는 11시예요. 오차 범위는 전후 1시간이고요."

"난 손목시계가 멈추기라도 한 줄 알았지."

"손목시계가 멈춰 있긴 한데 4시 15분입니다."

"이 여자가 4시 15분에 살해당했을 리는 없을 것 같은데."

"그 부분은 확신하셔도 좋습니다."

푸아로는 그때 압지대 표지를 막 넘겨 본 참이었다.

재프가 말했다.

"훌륭한 생각이야. 하지만 운이 안 따르는군."

압지대에는 아무 흔적도 없었다. 푸아로가 압지를 계속 넘겨보았지만 새하얀 종이뿐이었다.

푸아로는 쓰레기통으로 눈길을 돌렸다.

쓰레기통에는 찢어진 편지 두세 개와 광고지 몇 개가 들어 있었다. 모두 한 번만 찢은 터라 다시 맞추기는 수월했다. 하나는 퇴역 군인을 원조하는 협회에서 돈을 좀 보내 달라는 내용이었고, 또 하나는 11월 3일에 칵테일파티에 초대한다는 내용이었다. 다른 하나에는 양장점 주인과 방문 약속을 하는 내용이 적혀 있었다. 광고지는 특가로 모피를 판매한다는 내용과 백화점에서 온 카탈로그였다.

"아무것도 없는데."

재프가 말했다.

"그래, 뭔가 이상해……."

푸아로가 말했다.
"보통 자살할 때는 유서를 남기는데 말이지?"
"바로 그거네."
"그렇다면 자살이 아니라는 증거가 하나 더 추가된 셈이로군."
재프가 자리를 떠나며 말했다.
"부하들에게 이제 일을 시작하라고 해야겠어. 우리는 내려가서 플렌더리스 양을 만나 보자고. 가지, 푸아로?"
푸아로는 책상과 그 위에 놓인 물건들에 아직도 관심을 갖고 있는 듯했다. 방을 나서며 문간에 이르렀을 때 그는 몸을 돌려 화려한 모양의 에메랄드 색 깃펜에 눈길을 던졌다.

제2장

좁다란 계단 발치에 있는 문으로 들어서자 커다란 거실이 나타났다. 사실 거실이라고 해 봤자 예전에 마구간으로 사용하던 곳을 개조한 것이었다. 벽은 거칠게 회칠이 되어 있었고, 그 위에 동판화와 목판화가 몇 개 걸려 있었다. 거실에는 두 명이 자리하고 있었다.

한 명은 난롯가 의자에 앉아 불을 향해 손을 뻗고 있었다. 까무잡잡한 피부에 나이는 스물일고여덟 정도 된 듯한 젊은 여자였는데 똑똑해 보였다. 다른 한 명은 넉넉한 몸집의 중년 여자로 망태기를 하나 들고 있었다. 두 남자가 들어섰을 때 그녀는 가쁜 숨을 몰아쉬며 이야기 중이었다.

"……그러니까 말이에요, 아가씨. 어찌나 놀랐는지 서 있던 자리에서 그냥 쓰러질 뻔했다니까요. 하필이면 왜 오늘 아침에……."

함께 있던 젊은 여자가 말을 끊었다.

"이제 그만해요, 피어스 부인. 경찰분들이 오신 것 같으니까."
"플렌더리스 양 되십니까?"
재프가 앞으로 다가가며 묻자 젊은 여자가 고개를 끄덕였다.
"네, 맞아요. 이쪽은 저희 집에 매일 일하러 오는 피어스 부인이고요."
못 말리는 피어스 부인이 다시 말을 늘어놓기 시작했다.
"방금 플렌더리스 아가씨에게도 말하던 참이지만, 하필이면 오늘 아침에 제 조카인 루이자 모드가 또 발작을 일으켰지 뭐예요. 돌봐 줄 사람은 저뿐이고 항상 가족밖에 없다고 말해 온 터라 앨런 부인도 충분히 이해해 주실 거라 생각했어요. 물론 숙녀분들 맘을 상하게 할 뜻은 없었지만……."
이쯤에서 재프가 잽싸게 끼어들었다.
"그러셨군요, 피어스 부인. 이제 제임슨 경위와 함께 주방으로 가서서 간략하게 이야기를 해 주시지요."
피어스 부인이 쉴 새 없이 떠들어대며 제임슨과 함께 방을 나섰다. 비로소 소란스러운 수다에서 벗어난 재프가 다시 젊은 여성에게 관심을 집중했다.
"나는 재프 경감이라고 합니다. 그럼 오늘 사건에 대해서 알고 있는 대로 모두 말해 줄 수 있겠습니까, 플렌더리스 양?"
"물론이죠. 어떤 이야기부터 시작해야 하나?"
그녀의 침착함은 존경스러울 정도였다. 지나치게 딱딱한 태도가 부자연스럽긴 했지만, 그것 말고는 그녀에게서 슬프다거나 놀란 기색은 전혀 찾을 수 없었다.

"오늘 아침 이곳에 도착한 게 몇 시였나요?"

"10시 30분이 되기 전이었던 것 같아요. 저 늙은 거짓말쟁이 피어스 부인은 제가 도착했을 때 여기 없었어요."

"그런 일이 자주 있습니까?"

제인 플렌더리스는 어깨를 으쓱해 보이며 말했다.

"일주일에 두 번 정도는 12시나 돼야 나와요. 아예 안 올 때도 있고. 원래는 9시까지 나와야 하는데 말이죠. 일주일에 두 번은 몸이 아프거나 식구 중 한 사람이 갑자기 병에 걸리곤 하죠. 이런 파출부들은 다 그래요. 때때로 사람을 실망시키죠. 그렇다고 떠도는 소문만큼 나쁜 여자는 아니지만."

"피어스 부인을 파출부로 쓴 지는 오래됐습니까?"

"한 달 남짓이오. 지난번 파출부는 자꾸 물건에 손을 대서요."

"오늘 아침 이야기를 이어서 해 주시겠습니까, 플렌더리스 양?"

"택시비를 지불하고 내려서 여행 가방을 들고 피어스 부인을 찾았지만 보이지 않았어요. 그래서 위층 내 방으로 올라갔지요. 방을 좀 정리한 뒤에 바버라 방으로 갔어요. 앨런의 이름이 바버라예요……. 그때 문이 잠긴 걸 알았죠. 손잡이를 이리저리 돌려 보고 문을 두드려 봤지만 아무 대답이 없었어요. 그래서 아래층으로 내려가 경찰서에 전화를 건 거예요."

순간 푸아로가 끼어들어 재빨리 날카로운 질문을 던졌다.

"잠깐 실례합니다. 문을 부수고 들어가 볼 생각은 안 하셨나요? 이 거리에 사는 운전기사들의 도움을 빌리면 가능했을 텐데?"

플렌더리스 양이 고개를 돌려 푸아로를 쳐다보았다. 멋진 회녹색 눈동자였다. 어떤 사람인지 살피려는 듯 그녀의 눈이 푸아로를 재빨리 훑었다.

"그런 생각은 전혀 안 했어요. 뭔가 잘못되었다면 경찰을 부르는 것이 맞다고 생각했거든요."

"계속 끼어들어서 미안하지만, 그렇다면 마드무아젤께서는 뭔가가 잘못됐다고 생각했다는 겁니까?"

"당연하죠."

"노크 소리에 아무 대답이 없어서? 하지만 친구가 수면제를 먹고 잠이 든 것일 수도 있지 않습니까."

"바버라는 수면제 같은 건 먹지 않았어요."

플렌더리스 양이 앙칼진 목소리로 대답했다.

"아니면 문을 잠그고 어디 다른 곳에 갔을 수도 있지 않겠습니까?"

"바버라가 왜 문을 잠그고 나가요? 그리고 무슨 일이 있으면 바버라는 항상 제게 메모를 남겼어요."

"그런데 이번에는 아가씨에게 메모를 남기지 않았다? 그건 분명한 사실입니까?"

"당연하죠. 메모를 남겼다면 바로 봤을 거예요."

그녀의 목소리는 한층 더 날카로워졌다.

이번엔 재프가 물었다.

"그런데 열쇠 구멍을 살펴볼 생각은 안 했습니까, 플렌더리스 양?"

제인 플렌더리스가 생각에 잠겼다가 말했다.

"네. 그 생각은 전혀 못 했어요. 하지만 당연히 아무것도 안 보였겠죠, 안 그래요? 열쇠 구멍에 열쇠가 꽂혀 있었다면 말이에요."

그녀의 탐색하는 듯한 눈이 재프와 마주쳤다. 커다랗게 뜬 눈에서는 악의를 찾아볼 수 없었다. 순간 푸아로는 혼자 미소를 지었다.

재프가 말했다.

"물론 꽤 대처를 잘하셨습니다, 플렌더리스 양. 아가씨는 친구가 자살할 이유가 전혀 없다고 생각하고 있지요?"

"그럼요."

"혹시 걱정거리나 어떤 문제가 있는 것 같지는 않았습니까?"

순간 침묵이 흘렀다. 약간 뜸을 들인 후 플렌더리스가 대답했다.

"없었어요."

"바버라가 권총을 갖고 있다는 사실은 알고 있었습니까?"

"네, 인도에서 구입한 거예요. 항상 방 안 서랍에 넣어뒀어요."

"음, 소지 허가증은 있었습니까?"

"아마도 그럴 거예요. 확실하지는 않아요."

"그럼 이제는 앨런 부인에 대해 알고 있는 걸 모두 말해 주겠습니까, 플렌더리스 양? 얼마나 오랫동안 알고 지냈는지, 그녀의 가족은 어디 사는지 등 모든 걸 사실대로 말해 줬으면 합니다."

제인 플렌더리스는 고개를 끄덕이고 말했다.

"바버라와는 5년 동안 알고 지낸 사이예요. 제가 처음으로 해외여행을 갔을 때 만났죠. 정확히 말하면 이집트에서였어요. 바버라는 인도에서 집으로 돌아가는 길이었고, 저는 아테네에 있는 영국 국

제 학교에 잠시 있다가 집으로 돌아오기 전에 몇 주 동안 이집트를 여행하던 중이었어요. 그때 나일강 유람선을 탔는데 거기서 만나 우리는 친구가 되었고 서로에게 호감을 가졌죠. 당시 저는 아파트나 작은 집을 함께 쓸 사람을 찾고 있었어요. 바버라는 이 세상에서 그 누구보다도 외로운 아이였죠. 우리는 함께 잘 지낼 수 있을 거라 생각했어요."

"함께 지내는 동안에는 문제가 없었습니까?"

푸아로가 물었다.

"아주 잘 지냈어요. 각자 만나는 친구들도 있었고요. 바버라는 그 애의 취향에 맞게 좀 더 사교적인 사람들을 만났어요. 제 친구들은 보다 예술적인 기질이 있는 사람들이고. 이렇게 달라서 더 잘 지낼 수 있었지 않았나 싶어요."

푸아로는 고개를 끄덕였다. 재프가 말을 이었다.

"앨런 부인의 가족에 대해서는 알고 있는 게 없습니까? 아가씨를 만나기 전에는 어떻게 살았는지도 궁금하고."

제인 플렌더리스는 어깨를 으쓱하며 말했다.

"그렇게 많이 알지는 못해요. 결혼 전 성은 아미티지라고 했던 것 같은데."

"남편은 어떤 사람이었습니까?"

"제 생각에는 딱히 내세울 만한 게 없는 사람이었던 것 같아요. 술을 많이 마셨던 것 같고요. 제 추측으로는 결혼하고 나서 한 1~2년 뒤에 죽은 듯해요. 둘 사이에 여자 아이가 하나 있었는데 세 살 때

죽었고요. 바버라는 남편 이야기는 별로 하지 않았어요. 열일곱 살 정도 되었을 때 인도에서 결혼을 한 것 같아요. 그 후에는 보르네오 인가, 왜 사람들이 무뢰한들을 보내는 그런 황량한 곳으로 갔다고 해요. 하지만 가슴 아픈 이야기인 것 같아서 되도록 말을 꺼내지 않았어요."

"앨런 부인이 경제적으로 어려움을 겪지는 않았습니까?"

"네. 결코 그렇지는 않았어요."

"빚이 있다거나, 뭐 그런 일도?"

"전혀요. 그런 문제를 겪을 리는 절대 없어요."

"한 가지 질문을 더 하겠습니다. 플렌더리스 양, 이건 꼭 필요한 질문이니 심기가 거슬리더라도 대답해 주었으면 합니다. 혹시 앨런 부인이 따로 만나는 남자들은 없었습니까?"

제인 플렌더리스는 아무렇지도 않다는 듯 대답했다.

"그 질문에 대한 답이 될지 모르겠지만, 바버라에게는 약혼한 남자가 있었어요. 둘은 결혼할 예정이었고요."

"약혼한 남자의 이름은 뭡니까?"

"찰스 래버튼웨스트요. 햄프셔 주 어딘가의 하원 의원이에요."

"알고 지낸 지는 얼마나 됐지요?"

"1년 조금 넘었죠."

"그럼 약혼한 지는 얼마나 됐습니까?"

"두…… 아니, 거의 석 달이 다 됐네요."

"당신이 보기에 두 사람이 싸우는 일은 없었습니까?"

플렌더리스 양은 고개를 저으며 말했다.

"없었어요. 그런 일이 있었으면 놀랐을 거예요. 바버라는 절대 누군가와 싸우는 법이 없었어요."

"앨런 부인을 마지막으로 본 게 언제였지요?"

"지난주 금요일이오. 주말 여행을 떠나려고 집을 나서기 직전에 봤어요."

"그럼 플렌더리스 양은 어디에서 주말을 보냈습니까?"

"에섹스 레이델스의 레이델스 홀에서요."

"당신과 함께 있던 사람들의 이름을 대 주시겠습니까?"

"벤팅크 부부요."

"오늘 아침에 그들과 헤어졌고?"

"네."

"아주 일찍 집을 나서야 했겠습니다."

"벤팅크 씨가 차로 데려다 주셨어요. 런던에 10시까지 도착해야 할 일이 있어서 일찍 출발하셨죠."

"그렇군요."

재프는 알겠다는 듯이 고개를 끄덕였다. 플렌더리스 양의 대답은 모두 시원시원하고 설득력이 있었다.

이제 차례가 되었다는 듯 푸아로가 질문을 던졌다.

"마드무아젤께서는 래버튼웨스트에 대해 어떻게 생각합니까?"

플렌더리스 양은 어깨를 으쓱하면서 말했다.

"그게 중요한가요?"

"아니요, 중요하지 않을 수도 있어요. 그래도 마드무아젤의 생각이 들고 싶군요."

"그 사람에 대해서는 깊이 생각해 본 적이 없어요. 젊은 사람이고, 나이가 서른하나인가 둘인가 그래요. 뛰어난 웅변가에 출세를 꿈꾸는 야심가죠."

"그건 좋은 면이군요. 나쁜 면은 뭐지요?"

플렌더리스 양은 한동안 생각하더니 말했다.

"글쎄요, 제가 보기에 그는 진부했어요. 생각하는 게 특별히 독창적인 면이 없었죠. 약간 거만하기도 했고요."

"그런 것들은 그다지 심각한 결점은 아닌 것 같은데요, 마드무아젤. 그렇지 않나요?"

푸아로가 미소를 지으며 말하자 플렌더리스가 약간 비꼬는 듯한 투로 말했다.

"선생님에게나 그렇겠죠."

하지만 약간 당황하는 기색이었다. 푸아로는 이때를 놓치지 않고 파고들었다.

"그런데 앨런 부인은 그의 그러한 결점을 전혀 눈치 채지 못했군요."

"제 말이 바로 그거예요. 바버라는 그가 정말 멋진 사람이라고 생각했어요. 그가 내세우는 말들을 곧이곧대로 믿었다니까요."

푸아로가 온화한 목소리로 물었다.

"마드무아젤께선 친구를 좋아했군요?"

순간 플렌더리스가 무릎 위에 놓인 손을 꽉 쥐고, 입을 악 다무는 게 보였다. 하지만 플렌더리스는 감정이 전혀 섞이지 않은 무미건조한 목소리로 대답했다.

"선생님 말씀이 맞아요. 전 바버라를 좋아했어요."

재프가 물었다.

"한 가지만 더 물어보겠습니다, 플렌더리스 양. 혹시 바버라와 다툰 적은 없었습니까? 사이가 틀어질 만한 일은 없었느냐는 이야기입니다."

"절대 없었어요."

"약혼 문제와 관련해서도 말입니까?"

"당연하죠. 저는 바버라가 행복해질 수 있어서 기뻤는걸요."

잠시 침묵이 흐른 후 재프가 입을 열었다.

"혹시 아가씨가 아는 사람 중에서 앨런 부인의 적이라고 할 만한 사람은 없었습니까?"

이번에 제인 플렌더리스는 확실히 뜸을 들이고 나서 대답했다. 목소리는 아주 약간이긴 하지만 분명 바뀌어 있었다.

"적이란 어떤 사람을 말하는 거죠?"

"예를 들어 앨런 부인이 죽었을 때 이득을 볼 사람이라든가?"

"그건 정말 말도 안 돼요. 바버라는 수입이 아주 적었는걸요."

"어쨌든 그 수입은 누구에게 돌아가죠?"

제인 플렌더리스는 약간 놀란 듯한 목소리로 이렇게 대답했다.

"저, 그런 건 정말 몰라요. 하지만 만일 저에게 그 수입이 돌아온다고 해도 별로 놀라지 않을 거예요. 그러니까 제 말은 만일 바버라가 유서라도 남겼다면 말이죠."

"다른 면에서 적이 될 만한 사람은 없습니까? 앨런 부인에게 원한을 가진 사람은 없었느냐는 뜻입니다."

재프가 재빨리 화제를 돌리며 물었다.

"바버라에게 원한 같은 걸 가진 사람은 없을 거예요. 바버라는 너무나 마음이 따뜻한 아이인 데다 항상 다른 사람들을 기쁘게 해 주려고 애썼으니까요. 바버라는 정말 사랑스러운 아이였어요."

처음으로 플렌더리스의 딱딱하게 굳은 듯한 무미건조한 목소리가 흔들렸다. 푸아로는 부드럽게 고개를 끄덕였다.

"결국 이렇게 요약할 수 있겠군요. 앨런 부인은 최근 행복한 시간을 보내고 있었다. 경제적 문제도 전혀 없었고, 약혼자와 결혼할 예정이었으며, 약혼 사실에 행복해했다. 그녀가 자살할 이유 같은 건 전혀 없다. 맞습니까?"

재프가 묻자 잠시 침묵이 흐른 후 제인이 말했다.

"그래요."

재프가 자리에서 일어섰다.

"그럼 실례하겠습니다. 제임슨 경위와 이야기를 좀 나눠봐야겠으니."

재프가 방을 나서자 방 안에는 에르퀼 푸아로와 제인 플렌더리스 단둘만 남게 되었다.

제3장

잠시 침묵이 감돌았다.

제인 플렌더리스는 살피는 듯한 눈초리로 작달막한 중년 신사를 재빨리 훑어보았다. 하지만 그러고 난 후에는 정면만 응시한 채 입을 열지 않았다. 그러나 그의 존재를 의식하고 있다는 것을 알 수 없는 긴장감 속에서 절로 느낄 수 있었다. 플렌더리스는 미동도 하지 않았지만 결코 편해 보이지 않았다. 마침내 푸아로가 침묵을 깨고 입을 열자 플렌더리스는 그제야 안심하는 듯했다. 평소의 상냥한 목소리로 푸아로가 질문을 했다.

"난롯불을 언제 켰습니까, 마드무아젤?"

"난롯불이오?"

플렌더리스가 약간 멍한 목소리로 불분명하게 대답했다.

"아, 아침에 집에 도착하자마자요."

"위층으로 올라가기 전이었습니까, 아니면 그 이후였나요?"

"전이었어요."

"알겠습니다. 그렇다면, 당연히…… 땔감은 이미 난로에 들어 있었겠네요. 아니면 마드무아젤께서 직접 마련했나요?"

"땔감은 난로에 있었어요. 저는 성냥으로 불만 붙이면 됐지요."

그녀의 목소리가 약간 초조했다. 푸아로가 말을 거는 것이 영 미심쩍은 게 분명했다. 아무래도 이 사람은 계속 말을 시킬 작정인 것 같았다. 어쨌든 푸아로는 조용한 목소리로 계속 대화를 이어갔다.

"그런데 당신 친구, 그러니까 그녀의 방에는 가스난로밖에 없던데요?"

제인 플렌더리스는 기계적으로 대답했다.

"석탄 난로는 이것뿐이에요. 다른 것들은 전부 가스난로고요."

"그럼 요리도 가스로 합니까?"

"요새는 다 그런 줄로 아는데요?"

"그렇지요. 힘이 훨씬 덜 드니까."

짤막하게 오가던 대화가 잠시 멈추었다. 제인 플렌더리스가 신발로 바닥을 두드리는 소리가 들렸다. 그러더니 불쑥 이렇게 말했다.

"재프라는 저 경감님은 실력이 좋은가요?"

"그는 아주 믿을 만한 사람입니다. 평판이 아주 좋지요. 성실하고 아주 철저하게 일하기 때문에 그를 빠져나갈 수 있는 범인은 거의 없다고 봐도 좋습니다."

"전……."

플렌더리스가 중얼거렸다.

푸아로는 그녀를 바라보았다. 난롯불에 비쳐 푸아로의 눈은 더욱 푸른빛을 띠었다. 그가 조용한 목소리로 물었다.

"친구가 죽어서 아주 놀랐겠어요?"

"정말 끔찍한 기분이에요."

그녀가 갑자기 속마음을 터놓고 말했다.

"전혀 생각지 못했던 일이겠군요?"

"당연하죠."

"처음 소식을 들었을 때 말도 안 된다고 생각했겠네요. 어떻게 이런 일이 있나 싶지 않았습니까?"

푸아로가 동정심을 담아 조용하게 말하자 그제서야 제인 플렌더리스는 방어하던 태도를 누그러뜨리는 듯했다. 시종 뻣뻣하게 말하던 그녀가 친구의 죽음을 맞은 사람답게 흥분해서 대답했다.

"그러니까요, 설령 바버라가 자살을 했다고 해도 그런 식으로 죽으리라고는 상상이 안 가요."

"하지만 바버라는 총을 가지고 있었잖습니까?"

제인 플렌더리스는 초조한 모습으로 말했다.

"그렇긴 하죠. 하지만 그 총은……. 바버라가 오랫동안 곁에 뒀던 거예요. 사람이 별로 없는 곳을 두루 다녔기 때문에 습관처럼 가지고 있었던 거죠. 뭐 특별한 생각이 있어서가 아니고요. 그 점은 확실해요."

"그렇군요. 그런데 그렇게 확신하는 이유라도 있나요?"

"아, 바버라가 했던 말들을 되새겨 보면 그래요."

"예를 들면?"

푸아로의 목소리는 매우 상냥하고 부드러웠다. 그 미묘한 힘에 이끌려 플렌더리스는 말을 이어갔다.

"음, 예를 들면 언젠가 바버라와 함께 자살에 대해 이야기한 적이 있어요. 바버라는 가스난로를 켜고 방에 있는 틈을 모조리 막은 다음에 잠들기만 하면 자살은 식은 죽 먹기라고 누차 말했죠. 전 그 방법은 불가능할 것 같다고 했어요. 가만히 누워서 죽기를 기다린다는 것 말이죠. 전 그보다는 차라리 총으로 자살하겠다고 했어요. 그러자 바버라는 그건 싫다고, 결코 총으로 자기를 쏠 수는 없을 거라고 말했어요. 만약 총을 잘못 쏘기라도 하면 너무 무서울 것 같다고요. 총소리도 너무 싫다고 했고요."

"그렇군요. 마드무아젤 말씀대로라면 이상하긴 하군요……. 방금 말한 대로 앨런 부인의 방에는 난로가 있지 않았습니까."

제인 플렌더리스는 약간 놀란 표정으로 푸아로를 바라보았다.

"맞아요. 가스난로가 있었죠……. 이해가 안 가요. 도대체 왜 그 방법으로 죽지 않은 것인지 전혀 이해할 수가 없어요."

푸아로가 고개를 끄덕이며 말했다.

"그래요. 이상한 점이 있군요. 다소 부자연스러운 부분이."

"저는 이 모든 게 부자연스럽게 보이는 걸요. 아직도 바버라가 자살했다는 게 믿어지지가 않아요. 자살인 게 틀림없나요?"

"음, 한 가지 다른 가능성이 있긴 합니다."

"무슨 말씀이죠?"

푸아로는 플렌더리스를 똑바로 쳐다보았다.

"살인일 수도 있다는 뜻이죠."

"이런, 말도 안 돼요."

제인 플렌더리스는 움츠러들며 재차 말했다.

"말도 안 돼요! 그런 끔찍한 말씀을 하시다니!"

"끔찍한 말일 수도 있습니다. 하지만 살인이 아닐 거라고 확신하시는 이유라도 있습니까?"

"문이 안에서 잠겨 있었는걸요. 창문도 마찬가지고요."

"문이 잠겨 있었던 건 맞아요. 하지만 문을 안에서 잠갔는지 밖에서 잠갔는지 증거는 아무것도 없습니다. 아가씨도 알겠지만 열쇠가 사라졌으니."

"그렇다면, 그러니까 열쇠가 사라지고 없다면······."

플렌더리스는 잠시 뜸을 들였다가 말했다.

"분명 밖에서 잠근 거겠죠. 그렇지 않다면 방 안 어딘가에 열쇠가 있어야 하잖아요."

"방 안에 있을 수도 있어요. 아직 방 안을 샅샅이 찾아보지 않았으니까. 아니면 창문 밖으로 던져 버린 것을 누군가 주워갔을 수도 있고."

"살인이라니!"

제인 플렌더리스는 그 가능성을 곰곰이 생각하는 듯했다. 총명함이 엿보이는 그녀의 얼굴에 단서를 잡으려는 기미가 역력했다.

"선생님 말씀이 맞는 것 같아요."

"하지만 살인이라면 동기가 있을 겁니다. 동기가 무언지는 아가씨도 잘 알지요?"

플렌더리스는 천천히 고개를 가로저으며 부정했다. 하지만 푸아로는 제인 플렌더리스가 뭔가를 의도적으로 숨기고 있다는 인상을 받았다. 그때 재프가 문을 열고 들어왔다.

푸아로가 자리에서 일어서며 말했다.

"플렌더리스 양에게 친구분이 자살한 게 아닐 수도 있다는 이야기를 하고 있었지."

순간 재프가 난처한 표정을 지었다. 그러고는 책망하는 듯한 눈길로 푸아로를 흘깃 쳐다보았다.

"뭔가를 단정하기에는 아직 좀 이릅니다. 알다시피 우리는 항상 모든 가능성을 생각해 봐야 하니까. 지금으로서는 그 말씀밖에 드릴 게 없습니다."

제인 플렌더리스가 조용한 목소리로 대답했다.

"무슨 말씀인지 알겠어요."

재프가 그녀에게 다가갔다.

"그런데 플렌더리스 양, 혹시 전에 이 물건 본 적 있나요?"

재프의 손바닥 위에 에나멜로 된 진청색의 조그만 타원형 물건이 놓여 있었다.

제인 플렌더리스는 고개를 저으며 말했다.

"아니요, 한 번도 본 적 없는데요."

"아가씨 것도, 앨런 부인 것도 아니죠?"
"네. 그건 여자들이 쓰는 물건이 아니잖아요. 그렇지 않나요?"
"뭔지는 아시는군요."
"그런 건 딱 보면 알 수 있어요. 남자들이 쓰는 커프스 단추 한쪽이니까요."

제4장

"저 아가씨는 너무 건방진걸."

재프가 불평하듯 말했다.

재프와 푸아로는 다시 앨런 부인의 방에 와 있었다. 사진을 찍은 뒤 시체를 치우고 지문 채취반이 작업을 마치고 떠난 뒤였다.

"저 아가씨는 만만히 볼 사람이 아니야. 단언컨대 결코 만만하지 않지. 오히려 아주 똑똑하고 재간도 뛰어난 아가씨일세."

푸아로가 동의했다.

재프가 얼굴에 일말의 희망을 나타내며 말했다.

"저 여자가 죽였을 거라고 생각하지 않나? 그럴 수도 있지 않을까. 알리바이를 철저히 조사해 봐야겠어. 신출내기 하원 의원인 그 젊은 남자를 두고 다퉜을 수도 있어. 내가 보기엔 그에 대해 말할 때 좀 가혹한 면이 있었거든. 어딘가 수상해. 그 남자를 좋아했는데 거절당한 것처럼 말이지. 마음만 먹으면 누구든 처치할 수 있는 여자야. 그러면서도 아주 태연할 수 있는 여자이기도 하지. 그래, 알리바이를 철저히 조사해 볼 필요가 있어. 사실 에식스주는 그렇게 먼 곳에 있는 게 아니니까. 기차도 많고, 빨리 달리는 차를 탔을 수도 있고. 혹시 어젯밤에 머리가 아프다며 일찍 잠자리에 든 건 아닌지 알아봐야겠어."

"자네 말도 일리는 있군."

푸아로가 동의했다.

"그런데, 뭔가 숨기는 게 있는 거 같아. 자네도 느꼈지? 저 아가씬 뭔가 알고 있다고."

재프의 말에 푸아로가 신중한 태도로 고개를 끄덕이며 말했다.

"음, 그 점은 분명히 보이네."

"이런 사건은 항상 그런 게 골칫거리라니까. 사람들이 입을 열려고를 안 하니, 원. 물론 아주 고상한 동기가 있을 때도 있지만."

재프가 불평했다.

"그들을 탓할 수야 없지 않겠나, 친구."

"그래. 하지만 그것 때문에 일이 갑절은 힘들어지니 하는 말일세."

재프가 툴툴대자 푸아로가 위로하듯 말했다.

"덕분에 자네가 천재성을 한껏 발휘할 수 있는 거지. 그런데, 지문은 어떻게 됐나?"

"음, 살인이 확실해 보이네. 권총에는 지문이 하나도 없었어. 앨런 부인의 손에 놓기 전에 깨끗하게 닦은 거지. 설사 앨런 부인이 곡예라도 하듯 기이한 자세로 팔을 돌릴 수 있었다 해도 총이 손에 없는데 어떻게 쏠 수 있었겠나. 죽은 뒤 총을 닦는다는 것도 말이 안 되고."

"그럼, 그건 외부 인물이 개입했다는 확실한 증거가 되겠군."

"그런데 방 안에서 나온 다른 지문에서는 건질 게 없네. 문 손잡이에도 지문이 하나도 없었고. 창문도 마찬가지야. 뭔가 냄새가 나지 않나, 응? 방 안 구석구석에서 앨런 부인의 지문이 나왔는데 말이야."

"제임슨은 뭔가 알아낸 게 없나?"

"그 파출부에게서 말인가? 없어. 말은 많은데 정작 아는 건 별로 없었어. 앨런과 플렌더리스 사이가 좋았다는 것은 확인할 수 있었네. 제임슨더러 뮤스가로 가서 조사를 좀 해 보라고 했네. 우리는 래버튼웨스트를 만나서 또 이야기를 들어봐야 하지 않겠나. 어젯밤 어디에서 무엇을 했는지 알아내야지. 그 사이에 잠깐 앨런 부인이 쓰던 서류들을 좀 살펴보자고."

재프는 입을 다물고 일을 시작했다. 그는 이따금 툴툴거리며 무언가를 푸아로에게 던져 주었다. 서류를 살펴보는 데는 시간이 오래 걸리지 않았다. 책상에 서류가 많지 않았을뿐더러 모두 깔끔하게 정리 정돈되어 있었기 때문이다.

마침내 재프가 뒤로 기대며 한숨을 내쉬었다.

"별 거 없군, 안 그런가?"

"그렇군."

"대부분이 의심 갈 만한 물건들이 아니야. 영수증이 딸려 있는 계산서들 중 몇 개는 아직 지불하지 않았지만 특별한 건 없어. 그리고 초대장 몇 개와 친구들에게서 받은 메모. 여기 있는 건 그런 것들이군. 수표장과 통장 봤지? 뭐 눈여겨봐야 할 거라도 있나?"

재프는 일고여덟 개 정도 되는 편지들 위에 손을 올려놓았다.

"인출액이 잔고보다 많아."

"또 다른 건 없나?"

푸아로가 미소를 지으며 말했다.

"지금 나를 시험해 보는 건가? 하지만 난 자네가 무슨 생각을 하고 있는지 다 아네. 석 달 전에 자신의 이름으로 200파운드를 인출했네. 그리고 어제 또 200파운드를 인출했고……."

"그런데 수표장의 부본(수표나 영수증 따위를 떼어 주고 남겨두는 쪽지―옮긴이)에는 아무 기록이 없어. 본인 이름으로 수표를 발행한 것은 모두 소액이고. 많아 봤자 15파운드야. 장담하는데, 이 집에는 결코 200파운드나 되는 돈은 없어. 핸드백에서 4파운드 10실링이 나왔고, 또 다른 가방에서는 잔돈 1실링인가 2실링이 나왔지. 그 점만은 아주 분명하다고 생각하네."

"그렇다면 어제 그 돈을 썼다는 이야기군."

"그렇지. 누구한테 그 돈을 지불한 걸까?"

그때 제임슨 경위가 문을 열고 들어왔다.

"제임슨, 뭔가 좀 알아냈나?"

"네, 경감님. 몇 가지 알아냈습니다. 먼저 총소리를 실제로 들은 사람이 하나도 없다는 겁니다. 그저 그러길 바라는 마음에서 총소리를 들었다고 생각하는 여자들 두세 명이 있기는 하지만 그들이 전부입니다. 불꽃놀이를 그렇게 해댔는데 들은 사람이 있을 리 만무하죠."

"그러기는 아마 힘들겠지. 계속하게."

재프가 툴툴대며 말했다.

"앨런 부인은 어제 오후와 저녁 내내 거의 집에 있었다고 합니다. 5시쯤에 집에 들어왔다가 6시쯤 밖에 나왔지만 뮤스가 끝에 있는 우체통에만 갔다 왔다고 합니다. 이곳에 9시 30분쯤 스탠더드 스왈로 한 대가 멈춰 서더니 한 남자가 내렸다고 합니다. 사람들이 설명한 대로라면 그는 옷차림이 근사했고, 나이는 45세 정도였으며 군인처럼 보였다고 합니다. 진청색 외투에 중산모자를 쓰고, 콧수염을 칫솔 모양으로 길렀다고도 하더군요. 18번지에 사는 운전기사 제임스 호그가 전에 그 사람이 앨런 부인을 찾아온 걸 봤다던데요."

"45세라면 래버튼웨스트는 아니군."

재프가 말했다.

"여하튼 이 남자가 머문 시간은 한 시간이 채 안 됐고, 10시 20분쯤 나갔다고 합니다. 문간에 서서 앨런 부인과 이야기를 나눴는데, 프레데릭 호그라는 한 꼬마가 바로 근처에 있다가 그 남자가 하는 말을 들었답니다."

"그래, 뭐라고 했다던가?"

"'그럼, 생각해 보고 알려 줘.' 그러자 앨런 부인이 뭔가 대답을 했고 그 남자는 또 이렇게 대답했답니다. '알겠어. 그럼 잘 있어.' 그러고 나서는 차를 타고 사라졌답니다."

"그게 10시 20분이라는 거지."

푸아로가 골똘히 생각에 잠기며 말했다.

재프가 코를 문질렀다.

"그렇다면 10시 20분까지는 앨런 부인이 살아 있었다는 이야기로군. 다음은?"

"제가 알아낸 건 이게 전부입니다, 경감님. 22번지에 사는 운전기사가 10시 30분에 귀가했는데, 아이들과 불꽃놀이하기로 약속을 했었다고 합니다. 그래서 아이들은 다른 집 아이들과 함께 그를 기다리고 있었습니다. 운전기사는 약속대로 아이들과 불꽃놀이를 했습니다. 근방에 사는 모든 사람이 그 집 불꽃놀이를 보느라 정신이 없었답니다. 불꽃놀이 후에는 모두 잠자러 갔다는데요."

"14번지에 들어간 사람은 없었다던가?"

"네. 그렇지만 확신할 수는 없습니다. 사람들이 미처 못 보았을 수도 있으니까요."

"음, 그 말이 맞아. 그럼 우리는 '칫솔 모양으로 수염을 기른 군인 같은 신사'를 찾아야겠군. 살아 있는 앨런 부인을 마지막으로 본 건 그 사람이 틀림없을 테니. 그런데 그 남자는 도대체 누굴까?"

"플렌더리스 양이 알려줄 수 있을 듯한데."

푸아로가 넌지시 말하자 재프가 침울한 목소리로 답했다.

"그럴지도 모르겠군. 어쩌면 말 안 해줄 수도 있지. 마음만 먹으면 그 여자는 분명 우리한테 할 이야기가 많을 텐데. 어떻게 생각해, 푸아로 선생? 잠시 그 여자와 단둘이 있어 봤잖아. 또 그 케케묵은 수법을 쓴 건 아니야? 고해 성사를 받는 신부처럼 행세한 거 아니냐고? 물론 그 수법으로 가끔 크게 한 건 올리기도 하지만."

푸아로가 손바닥을 펼치며 말했다.

"참 나, 우리는 고작 가스난로에 대해 이야기를 나누었을 뿐이네."

재프가 낙담한 듯 말했다.

"가스난로, 가스난로라. 잘난 양반이 도대체 어떻게 되신 건가? 이곳에 와서 겨우 깃펜과 쓰레기통에만 관심을 보이니. 아, 그래. 아까 보니 아래층에 있던 쓰레기통도 조용히 살펴보던데, 뭐 좀 있었나?"

푸아로가 한숨을 내쉬었다.

"전구 광고지 하나와 오래된 잡지가 한 권 있었네."

"도대체 무슨 생각을 하고 있는 건가? 누군가 단서가 될 만한 서류를 버린다 해도, 또 자네가 머릿속으로 뭔가 생각하는 물건이 있다 해도 그것이 쓰레기통에 들어가 있을 리는 없지 않겠나."

"자네 말이 백번 지당하네. 저런 쓰레기통에 버릴 물건들은 잡동사니뿐이지."

푸아로가 항복한다는 듯 말했다. 하지만 재프는 뭔가 의심스러운 눈초리로 푸아로를 바라보았다.

"그럼, 이제 다음에 해야 할 일이 정해졌네. 자네는 어쩔 건가?"

"에 비엥(좋아). 난 잡동사니 조사를 마치려고 하네. 아직 집안 쓰레기를 모아 놓은 곳은 살펴보지 못했거든."

푸아로는 그렇게 말한 후 재빨리 방을 빠져나갔다. 재프는 그가 나가는 뒷모습을 아니꼽다는 듯 바라보았다.

"제정신이 아니야. 완전히 정신이 나갔어."

제임슨 경위는 예의를 지키느라 입을 꾹 다물고 있었지만 영국인 특유의 우월감에 찬 얼굴은 이렇게 말하는 듯했다.

'외국인들이란!'

그가 큰 목소리로 말했다.

"에르퀼 푸아로 씨가 저런 분이셨군요! 이야기는 익히 들었습니다만."

"오랜 친구지. 저래 보여도 절대 만만한 사람은 아니야. 지금 한창 날리고 있지."

"사람들 말대로 약간 노망기가 있는 것 같은데요. 뭐, 나이가 들면 다 그렇지만."

제임슨 경위가 은근슬쩍 비꼬았다.

"저 친군 항상 저랬어. 앞으로 어쩔 셈인지 그 꿍꿍이를 좀 알 수 있으면 좋으련만."

재프는 책상으로 가 에메랄드 빛 깃펜을 불안한 듯 바라보았다.

제5장

 재프가 운전기사 아내와 세 번째로 본격적으로 이야기를 나누려는데 푸아로가 한 마리 고양이처럼 살금살금 다가와 불쑥 모습을 드러냈다.
 "깜짝이야. 놀랐네. 뭐 좀 건졌나?"
 재프가 물었다.
 "내가 찾는 건 없더군."
 재프는 제임스 호그 부인 쪽으로 다시 몸을 돌렸다.
 "그렇다면 전에 이 남자를 본 적이 있다는 이야깁니까?"
 "네, 그래요. 제 남편도 본 적이 있고요. 그 사람이라는 걸 단번에 알 수 있었죠."
 "그런데 말입니다, 내가 보기에 부인은 이곳 사정을 훤히 알고 있을 것 같은데. 이 뮤스가에 사는 모든 사람에 대해 속속들이 알고 있을 거라는 말입니다. 아주 판단력도 훌륭한 것 같은데……."

재프는 태연하게 부인을 세 번이나 추켜세웠다. 그러자 호그 부인은 약간 귀찮아하면서도 다른 사람들은 감히 상상도 못할 것을 알고 있다는 표정을 지었다.

"이 젊은 숙녀들에 대해 좀 알려주시지요. 앨런 부인과 플렌더리스 양 말입니다. 어떤 사람들이었습니까? 좀 노는 부류 아니었나요? 여기저기 파티에 다니고 말이죠. 왜 그런 아가씨들 있지 않습니까."

"아니요, 절대 그렇지 않았어요. 물론 사교 모임에는 잘 나가는 편이기는 했죠. 앨런 부인은 특히. 하지만 그 사람들에게는 품위가 있었어요. 제 말이 무슨 뜻인지는 아시겠죠? 길 끝 건너편에 사는 저 누군가와는 차원이 다르죠. 스티븐스 부인요. 정말 '부인'인지도 전혀 모르는 일이지만……. 어쨌든 행실이 어떨지는 불 보듯 훤해요. 시시콜콜 이야기하고 싶은 맘은 없지만요. 그러니까……."

재프가 교묘하게 맥을 끊었다.

"어련하시겠습니까. 지금 말한 내용은 아주 중요한 겁니다. 그러니까 앨런 부인과 플렌더리스 양은 평판이 아주 좋았다는 거군요?"

"네, 그래요. 아주 훌륭한 숙녀들이죠. 둘 다 그렇지만, 앨런 부인은 더욱 말할 것도 없었지요. 아이들한테는 항상 좋은 말만 해 주고. 자기 딸을 가슴에 묻어야 했으니 그랬을 거예요. 불쌍해라. 사실 제 아이도 세 명이나 죽었거든요. 그러니까 제 말은……."

"아, 그렇군요. 상심이 크셨겠습니다. 그럼 플렌더리스 양은 어떻습니까?"

"음, 물론 플렌더리스 양도 멋진 숙녀죠. 하지만 훨씬 더 퉁명스럽다고 해야 하나. 제 말이 무슨 뜻인지는 아시죠? 만나도 묵례만 하고 이웃집 사람들과 함께 시간을 보내거나 하지 않아요. 하지만 플렌더리스 양을 나쁘게 생각하는 건 절대 아니에요. 절대로요."

"플렌더리스 양과 앨런 부인은 사이가 좋았습니까?"

"네, 그럼요. 다투는 걸 한 번도 본 적이 없어요. 둘은 아주 만족스러운 듯 즐겁게 지냈어요. 피어스 부인도 분명 그렇게 말할 거예요."

"그렇더군요. 피어스 부인과는 이미 얘기를 나누었습니다. 그런데 앨런 부인의 약혼자를 본 적이 있습니까?"

"앨런과 결혼할 예정이었던 그 신사요? 그럼요. 자주 왔었는걸요. 사람들 말로는 어디 하원 의원이라고 하던데."

"어젯밤에 온 사람이 그 남자는 아니지요?"

호그 부인이 바싹 다가섰다. 되도록 감정을 자제하고 있던 그녀의 새침한 목소리가 흥분에 차 있었다.

"네, 아니에요. 노파심에 말씀드리지만 경감님은 지금 완전히 잘못 짚고 계세요. 맹세코 앨런 부인은 절대 그런 여자가 아니에요. 집에 아무도 없었던 건 사실이지만, 그렇다고 생각하시는 그런 일은 절대 없었을 거예요. 오늘 아침 남편에게도 그렇게 말했어요. '말도 안 돼, 호그. 앨런 부인은 정숙한 숙녀였어. 그러니까 괜히 이야기 지어내지 말라고.' 이렇게 말씀드리는 게 실례인 줄은 알지만, 남자들은 생각하는 게 다 그 모양이에요. 언제나 저질스러운 생각만 한다니까."

재프는 호그 부인의 모욕적인 말을 한 귀로 흘린 채 질문을 이어 갔다.

"그 남자가 여기에 도착하는 것과 떠나는 걸 봤다고 하던데, 맞습니까?"

"맞아요."

"그런데 뭔가 다른 소리는 듣지 못했습니까? 이를테면 다투는 소리라든가."

"아니요. 그럴 리가 없죠. 그러니까 제 말은 앨런 부인의 집에서는 그런 소리가 들릴 수 없다는 거예요. 오히려 앨런 부인의 집은 너무 조용하기로 유명했는걸요. 길 저편에 사는 스티븐스 부인은 겁에 질린 불쌍한 하녀를 늘상 싸움이라도 하듯 요란스럽게 다그치고는 하지만. 우리는 항상 그 아이에게 참지 말라고 이야기하지만, 뭐 보수가 좋으니까요. 스티븐스 부인이 성질은 악독할지 몰라도 그만큼 대가가 따른달까……. 급료가 일주일에 30실링인가 그렇고……."

재프가 재빨리 말을 막았다.

"그런데 14번지에서는 어떤 소리도 들리지 않았단 말이죠?"

"네. 또 그때는 마침 여기저기서 불꽃놀이를 했어요. 불꽃놀이하다가 눈썹까지 태워 먹은 우리 아이가 근처에 있었지만 아무 소리도 못 들었다고 했어요."

"그 남자가 10시 20분에 여길 떠났다는데, 맞습니까?"

"아마 그럴 거예요. 확신하지는 못하겠네요. 하지만 호그가 그렇게 말했다면 맞을 거예요. 그 아이는 아주 성실하고 믿을 만하니까."

"그 남자가 나오는 걸 실제로 본 걸로 아는데요? 목소리를 들었습니까?"

"아니요. 그 정도로 가까운 거리는 아니었어요. 창문 너머로 그 남자가 현관에 서서 앨런 부인과 이야기하는 것만 봤어요."

"앨런 부인도 봤나요?"

"네. 앨런 부인은 현관 바로 안쪽에 서 있었죠."

"어떤 옷을 입고 있었는지 보였습니까?"

"글쎄요, 지금은 잘 생각이 나질 않네요. 특이한 차림은 아니었고 항상 입던 옷이었던 것 같은데."

"평상복 차림이었는지 아니면 이브닝드레스 차림이었는지도 못 보셨습니까?"

푸아로가 물었다.

"네. 그것도 잘 모르겠는데요."

푸아로는 위쪽 창문을 유심히 살펴본 후 건너편 14번지 건물을 바라보았다. 그의 얼굴에 미소가 떠올랐다. 그의 눈과 재프의 눈이 잠시 마주쳤다.

"남자의 차림은 기억나십니까?"

"진청색 외투를 입고 중산모자를 쓰고 있었어요. 격식을 잘 갖춘 아주 말쑥한 차림이었어요."

재프는 몇 가지 질문을 더 한 후 다음 사람을 조사하기 시작했다. 이번에는 프레드릭 호그 차례였다. 눈망울이 또랑또랑하고 얼굴에 장난기가 가득한 아이는 자신이 중요한 존재가 된 것에 한껏 들떠 있었다.

"네, 경감님. 전 그분들이 이야기하는 걸 들었어요. '생각해 보고 알려 줘.'라고 그 신사가 말했죠. 아주 유쾌해 보였어요. 앨런 부인이 뭐라 말씀하시자 그 남자가 이렇게 대답했어요. '알겠어. 그럼 잘 있어.' 그러고는 차에 올라탔어요. 그때 제가 문을 열어 줬는데 제게 아무것도 주지 않았어요."

호그는 약간 서운하다는 투로 말했다.

"앨런 부인이 하는 말은 못 들었니?"

"네. 생각이 안 나요."

"옷차림새는 어땠고? 어떤 색의 옷을 입었는지 그런 거 말이다."

"그것도 기억이 안 나는데요. 사실 앨런 부인은 보지 못한 거나 다름없어요. 문 바로 뒤에 서 있던 건 분명하지만."

"그렇군. 그런데 얘야, 내가 지금 하는 질문에는 아주 잘 생각해서 대답해야 한다. 잘 모르겠거나 기억이 나지 않으면 그렇다고 얘기해. 알겠지?"

"네."

호그는 진지한 눈빛으로 재프를 바라보았다.

"문을 닫은 사람이 누구였지? 앨런 부인, 아니면 그 신사?"

"현관문요?"

"당연히 현관문을 말하는 거다."

아이는 생각에 잠겼다. 기억을 더듬느라 아이의 눈가에 주름이 잡혔다.

"앨런 부인 같은데요. 아니, 아니에요. 그 신사가 닫았어요. 현관문을 당겨 약간 큰 소리 나게 닫고는 재빨리 차에 올라탔어요. 데이트 약속이라도 있는 사람처럼."

"알았다. 꼬마, 넌 꽤 영리하구나. 여기 6페니 줄 테니 받거라."

아이를 보내고 재프는 친구에게로 몸을 돌렸다. 그들은 약속이라도 한 듯 같은 동작으로 천천히 고개를 끄덕였다.

"그럼 그렇지!"

"가능성은 언제나 여러 가지라네."

푸아로가 맞장구를 쳤다.

푸른 불빛에 비친 푸아로의 눈이 마치 고양이 눈동자처럼 빛났다.

제6장

14번지 거실에 다시 들어선 재프는 단도직입적으로 물었다.

"플렌더리스 양, 이제 모든 걸 털어놓는 게 어떻겠습니까? 어차피 결국엔 다 밝혀질 텐데."

제인 플렌더리스는 눈썹을 치켜 올렸다. 그녀는 벽난로 선반 옆에 서서 한쪽 발을 꾀고 있었다.

"무슨 말씀인지 도통 모르겠는데요."

"진심으로 하는 말입니까, 플렌더리스 양?"

그녀가 어깨를 들썩였다.

"질문에는 다 대답을 해 드렸잖아요. 제가 더 이상 뭘 얘기해야 하는 건지 모르겠군요."

"글쎄, 내 생각에는 마음만 먹는다면 할 이야기가 아주 많을 것 같은데."

"그건 경감님 생각이죠, 안 그런가요?"

재프가 얼굴을 약간 붉히자 푸아로가 말했다.

"이번 사건에서 밝혀낸 사실을 말씀드리게. 그러면 마드무아젤께서 자네 질문에 대답해야 할 이유를 좀 더 쉽게 납득하시지 않겠나."

"그거야 아주 간단하지. 그렇다면 내 말 좀 들어보시죠, 플렌더리스 양. 현재 사건에서 드러난 바는 다음과 같습니다. 당신 친구는 머리에 총을 맞고 손에 권총을 쥔 채 주검으로 발견됐어요. 문과 창문은 모두 잠근 채 말이죠. 겉으로 보면 전형적인 자살 사건이지. 하지만 자살이 아니었습니다. 의학적 사실만으로도 입증이 되죠."

"어떻게요?"

좀전에 비꼬는 듯한 냉정함은 완전히 사라지고 없었다. 그녀는 몸을 앞으로 기울여 재프의 얼굴을 뚫어져라 바라보았다.

"앨런 부인의 손에 총이 있기는 했지만, 손가락은 그 총을 쥐고 있지 않았습니다. 게다가 총에는 지문이 하나도 없었고. 또 총상을 입은 각도를 보면 앨런 부인 스스로 그런 총상을 내기란 불가능하죠. 또 한 가지, 그녀는 유서를 남기지 않았어요. 자살이라면 이상한 일이지. 그리고 문이 잠겨 있었지만 열쇠는 발견되지 않았고."

제인 플렌더리스는 천천히 몸을 돌려 재프와 푸아로 쪽을 향해 놓여 있는 의자에 앉았다.

"역시 그랬어. 바버라가 자살할 리 없다고 줄곧 생각했는데. 내 생각이 맞았어. 바버라는 자살한 게 아냐. 누군가가 그 애를 죽인 거지."

잠시 동안 그녀는 생각에 잠긴 듯 앉아 있었다. 그러더니 갑자기 고개를 들어올렸다.

"궁금한 게 있으시면 다 물어보세요. 최선을 다해 대답해 드릴게요."

재프가 질문을 시작했다.

"어젯밤 앨런 부인을 찾아온 사람이 있다고 들었소. 45세 가량의 남자로, 군인 용모에, 칫솔 모양의 콧수염을 길렀다던데. 또 말쑥한 차림에 스탠더드 스왈로를 타고 왔다더군요. 혹시 그 사람이 누군지 압니까?"

"확실치는 않지만 유스터스 소령인 것 같군요."

"유스터스 소령이 누구죠? 그 사람에 대해 말해 주겠습니까?"

"바버라가 인도에 나가 있을 때 알게 된 사람이에요. 1년 전에 영국에 왔는데, 그 이후로 몇 번 만났죠."

"앨런 부인의 친구였습니까?"

"친구인 양 행세를 했죠."

제인이 냉담하게 말했다.

"그 사람에 대한 앨런 부인의 태도는 어땠습니까?"

"진짜 호감을 가졌던 것 같지는 않아요. 아니, 호감이 없었던 게 확실해요."

"그런데 겉으로는 친구로 대했다?"

"네."

"이 질문에는 잘 생각하고 대답해 주세요, 플렌더리스 양. 혹시 앨런 부인이 그 사람을 두려워하는 것처럼 보인 적은 없었습니까?"

제인 플렌더리스는 잠시 생각에 잠겼다가 대답했다.

"두려워한 것 같아요. 그 사람이 곁에 있을 때는 항상 불안해 보였어요."

"유스터스 소령과 래버튼웨스트 씨가 만난 적은 있습니까?"

"딱 한 번 만난 것 같아요. 하지만 서로 그다지 마음에 들어 하지는 않았어요. 유스터스 소령은 그나마 찰스와 친해지려고 노력했지만, 찰스는 그럴 마음이 조금도 없었지요. 찰스는 별 볼 일 없다 싶은 사람은 기막히게 알아보거든요."

"그렇다면 유스터스 소령은 아가씨 표현대로 별 볼 일 없는 사람이었군요?"

푸아로가 묻자 그녀가 냉담한 목소리로 대답했다.

"네, 그래요. 툽툽한 데다가 비천한 출신일 거예요."

"이런, 방금 하신 말씀은 무슨 뜻인지 잘 모르겠습니다. 유스터스 소령이 결코 푸카 사히브(영국 신사)가 아니란 뜻인가요?"

제인 플렌더리스의 얼굴에 잠시 미소가 스치고 지나갔지만 진지한 목소리로 대답했다.

"네."

"그렇다면 플렌더리스 양, 유스터스 소령이 앨런 부인을 협박해 돈을 뜯어냈다고 해도 당신은 그다지 놀라지 않겠네요?"

재프는 플렌더리스가 어떤 반응을 보이는지 유심히 보려고 몸을 앞으로 기울였다.

재프는 아주 흡족했다. 앞쪽을 바라보던 그녀의 뺨이 상기되고, 의자 팔걸이에 손을 거칠게 내려놓았던 것이다.

"그렇게 된 거로군! 그 생각을 못하다니 난 정말 멍청해!"
"그 생각이 말이 된다고 보시는 겁니까, 마드무아젤?"
푸아로가 물었다.
"그런 생각을 못한 제가 바보예요. 지난 6개월간 바버라가 제게 여러 번 돈을 조금씩 빌렸어요. 통장을 뚫어지게 바라보며 앉아 있는 것도 본 적이 있어요. 전 바버라가 자신에게 들어오는 돈으로 무리 없이 생활한다고 여겨서 신경 쓰지 않았어요. 하지만 만약 누군가에게 돈을 뜯긴 거였다면……."
"그것이 앨런 부인의 평소 태도에도 드러났습니까?"
푸아로가 물었다.
"물론이죠. 바버라는 불안해했어요. 신경이 아주 날카롭기도 했어요. 예전과는 전혀 다른 모습이었죠."
푸아로가 조용한 목소리로 말했다.
"외람되지만 아까와는 이야기가 다른데요."
"그건 전혀 다른 이야기예요."
제인 플렌더리스가 다급하게 손사래를 치며 이어 말했다.
"우울증이 없었다는 이야기죠. 그러니까 제 말은 자살 충동 같은 걸 느낄 리 없었단 거예요. 갈취를 당하는 사람의 모습이기는 했어요. 나한테 얘기를 해 줬으면 좋았을걸. 당장에 그 자식을 지옥으로 쫓아버렸을 텐데."
"그랬다면 그 사람이 지옥이 아니라…… 찰스 래버튼웨스트에게 찾아가 또 협박을 하지 않았을까요?"

푸아로가 물었다.

"네, 네……. 그렇긴 해요……."

제인 플렌더리스가 천천히 말했다.

"이 남자가 무엇으로 앨런 부인을 협박했는지 짚이는 건 전혀 없습니까?"

재프가 묻자 제인은 고개를 저었다.

"통 모르겠어요. 바버라를 봤을 때 어떤 심각한 문제가 있었을 거라고는 생각할 수가 없어요. 그런데……."

그녀는 잠시 멈췄다가 말을 이었다.

"그러니까 제 말은 바버라한테 약간은 어리석은 구석이 있었단 거예요. 아주 쉽게 주눅이 들곤 했죠. 돈을 뜯으려는 자들에게는 하늘이 내려준 선물이나 다름없어요. 야비한 놈!"

마지막 말 속에 유스터스 소령에 대한 적의가 적나라하게 드러났다.

"안타깝게도 범죄가 엉뚱한 방향으로 일어난 것 같군요. 협박을 당한 사람이 협박한 사람을 죽여야 하는 것 아닙니까. 협박한 사람이 그 희생양을 죽이는 게 아니라."

푸아로의 말에 제인 플렌더리스의 얼굴이 약간 일그러졌다.

"그렇죠. 그렇긴 하지만, 어떤 상황이었을지 뻔해요."

"예를 들면?"

"바버라는 더 이상 참을 수 없었던 거예요. 그래서 자기가 갖고 있던 그 볼품없는 작은 총으로 그를 위협했겠죠. 유스터스 소령이 총을 빼앗으려고 몸싸움을 하다가 그만 총알이 발사돼 바버라가 죽고 만 거예요. 그러자 그는 겁을 먹고 자살로 위장한 거죠."

"그럴 수도 있겠군요. 하지만 한 가지 이해가 안 가는 부분이 있습니다."

플렌더리스가 궁금하다는 듯 재프를 바라보았다.

"유스터스 소령은, 만일에 범인이 그 사람이라고 한다면 말입니다만, 어젯밤 10시 20분에 현관에서 앨런 부인과 인사를 나눈 후 이곳을 떠났습니다."

"아, 그렇군요."

플렌더리스는 고개를 떨구었고, 잠시 침묵이 흘렀다. 그녀가 천천히 말했다.

"하지만 나중에 다시 돌아왔을 수도 있잖아요."

"그래요. 그것도 가능한 이야기죠."

푸아로가 말했다.

재프는 하던 말을 이어나갔다.

"그런데 플렌더리스 양, 앨런 부인은 보통 어디에서 손님을 만났습니까? 이 거실에서, 아니면 위층 방으로 데리고 갔습니까?"

"둘 다예요. 하지만 좀 더 공적인 모임이나 제가 특별하게 여기는 친구들이 왔을 때는 이 방을 사용했어요. 보셔서 아시겠지만 바버라는 큰 침실을 자기 방으로 쓰면서 거실로도 이용했지요. 그리고 저는 작은 침실을 쓰면서 이 거실을 함께 썼고요."

"그렇다면 유스터스 소령이 어젯밤 약속을 하고 이 집에 들렀다면, 앨런 부인은 그를 어느 방에서 맞았을 거라 생각하십니까?"

"아마 여기로 데려왔을 거예요. 친구처럼 편한 만남은 아니었을 테니까요. 하지만 수표나 그런 종류의 뭔가를 써 줘야 했다면 아마 위층으로 데려갔을 거예요. 이 방에는 뭔가를 적을 만한 것들이 전혀 없으니까요."

플렌더리스의 목소리에 약간 의구심이 배어 있었다.

재프가 고개를 가로 저으며 말했다.

"아니, 수표를 써 준 게 틀림없습니다. 어제 앨런 부인의 이름으로 현금 200파운드가 인출됐거든요. 그런데 이 집에서는 그 돈의 행방을 전혀 찾을 수가 없었습니다."

"그러면 바버라가 그놈에게 그 돈을 준 거군요? 불쌍한 바버라! 너무 가여운 우리 바버라!"

푸아로가 헛기침을 했다.

"마드무아젤 말씀대로 이 사건이 사고에 불과하다면 풀리지 않는 의문이 한 가지 있습니다. 유스터스 소령이 무엇 때문에 정기적 수입원이 되는 존재를 죽여야 했겠느냐는 거지요."

"사고라니요? 이 사건은 사고가 아니에요. 유스터스 소령이 완전히 이성을 잃고 분노가 차올라서 바버라에게 총을 쏜 거라고요."

"아가씨 생각에는 앨런 부인이 그런 식으로 죽은 것 같나요?"

플렌더리스는 확신에 차서 말했다.

"네. 이건 살인이에요. 살인 사건이라고요!"

푸아로가 무거운 목소리로 말했다.

"마드무아젤의 말씀이 틀리다고는 하지 않겠습니다."

재프가 말했다.

"앨런 부인은 어떤 담배를 피웠습니까?"

"싸구려 일반 담배요. 저 상자 안에 몇 대 있어요."

재프는 상자를 열어 담배 한 대를 꺼내며 고개를 끄덕였다. 그러고는 그 담배를 슬쩍 주머니에 집어넣었다.

"마드무아젤은요?"

푸아로가 물었다.

"같은 거요."

"터키산 담배는 피우지 않습니까?"

"전혀요."

"앨런 부인도?"

"네. 바버라는 터키산 담배를 좋아하지 않았어요."

"그렇다면 래버튼웨스트 씨는 어떻습니까? 그 사람은 어떤 담배를 피웠죠?"

플렌더리스는 푸아로를 험악한 눈초리로 바라보았다.

"찰스는 왜요? 그가 어떤 담배를 피우느냐가 여기서 왜 중요하죠? 설마 찰스가 바버라를 죽였다고 생각하는 건 아니겠죠?"

푸아로는 어깨를 으쓱해 보였다.

"마드무아젤, 사랑했던 여자를 살해한 남자도 있었습니다."

제인은 다급하게 고개를 흔들었다.

"찰스는 누군가를 죽일 사람이 아니에요. 얼마나 신중한 사람인데요."

"그렇지만 마드무아젤, 가장 치밀한 살인은 언제나 신중한 사람이 저지르는 법이죠."

플렌더리스가 푸아로를 바라보았다.

"하지만 그런 사람들은 방금 말씀하신 동기 같은 걸로 사람을 죽이지는 않겠죠, 무슈 푸아로."

푸아로는 맞는다는 듯 고개를 끄덕였다.

"그 말이 옳습니다."

재프가 일어섰다.

"음, 이제 내가 여기서 할 일은 별로 없는 것 같은데. 집 안을 한 번 더 둘러봐야겠군."

"그 돈이 어딘가에 숨겨져 있을까 봐 그러신 거죠? 분명해요. 원하신다면 어디든 찾아보세요. 제 방도 찾아보시고요. 물론 바버라가 제 방에 돈을 숨겼을 것 같지는 않지만."

재프는 재빨리 거실을 살펴봤지만 결코 대충 훑지는 않았다. 거실이 가지고 있던 모든 비밀은 단 몇 분 만에 모두 드러났다. 거실을 수색한 후 재프는 위층으로 올라갔다. 제인 플렌더리스는 팔걸이의자에 앉아 담배를 피우며 얼굴을 찌푸린 채 난롯불을 바라보고 있었다. 푸아로는 그런 그녀를 유심히 지켜보았다.

몇 분이 흐른 후 푸아로가 조용하게 입을 열었다.

"혹시 래버튼웨스트 씨가 지금 런던에 있는지 아십니까?"

"전혀 모르겠어요. 제 생각에는 가족과 함께 햄프셔에 있을 것 같은데요. 그러고 보니 전보라도 보냈어야 하는데요. 어떻게 이런 일이. 완전히 잊고 있었어요."

"재난이 닥치면 모든 것을 기억하기가 쉽지 않은 법이지요, 마드무아젤. 그리고 나쁜 소식은 알리지 않는 게 좋은 법이죠. 나쁜 소식은 언제 전해지든 너무 이른 소식이 되는 법이니까요."

"그래요. 그 말씀이 맞아요."

그녀는 멍한 목소리로 말했다.

재프가 계단을 내려오는 발자국 소리가 들렸다.

제인은 거실 밖으로 나가 재프를 보고 물었다.

"어떤가요?"

재프가 고개를 저었다.

"유감이지만 도움이 되는 건 하나도 없었습니다, 플렌더리스 양. 이제 집 안 전체를 다 살펴본 셈이군요. 어, 층계 밑에 있는 이 벽장도 한번 봐야겠는데."

재프가 벽장 손잡이를 잡아 당기며 말했다.

"그건 잠겨 있어요."

제인 플렌더리스의 목소리에서 무언가를 느낀 재프와 푸아로가 날카로운 눈빛으로 그녀를 바라보았다.

"그렇군요. 분명히 잠겨 있네요. 열쇠는 아가씨가 갖고 있습니까?"

재프가 밝은 목소리로 말하자 그녀는 갑자기 석상이라도 된 듯 꼼짝 않고 서 있었다.

"어……. 어디 있는지 확실히 기억이 나지 않는데요."

재프가 재빨리 그녀를 쏘아보았다. 그러고는 억지로 꾸민 밝은 목소리로 아무렇지 않다는 듯 말을 이었다.

"이런, 참 안타까운 일이군요. 벽장을 부숴서 강제로 열고 싶지는 않은데. 제임슨 경감더러 열쇠 꾸러미를 가져오라고 해야겠군요."

그러자 플렌더리스가 마지못해 앞으로 나섰다.

"아, 잠깐만 기다리세요. 그게 아마……."

그녀는 다시 거실로 들어갔다. 그리고 잠시 후 손에 꽤 큰 열쇠 하나를 들고 나타났다.

"우리는 이 벽장을 항상 잠가 두었어요. 우산 같은 것들은 쥐도 새도 모르게 없어지곤 하잖아요."

"아주 현명한 예방책입니다."

재프가 열쇠를 받아 들며 활기찬 목소리로 대꾸했다.

재프는 자물쇠에 열쇠를 넣고 돌린 후 벽장문을 열어젖혔다. 벽장 안은 어두웠다. 재프가 주머니에서 손전등을 꺼내 벽장 안을 이리저리 비춰 보았다.

푸아로는 곁에 서 있는 플렌더리스가 뻣뻣이 굳은 채 한동안 숨도 제대로 쉬지 못하는 걸 느꼈다. 푸아로의 눈은 벽장 안을 훑는 재프의 손전등을 좇았다.

벽장 안에는 물건이 그다지 많지 않았다. 우산 세 개와(하나는 고장 난 것이었다.), 지팡이 네 개, 골프채 세트 하나가 보였고, 테니스 라켓 두 개, 깔끔하게 접힌 러그 한 장, 쿠션 몇 개가 있었다. 소파용 쿠션은 아주 낡은 것부터 비교적 양호한 것까지 다양했다. 그리고 마지막으로 맨 꼭대기에 근사한 작은 손가방 하나가 있었다.

재프가 그쪽을 향해 손을 뻗자 제인이 재빨리 말했다.

"그건 제 거예요. 오, 오늘 아침에 제가 가져온 거예요. 그러니까 그 속엔 아무것도 없을 거예요."

"그럼 확실히 확인을 하자는 의미에서 한번 열어 보죠."

재프는 한층 나긋나긋한 목소리로 말하며 가방을 열었다. 그 안에는 브러시와 화장품이 여러 개 들어 있었다. 그리고 잡지도 두 권 보였지만 그것이 전부였다.

재프는 가방 전체를 꼼꼼히 살폈다. 마침내 그가 가방을 닫고 쿠션을 훑기 시작하자 플렌더리스가 안도의 한숨을 내쉬는 소리가 그들에게까지 들렸다.

벽장에는 일상적인 것 외에는 별다른 게 없었다. 재프는 벽장 살피는 일을 금세 끝마쳤다.

그는 벽장에 자물쇠를 다시 채우고는 제인 플렌더리스에게 열쇠를 건네주었다.

"그럼, 이걸로 일이 마무리된 것 같군요. 래버튼웨스트 씨의 주소를 좀 알려주시겠습니까?"

"햄프셔 주 리틀 레드버리에 있는 팔레스콤브 홀이에요."

"고맙습니다, 플렌더리스 양. 오늘은 여기까지 하지요. 나중에 다시 올지도 모르지만. 여하튼 말을 조심해 주세요. 사람들에게 알려진 대로 아직은 자살로 해 달라는 말입니다."

"물론이에요. 잘 알겠어요."

그녀는 두 남자와 차례로 악수를 나누었다.

주택가를 함께 걸어가는 동안 재프가 울화를 터뜨렸다.

"젠장, 그 망해 먹을 벽장은 도대체 어떻게 된 거야? 분명히 뭔가가 있을 텐데."

"맞아. 뭔가가 있어."

"그 손가방이 이 사건과 관련이 없다면 내 손에 장을 지지지. 그런데도 귀신에 홀린 얼간이처럼 아무것도 찾질 못했으니. 화장품도 다 살펴봤고 가방 안감까지 만져 봤어. 이 무슨 귀신이 곡할 노릇인가?"

푸아로가 골똘히 생각에 잠긴 채 고개를 저었다. 재프가 말을 이어갔다.

"어쨌든 저 여자는 이 사건과 관련이 있어. 그 가방을 오늘 아침에 가져왔다고? 어림도 없는 소리. 가방 안에 잡지 두 권 있던 것 봤지?"

"봤어."

"하나는 작년 7월 거였다고!"

제7장

I

다음 날 푸아로의 아파트에 들어선 재프는 심사가 잔뜩 뒤틀린 듯 탁자에 모자를 집어던지고는 의자에 털썩 주저앉았다.

"쳇, 그 여잔 이 사건과 상관이 없어."

재프가 투덜거렸다.

"상관이 없다니 누가?"

"플렌더리스 말이야. 그날 밤 늦게까지 브리지게임을 했다는군. 주인 부부와 손님으로 왔던 해군 중령에다, 하인 두 명까지 모두 틀림없다고 했어. 의심의 여지가 없다고. 그녀가 이 사건과 관련 있을 거라는 생각은 이제 집어치워야겠어. 그런데 그 여자는 도대체 왜 벽장에 있던 작은 손가방을 살펴볼 때 안절부절못한 거지? 이런 건 자네 전문 아니야, 푸아로. 자네는 이렇게 도무지 감이 안 잡히는 사소한 문제 푸는 걸 좋아하잖아. '작은 손가방의 비밀.' 어때, 뜰 거 같지 않아?"

"제목을 바꾸는 게 좋겠는걸. '담배 냄새의 비밀'이라든가."

"제목치고는 좀 너절하군. 그런데 냄새라고? 그래서 시체를 처음 살펴볼 때 그렇게 냄새를 맡은 거였어? 다 보고 있었다고. 물론 소리도 들었고, 킁킁킁. 난 자네가 코감기라도 걸린 줄 알았지."

"완전 잘못 짚었군 그래."

재프가 한숨을 내쉬었다.

"자네를 든든히 받쳐 주는 건 자네의 그 머리라고 생각했는데. 코로 냄새 맡는 능력까지 뛰어나다고 하면 가만두지 않겠어."

"아니야, 아니라고. 진정해."

"나는 담배 냄새는 전혀 맡지 못했는데."

재프가 의아한 표정으로 말했다.

"나도 마찬가지야, 친구."

그 말에 재프는 이상하다는 듯 푸아로를 바라보았다. 그리고 주머니에서 담배 한 대를 꺼냈다.

"앨런 부인이 피웠던 담배야. 싸구려 퀄런이지. 방 안에 있던 꽁초 중 여섯 개는 그녀가 피운 거였어. 나머지 세 개는 터키산이었고."

"맞아."

"보지도 않고 오로지 뛰어난 후각으로 그걸 알았단 말이야?"

"분명히 말하지만 코는 상관없어. 내 코에는 아무것도 들어 있지 않다고."
"하지만 머리에는 많은 게 들어 있으시다?"
"음, 단서가 될 만한 것들이 있어. 자네도 그렇게 생각하지 않나?"
"예를 들면?"
재프가 흘긋 쳐다보며 말했다.
"에 비엥(음), 방 안에서 뭔가 없어진 게 분명해. 또 누군가 일부러 갖다 놓은 물건도 있고……. 그리고 그 책상 위에 있는…….'
"뭘 말 하려는지 알겠는데. 드디어 그놈의 망할 깃펜 이야기가 나오는 거군."
"뒤 투(천만에). 깃펜은 여기에서 아무 쓸모가 없어."
재프는 겸연쩍은 듯 다른 데로 화제를 돌렸다.
"찰스 래버튼웨스트가 30분 내에 런던 경시청으로 오기로 했어. 같이 가면 좋을 것 같은데."
"당연히 환영이지."
"좋은 소식이 또 있네. 유스터스 소령을 찾아냈어. 숙식을 제공하는 크롬웰 로드의 한 아파트에 있었어."
"훌륭하군."
"그쪽으로도 곧 가 봐야 해. 유스터스 소령은 품위와는 영 거리가 먼 자더군. 래버튼웨스트를 만나 보고 나서 유스터스 소령을 만나러 가자고. 괜찮겠나?"
"전혀 문제 없네."
"그럼 가지."

II

11시 30분, 찰스 래버튼웨스트가 안내를 받고 재프 경감의 방으로 들어섰다. 재프가 일어나 그와 악수를 나누었다.

하원 의원 래버튼웨스트는 보통 키에 개성이 아주 분명한 사람이었다. 얼굴은 깔끔하게 면도를 했고, 말할 때 입은 배우처럼 시원시원하게 움직였다. 또 입담이 좋은 사람이 흔히 그렇듯 눈이 약간 튀어나와 있었다. 좋은 집안에서 자라나 점잔을 빼며 행동하는 준수한 용모의 청년이었다.

창백한 얼굴에 다소 슬픔에 잠긴 모습이긴 했지만 품위를 전혀 잃지 않고 침착했다. 그는 자리에 앉아 장갑과 모자를 탁자 위에 벗어 놓고는 재프를 바라보았다.

"먼저 래버튼웨스트 씨, 이 일로 상심이 얼마나 컸을지 충분히 이해하는 바입니다."

래버튼웨스트는 재프의 위로를 받아들이지 않았다.

"제 기분에 대해서는 이야기하지 말아 주십시오. 그런데 경감님, 도대체 앨런 씨가 왜 스스로 목숨을 끊었는지 뭔가 짚이는 거라도 있으십니까?"

"혹시 그것과 관련해서 우리에게 도움을 줄 만한 일은 없습니까?"

"없습니다. 전혀."

"다툰 적은 없습니까? 사이가 틀어질 만한 일이 전혀 없었느냐는 이야기입니다."

"그런 일은 전혀 없었습니다. 제 평생 이렇게 충격적인 일은 처음입니다."

"이렇게 말하면 납득이 쉬울 것 같습니다. 이번 사건은 자살이 아니라 살인입니다."

"살인이라고요? 살인이라고 하셨습니까?"

휘둥그레진 그의 눈은 거의 튀어나올 듯했다.

"말한 대롭니다. 그러니 래버튼웨스트 씨, 혹시 앨런 부인을 살해할 만한 사람이 없습니까?"

래버튼웨스트는 흥분을 감추지 못한 채 두서없이 대답했다.

"없습니다. 그럴 만한 사람은 전혀 없어요. 생각만 해도…… 아니, 생각할 수도 없는 일입니다."

"앨런 부인이 생전에 싫어하거나 미워하는 사람에 대해 이야기한 적 없습니까? 아니면 그녀에게 원한을 품을 만한 사람이라도?"

"전혀 없습니다."

"앨런 부인이 총을 갖고 있다는 사실은 아십니까?"

"그런 사실은 몰랐는데요."

그는 약간 놀란 듯했다.

"플렌더리스 양 말로는 앨런 부인이 몇 년 전에 해외에 나갔다가 그 총을 가지고 왔다고 하던데."

"정말입니까?"

"물론 총에 대해선 플렌더리스 양에게 들은 말이 전부입니다. 하지만 앨런 부인이 누군가에게 위험을 느끼고 자기 나름대로 구실을 만들어 가까운 곳에 총을 두었을 가능성은 얼마든지 있습니다."

찰스 래버튼웨스트는 이해가 가지 않는다는 듯 고개를 저었다. 그는 너무 당황해서 멍한 상태였다.

"래버튼웨스트 씨, 플렌더리스 양은 어떤 사람입니까? 그러니까 래버튼웨스트 씨가 보기에 충분히 믿을 만한 사람이냐는 겁니다."

래버튼웨스트는 잠시 생각에 잠겼다.

"그런 것 같습니다. 그렇다고 해야겠죠."

"그녀를 좋아하지 않는가 보군요?"

그를 유심히 지켜보던 재프가 넌지시 물었다.

"그런 뜻이 아닙니다. 다만 제가 매력적이라 생각하는 스타일이 아니라는 이야기지요. 전 그렇게 냉소적이고 독립적인 타입에게는 별로 끌리지 않습니다. 하지만 그녀가 신뢰할 만한 사람이라는 것은 분명합니다."

"흠. 혹시 유스터스 소령이라는 사람을 압니까?"

"유스터스? 유스터스? 아, 네. 이름을 들은 기억이 납니다. 전에 한번 바버라, 그러니까 앨런의 집에서 만난 적이 있습니다. 어쩐지 못 미더운 사람이었습니다. 그래서 앨런에게 말했지요. 우리가 결혼하고 나면 그런 남자는 우리 집에 들이지 않는 편이 좋겠다고 말입니다."

"앨런 부인은 뭐라고 하던가요?"

"아, 저와 같은 생각이었어요. 그녀는 제 판단이라면 무조건 신뢰했습니다. 남자는 여자보다 남자가 더 잘 알아보는 법이거든요. 바버라는 한동안 못 본 사람인지라 아주 무례하게 굴 수는 없다고 설명했습니다. 자신이 혹시 속물로 비치지는 않을까 유난히 걱정했던 것 같습니다. 하지만 제 아내가 되면 옛 친구 중 많은 사람과 어울리지 못하게 되는 건 당연한 거 아닙니까?"

"그 말은 당신과 결혼하면 그녀의 지위가 올라간다는 뜻인가요?"

재프가 퉁명스럽게 물었다.

래버튼웨스트는 말끔하게 정돈된 손을 들어올리며 말했다.

"아니요, 아니요. 물론 그런 뜻은 아닙니다. 사실 앨런의 어머니는 우리 가족과 먼 친척뻘입니다. 그러니 출생 면에서 그녀는 저와 완전히 동등한 위치에 있습니다. 하지만 제 직책이 있다 보니 친구를 선택하는 데 각별히 신경을 써야만 합니다. 그런 점에서 제 아내도 마찬가지로 친구들을 선택해야 한다는 이야기입니다. 어느 정도는 두각을 나타내는 사람으로 말입니다."

재프가 냉담한 목소리로 대답하고는 하던 이야기를 이어나갔다.

"아, 어련하시겠습니까. 그래서 우리 쪽에는 어떤 도움도 줄 만한 것이 없단 이야기군요?"

"전혀 없습니다. 저부터 망망대해에 빠져 헤매는 심정입니다. 바버라가 살해당하다니, 정말 도저히 믿을 수가 없습니다."

"그럼 래버튼웨스트 씨, 11월 5일 밤 어디를 다녔는지 말해 주시겠습니까?"

"제가 다닌 곳이오? 제가 다닌 곳이라뇨?"

래버튼웨스트의 날선 목소리에 반감이 역력히 드러났다.

"그저 통례적으로 하는 질문일 뿐입니다. 모든 사람에게 묻는 질문이라는 이야기입니다."

재프가 설명하자 찰스 래버튼웨스트는 짐짓 위엄을 갖추고 재프를 바라보았다.

"저 정도 직위에 있는 사람에게는 그런 통례가 적용되지 않길 바랍니다만."

하지만 재프는 잠자코 대답을 기다렸다.

"전…… 생각 좀 해 봅시다……. 아, 그렇습니다. 의사당에 있었군요. 10시 30분에 거기서 나와서 템스 강둑을 잠시 산책했습니다. 불꽃놀이 구경을 좀 하면서."

"요즘에는 화약 음모 사건 같은 것이 전혀 없어 정말 다행이라는 생각을 하셨겠습니다."

재프가 재미있다는 듯 말했다.

래버튼웨스트가 싸늘한 시선으로 재프를 바라보았다.

"그러고 나서는…… 어, 걸어서 집으로 갔습니다."

"런던 거주지인 온슬로우 광장으로 갔다는 말씀이시군요. 그게 몇 시였습니까?"

"정확한 시간은 잘 모르겠습니다."

"11시? 11시 30분?"

"아마도 그쯤이었던 것 같습니다."

"누군가 문을 열어 줬겠군요."

"아닙니다. 열쇠를 가지고 있었으니까요."

"혹시 집으로 걸어오는 동안 만난 사람이 있습니까?"

"없습니다. 그런데 경감님, 이런 질문을 받으니 아주 불쾌하군요."

"다시금 말씀드리지만 통상적인 절차일 뿐입니다, 래버튼웨스트 씨. 그렇게 사적인 질문은 아니지 않습니까."

그제서야 하원 의원은 불편한 심기를 누그러뜨렸다.

"다 끝난 거라면······."

"지금으로선 그게 끝입니다, 래버튼웨스트 씨."

"뭔가 알아내시는 대로 알려 주십시오."

"당연히 그러겠습니다. 아, 무슈 에르퀼 푸아로를 소개해 드리죠. 푸아로 씨에 대한 이야기는 익히 들으셨을 줄로 압니다만."

래버튼웨스트는 흥미롭다는 듯 작달막한 벨기에인을 바라보았다.

"그럼요, 그럼요. 들은 적이 있습니다."

푸아로가 갑자기 외국인 티를 한껏 내며 말했다.

"몽 셰르(안녕하십니까, 의원님). 진심으로 가슴이 찢어지는 것 같습니다. 상실감이 얼마나 크십니까. 그 아픈 마음을 꾹 참고 계시다니, 더 이상 뭐라 드릴 말씀이 없군요. 그렇게 감정을 억제하시는 것 보면 영국인들은 정말 대단합니다."

푸아로가 담뱃갑을 꺼내들었다.

"한 대 피워도 되겠지요······. 어, 담배가 떨어졌군. 재프, 담배 있나?"

재프가 손으로 주머니를 툭툭 쳐 보더니 고개를 젓자 래버튼웨스트가 자신의 담뱃갑을 꺼냈다.

"음, 제 것을 한 대 피우시죠, 무슈 푸아로."

"감사합니다, 감사합니다."

작달막한 푸아로가 담배를 꺼내들었다.

래버튼웨스트가 푸아로에게 말을 꺼냈다.

"푸아로 씨 말씀대로 우리 영국인들은 웬만해선 감정을 드러내지 않지요. '입술을 꽉 물어라.' 이것이 영국인들의 좌우명입니다."

래버튼웨스트는 이렇게 이야기하고는 방을 나갔다.

"좀 답답한 사람이군. 거기다 점잔 빼는 꼴 하고는. 플렌더리스가 한 말이 거의 맞긴 하네. 하지만 허우대는 멀쩡하군. 유머 감각이 없는 여자라면 좀 좋아할지 모르겠어. 그런데 담배는 어떤가?"

재프가 못 봐주겠다는 듯 말했다.

푸아로가 고개를 저으며 담배를 건네 주었다.

"이집트산이야. 비싼 담배지."

"이런, 아무 소용이 없잖아. 안타깝군. 저렇게 허술한 알리바이는 평생 들어본 적이 없는데. 저런 건 사실 알리바이라고 할 수도 없지. 그런데 푸아로, 이렇게 정리하면 어떨까. 만일 앨런 부인이 저 남자에게서 돈을 뜯어냈다면……. 사실 저런 작자가 돈 뜯어내기엔 안성맞춤이거든. 순한 양처럼 순순히 돈을 내 줄 거란 말이야. 스캔들을 피하기 위해서라면 무슨 일이든 할 거라고."

"여보게 친구, 자네 맘대로 사건을 재구성하는 거야 아주 재미있는 일이겠지만, 엄격하게 말해 우리가 해야 할 일은 아니네."

"알겠네. 이제 유스터스를 처리해야지. 그에 대해 이야기를 좀 들었는데, 정말로 비열한 작자더군."

"그런데 플렌더리스 양에 대해서는 내가 얘기한 대로 조치해 두었나?"

"응, 잠깐만 기다려 보게. 어떻게 하고 있는지 전화를 해 보지."

그는 수화기를 들고 짤막하게 통화한 후 푸아로를 바라보았다.

"정말 매정한 여자로군. 골프 치러 나갔다는데. 친구가 살해된 지 겨우 하루밖에 안 됐는데 잘도 골프 칠 맛이 나시겠군."

그때 푸아로가 탄성을 질렀다.

"무슨 일인가?"

재프가 궁금해서 물었지만 푸아로는 혼자 중얼거릴 뿐이었다.

"그렇지. 그렇지. 당연해. 아둔하기는. 왜 그랬을까, 이렇게 불 보듯 뻔한 일을!"

재프가 거칠게 쏘아붙였다.

"그만 꿍얼대고 유스터스나 잡으러 가자고."

푸아로의 얼굴에 미소가 퍼지는 걸 본 재프는 어리둥절할 뿐이었다.

"그래, 당연히 유스터스를 잡으러 가야지. 그런데 이제 다 알겠네. 다 알겠다고."

제8장

유스터스 소령은 산전수전 다 겪은 사람이 갖고 있는 특유의 뻔뻔함으로 두 남자를 맞았다.

그가 머무는 아파트는 작았다. 유스터스 소령은 임시 거처일 뿐이라고 설명했다.

그는 두 남자에게 술을 한 잔 권했다가 거절당하자 담뱃갑을 꺼냈다. 재프와 푸아로 모두 담배를 한 대씩 받아 들었다. 둘은 재빨리 시선을 주고받았다.

재프가 담배를 손가락에 끼고 빙빙 돌리며 말했다.

"터키산 담배를 피우는군요."

"그렇습니다. 혹시 값싼 궐련을 더 좋아하십니까? 찾으면 어딘가 있긴 할 텐데."

"아니요, 아닙니다. 이거면 아주 충분합니다."

그러고 나서 재프는 몸을 앞으로 기울이며 목소리 톤을 바꾸어 말했다.

"유스터스 소령, 내가 여기 온 이유를 알고 계실 거 같은데요?"

유스터스 소령은 태연하게 고개를 저었다. 그는 키가 큰 편이었고, 세련미는 별로 없었지만 차림새는 준수했다. 눈언저리에는 유난히 살이 많았는데, 작고 교활해 보여 훌륭한 유머를 겸비한 그의 친절한 태도와 왠지 어울리지 않았다.

"아니요……. 경감님처럼 지체 높으신 분께서 왜 나를 보러 오신 건지 도통 모르겠는데요. 혹시 내 차와 관련된 문제입니까?"

"차 문제가 아닙니다. 혹시 바버라 앨런 부인을 알고 계시지 않습니까, 유스터스 소령?"

소령은 뒤로 몸을 기대며 연기를 훅 내뿜었다. 그리고 애써 밝은 목소리로 말했다.

"아, 그 문제 때문이시군. 생각도 못 했네요. 아주 슬픈 일입니다."

"소식은 들었습니까?"

"어젯밤에 신문에서 봤지요. 무척 안됐던데."

"앨런 부인은 인도에서 알았죠?"

"그렇습니다. 몇 년 전에."

"그럼 전남편도 아시겠군요?"

순간 정적이 흘렀다. 1초도 채 안 되는 아주 짧은 시간에 돼지를 연상시키는 작은 눈이 두 남자의 얼굴을 재빨리 훑었다. 그리고 나서 그는 대답했다.

"아니요. 한 번도 만난 적이 없습니다."

"그 사람에 대해 알고 계신 건 있겠죠?"

"건달이라는 말은 들었습니다. 물론 소문에 불과했지만."

"앨런 부인이 그 사람에 대해서 말한 건 없고요?"

"그 사람에 대해선 한마디도 안 했습니다."

"앨런 부인과는 친한 사이였나요?"

유스터스 소령이 어깨를 으쓱해 보였다.

"알고 계시겠지만 우린 오랜 친구입니다. 하지만 그다지 자주 만나는 사이는 아니었습니다."

"하지만 지난밤엔 그녀를 만나지 않았습니까. 바로 11월 5일 밤에 말입니다."

"네, 맞습니다."

"앨런 부인의 집에 들른 걸로 압니다만."

유스터스 소령은 고개를 끄덕였다. 그리고 차분하면서도 유감이라는 듯한 목소리로 말했다.

"그렇습니다. 나에게 투자 조언을 해 달라고 했어요. 물론 경감님이 여기 오신 이유는 알겠습니다. 당시 그녀의 심경이 어땠는지 궁금하신 거 아닙니까. 그런데 뭐라 말해야 할지 모르겠군요. 평소와 전혀 다름이 없었어요. 지금 와서 생각해 보면 약간 신경질적이긴 했지만."

"그녀가 자살할 생각을 하고 있다는 기미는 전혀 보이지 않았다?"

"전혀 없었습니다. 작별 인사를 하면서 조만간 전화할 테니 한번 만나자고 할 때까지만 해도 말이죠."

"방금 전화할 거란 말을 했다고 하신 건가요? 그게 당신이 마지막으로 한 말입니까?"

"그렇습니다."

"이상하군요. 내가 들은 바에 따르면 당신이 한 말은 그게 아니었는데요."

유스터스의 낯빛이 바뀌었다.

"음, 물론 정확히 어떤 말을 했는지는 기억이 나지 않습니다."

"내가 확인한 바로는 '생각해 보고 알려 줘.'였습니다."

"가만 있자. 그러고 보니 경감님 말이 맞는 것 같네요. 그것도 정확하지는 않지만, 아마 언제 시간이 나는지 알려 달라고 이야기했던 것 같습니다."

"그것도 당신이 한 말과 다르지 않습니까?"

재프가 말하자 유스터스 소령은 어깨를 으쓱하며 말했다.

"이봐요. 사람이 매 상황에서 한 말을 낱낱이 기억합디까?"

"그래서 앨런 부인은 뭐라 대답했습니까?"

"전화를 주겠다고 했습니다. 내 기억에 따르면."

"그때 당신은 '알겠어. 그럼 잘 있어.'라고 했지요."

"아마 그럴 겁니다. 그런 종류의 말이었습니다."

재프가 나직하게 말했다.

"당신 말은 앨런 부인이 투자 조언을 부탁했다는 이야기인데, 혹시 그녀가 투자에 써 달라며 200파운드를 맡기지는 않았습니까?"

유스터스의 얼굴이 갑자기 확 붉어졌다. 그는 앞으로 몸을 내밀고 씩씩거리며 말했다.

"그 말은 무슨 뜻이죠?"

"그런 일이 있습니까, 없습니까?"

"그건 당신이 상관할 일이 아니잖습니까, 경감님."

재프가 나직이 말했다.

"앨런 부인의 계좌에서 현금으로 200파운드가 인출됐습니다. 그중 일부는 5파운드짜리 지폐죠. 물론 번호로 추적이 가능하고 말입니다."

"그런 일이 있었다면 어쩔 거죠?"

"그 돈은 투자금이었습니까, 아니면 당신이 갈취한 겁니까, 소령?"

"터무니없는 소리는 집어치워요. 이젠 어떤 이야기를 꾸며낼 참입니까?"

재프는 짐짓 사무적인 태도로 말했다.

"유스터스 소령, 이쯤에서 런던 경시청으로 오셔서 진술할 의향이 있는지 여쭤봐야 할 것 같군요. 물론 강압적인 건 아니고, 원하신다면 변호사를 부를 수도 있습니다."

"변호사라고? 도대체 변호사하고 뭘 하란 말입니까? 당신 지금 나를 협박하는 겁니까?"

"전 지금 앨런 부인 사망 사건을 조사하는 중입니다."

"하느님 맙소사! 설마 당신……. 도대체 왜, 이건 말도 안 돼! 보세요, 내 말해 드리리다. 난 바버라와 약속을 하고 집에 들렀던 거예요."

"그게 몇 시였습니까?"

"9시 30분 정도였어요. 우리는 앉아서 이야기를 나누었죠."

"그리고 담배를 피웠죠?"

"그래요. 담배를 피웠어요. 그게 뭐 문제라도 됩니까?"

소령이 싸우기라도 할 듯한 기세로 말했다.

"이야기를 나눈 장소는 어디였지요?"

"거실이었어요. 현관문을 열고 들어갔을 때 왼쪽에 있는 방 말입니다. 말했다시피 우린 아주 유쾌한 대화를 나누었어요. 그 집을 나선 건 10시 30분이 조금 못 되어서였어요. 그리고 현관에 서서 잠깐 마지막 작별 인사를 나누었죠……."

"마지막 인사라……. 말 그대로군요."

푸아로가 중얼거렸다.

유스터스가 푸아로를 보고 거칠게 말했다.

"당신은 도대체 누굽니까? 어디서 굴러먹던 자식이! 뭔데 참견이냐고요?"

"저는 에르퀼 푸아로라고 합니다."

작달막한 신사가 짐짓 품격 있는 태도로 말했다.

"당신이 아킬레우스 동상(에르퀼의 철자법은 Hercule로 그리스 신화의 영웅 헤라클레스의 프랑스식 표기다. 이를 빗대어 비꼰 말—옮긴이)이라 해도 내 알 바 아니지. 말했지만 바버라와 나는 아주 유쾌하게 헤어졌어요. 그런 후에 나는 파 이스트 클럽으로 곧장 차를 몰고 갔지요. 11시 35분에 거기 도착해서 카드룸으로 곧장 올라갔고. 거기서 브리지게임을 하면서 1시 30분까지 있었단 말입니다. 추궁할 사람을 추궁해야지.”

"꽤나 그럴듯한 알리바이군요.”

푸아로가 말했다.

“이보다 확실한 알리바이가 어디 있지요! 이제 만족하십니까, 경감님?”

유스터스 소령이 재프를 쳐다보며 말했다.

“앨런 부인의 집에 갔을 때 거실에만 있었습니까?”

"그래요.”

"위층에 있는 앨런 부인 방에는 가지 않았다는 이야기군요?”

"그래요. 그건 분명해요. 우리는 계속 한 방에 있었고 그 방을 뜬 적이 없습니다.”

재프는 잠시 유스터스 소령을 바라보고 무언가를 골똘히 생각하더니 말했다.

"당신이 가지고 있는 커프스단추는 몇 개죠?”

"커프스단추? 커프스단추라고 했습니까? 도대체 그게 여기서 무슨 상관이죠?”

"물론 이 질문에 반드시 대답할 필요는 없습니다.”

"대답? 대답 못 할 이유도 전혀 없죠. 난 숨길 게 없으니까. 나한테 사과해야 할 겁니다. 여기 있는 것하고…….”

유스터스 소령은 팔을 뻗어 보였다. 재프는 금과 백금이 섞인 커프스 단추를 보고 고개를 끄덕였다.

"그리고 여기 몇 개 더 있죠."

유스터스 소령은 자리에서 일어나 서랍을 열고 상자 하나를 꺼냈다. 그러고는 상자의 뚜껑을 열어 재프의 코 밑으로 사정없이 들이밀었다.

"아주 멋지군요. 그런데 하나가 망가졌네요. 에나멜 조각이 떨어져 나갔군요."

재프 경감이 말했다.

"그게 어쨌다는 거죠?"

"에나멜이 언제 떨어졌는지 기억이 안 나실 거 같은데, 그렇지 않습니까?"

"하룬가, 이틀 전입니다. 그렇게 오래된 일은 아니에요."

"앨런 부인의 집에 갔을 때 떨어졌다고 한다면 놀라실 것 같은데요?"

"놀랄 일이 뭐가 있겠습니까? 거기 갔다고 이미 이야기하지 않았나요."

소령은 당당하게 말했다. 그는 연극에서 분개하는 사람 역을 맡기라도 한 듯 계속 노발대발했지만, 손을 벌벌 떨고 있었다.

재프가 몸을 앞으로 기울이며 목소리에 힘을 주어 말했다.

"그랬죠. 하지만 그 커프스단추 조각은 거실이 아니라 위층에 있는 앨런 부인의 방에서 발견되었습니다. 앨런 부인이 살해된 바로 그 방 말이죠. 그리고 어떤 남자가 그 방에 앉아 당신이 피우는 것과 똑같은 담배를 피웠고요."

시기적절한 일격이었다. 유스터스는 의자에 털썩 주저앉았다. 그의 눈동자는 갈피를 못 잡고 이리저리 움직이고 있었다. 기세등등하던 깡패가 순식간에 잔뜩 겁에 질린 한 사내로 바뀌어 버린 것이 그다지 보기 좋은 광경은 아니었다.

그는 이제 거의 울먹이고 있었다.

"증거가 없잖습니까. 나에게 누명을 씌우려는 거야. 하지만 그렇게는 안 돼. 난 알리바이가 있어요. 난 그 집을 나온 후에는 근처엔 얼씬도 하지 않았단 말입니다."

푸아로가 자기 차례라는 듯 입을 열었다.

"물론 당신은 그 집 근처엔 다시 가지 않았습니다. 그럴 필요가 없었죠. 그 집을 나설 때 앨런 부인은 벌써 죽어 있었을 테니까."

"말도 안 되는 소리. 말도 안 되는 소리 하지 마세요. 앨런 부인은 문 바로 안쪽에 있었단 말입니다. 나와 이야기를 나누었어요. 사람들이 분명 그녀 목소리를 듣고, 그녀를 봤을······."

푸아로가 부드러운 목소리로 말했다.

"사람들은 당신이 그녀에게 말하는 건 들었습니다. 그녀가 대답하는 걸 기다리는 척하고는 또 한 번 말을 하는 것까지. 낡은 수법이죠. 사람들은 앨런 부인이 문 안쪽에 서 있다고 생각했지만 보지는 못했습니다. 왜 그런가 하면 사람들은 그녀가 이브닝드레스를 입고 있었는지 여부조차도 말해 주질 못했거든요. 심지어 어떤 색깔의 옷을 입고 있었는지도 말해 주지 못했습니다."

"맙소사. 그렇지 않아. 그렇지 않다고."

그는 몸을 덜덜 떨더니 이제는 완전히 기력을 잃은 듯했다.

재프는 못 봐주겠다는 듯 그를 바라보며 짧게 몇 마디 했다.

"나와 함께 가 주시겠습니까, 유스터스 소령?"

"지금 날 체포하는 겁니까?"

"이런 걸 우리 쪽에서는 조사를 위한 구금이라고 하죠."

공포에 질린 긴 한숨 소리가 방 안을 감돌던 침묵을 깼다. 방금 전까지만 해도 노발대발하던 유스터스 소령이 절망에 빠진 목소리로 말했다.

"완전히 당했군……."

에르퀼 푸아로는 손바닥을 마주 비비며 밝게 미소를 지었다. 어딘지 모르게 신이 나는 듯한 모습이었다.

제9장

"그 친구 완전히 넋 나간 꼴 하고는."

그날 오후 재프가 수사관으로서 터놓은 감상이었다.

그와 푸아로는 차를 타고 브롬튼 로드를 따라 달리고 있었다.

"그자는 게임이 끝났다는 걸 알았던 거야."

푸아로가 멍한 목소리로 말했다.

재프가 말했다.

"그자와 관련해서 여러 가지 혐의를 포착해 두었지. 가명을 두서너 개나 쓰는 데다, 수표를 교묘하게 이용해 먹었어. 그러다가 드 바스 대령이라는 이름으로 리츠에 머물면서 한탕 크게 했지. 피커딜리 거리에 있는 상인 여러 명이 그놈에게 당했어. 당분간은 그 명목으로 놈을 잡아둘 생각이네. 그러다 보면 이 사건도 해결이 되겠지. 그런데 도대체 무슨 생각으로 그 동네에 이렇게 서둘러 가시는 건가, 푸아로 양반?"

"친구, 일을 제대로 마무리해야 하지 않겠나. 모든 것을 정확히 설명할 수 있어야 한다는 얘기지. 지금 나는 자네가 제기한 그 미스터리를 풀러 가는 길이네. '사라진 손가방의 미스터리' 말이야."

"아까 내가 이야기할 때는 그냥 '작은 손가방의 미스터리'였는데……. 사라진 건 아니잖아."

"두고 보면 알걸. 몽 아미(친구)."

차는 뮤스가로 들어섰다. 마침 14번지 바로 앞에 멈추어선 오스틴 세븐에서 제인 플렌더리스가 내리고 있었다. 골프복 차림이었다. 그녀는 두 남자를 번갈아 본 후 열쇠를 꺼내 문을 열었다.

"들어오시겠어요?"

그녀가 앞장을 서자 재프도 그녀를 따라 거실로 들어갔다. 그러는 사이 푸아로는 잠시 복도에 서서 뭐라고 중얼거렸다.

"세 엠베탕(거 참 귀찮군)……. 이 외투는 소매를 빼기가 어찌나 어려운지."

잠시 후 푸아로도 외투를 벗고 거실로 들어섰다. 재프의 입술이 콧수염 밑에서 실룩거렸다. 아주 희미하게 벽장문이 삐걱거리며 열리는 소리를 들었던 것이다.

재프가 푸아로에게 궁금하다는 눈빛을 보내자 푸아로는 보일 듯 말 듯 고개를 끄덕였다.

"당신을 오래 붙잡아 둘 생각은 없습니다, 플렌더리스 양. 다만 앨런 부인의 사무 변호사 이름을 물어보러 왔어요."

재프가 쾌활한 목소리로 말했다.

"바버라의 변호사요? 바버라에게 변호사가 있었는지조차 모르는걸요."

그녀가 고개를 저었다.

"하지만 이 집을 빌렸을 때 누군가가 계약서를 작성해 줬을 거 아닙니까?"

"아니요, 그렇지 않아요. 이 집은 제 이름으로 빌렸거든요. 바버라가 집세 절반을 제게 지불했고요. 그런 형식적 절차는 없었어요."

"그렇군요. 아, 그러면 이제 우리 볼일은 끝났습니다."

"도움이 되지 못해 죄송하네요."

제인이 공손하게 말했다.

재프가 문 쪽으로 돌아섰다.

"그렇게 중요한 문제는 아닙니다. 그런데 골프 치러 갔었습니까?"

"네. 물론 매정하다고 생각하실 건 알지만 이 집에 있으면 너무 우울해서요. 나가서 뭔가를 해야겠다고 생각했어요. 제 기력을 완전히 소진시킬 수 있는 일 말이에요. 안 그러면 질식해 죽을 것만 같았거든요."

제인이 얼굴을 붉힌 채 열심히 설명하자 푸아로가 재빨리 말을 받았다.

"전 이해합니다, 마드무아젤. 십분 이해합니다. 그런 기분이 드는 건 백번 당연하지요. 이 집에 앉아서 생각을 한다는 건…… 결코 즐겁지 않을 겁니다."

"이해하신다니 다행이네요."

제인이 짤막하게 말했다.

"골프 치러 다니는 클럽이 어딘가요?"

"웬트워스에서 쳐요."

푸아로가 말했다.

"요즘은 날씨가 좋지요. 그런데 나무에 이파리가 몇 개 안 남았네요. 일주일 전만 해도 정말 볼만했던 나무들인데 말이죠."

"오늘 날씨는 정말 화창했어요."

재프가 격식을 갖추어 인사를 했다.

"그럼 안녕히 계세요, 플렌더리스 양. 확실히 밝혀진 게 있으면 알려 드리겠습니다. 사실 용의자 한 명을 붙잡았습니다."

"누구죠?"

그녀가 그들을 뚫어져라 바라보았다.

"유스터스 소령입니다."

제인은 고개를 끄덕인 후 돌아서서는 쭈그리고 앉아 성냥으로 난로에 불을 붙였다.

"그래서?"

차가 뮤스가 모퉁이를 돌 때 재프가 묻자 푸아로가 씨익 웃으며 말했다.

"아주 간단했어. 이번에는 문에 열쇠가 꽂혀 있었거든."

"그래 어떻던가?"

"에 비엥(음), 골프채가 없더군."

"당연하지. 다른 건 몰라도 저 여잔 절대 바보가 아니거든. 또 사라진 건 없던가?"

푸아로가 고개를 끄덕이며 말했다.

"있었지, 친구. 작은 손가방."

재프의 발이 가속 페달에서 떨어졌다.

"제기랄! 분명 뭔가 있다는 걸 알았는데. 그런데 도대체 그게 뭐지? 그 가방을 정말 샅샅이 살펴봤다고."

"불쌍한 재프, 하지만 이렇게만 말해 두기로 하지. '뻔하지 않나, 왓슨 이 친구야.'"

재프가 원망의 눈길로 푸아로를 바라보았다.

"그래서 지금 우리는 어디로 가는 건데?"

푸아로가 차고 있던 시계를 봤다.

"아직 4시가 안 됐군. 어두워지기 전에 웬트워스에 도착할 수 있겠어."

"자네는 플렌더리스가 정말 골프 클럽에 갔을 거라고 생각하는 거야?"

"그래. 우리가 조사할 거라는 사실을 알았을 테니까. 그녀가 거기 갔다는 걸 확인할 수 있을걸."

재프가 차들 사이를 솜씨 좋게 빠져나가며 툴툴거렸다.

"하지만 이봐, 그 손가방이 이 살인 사건과 무슨 관계가 있다는 건지 난 도통 모르겠어. 그 가방이 이 사건과 관련이 있다는 단서를 하나도 잡지 못했다고, 난."

"말 그대로야, 친구. 자네 말이 맞아. 그 가방은 이 사건과 아무 상관이 없어."

"그런데 왜……. 아니, 말하지 마. 이 사건은 빈틈없이 아주 완벽하게 처리되었다고. 그래, 날씨 한번 기막히게 좋군."

차를 빨리 운전한 덕분에 그들은 4시 30분이 조금 넘었을 때 웬트워스에 도착했다. 주중이라 클럽은 그리 붐비지 않았다.

푸아로는 곧장 캐디 마스터에게 가서 플렌더리스 양이 내일은 다른 코스에서 골프를 칠 거라는 설명과 함께 플렌더리스 양의 골프채를 내 달라고 했다.

캐디 마스터가 큰 소리로 뭐라 말하자 한 소년이 구석에서 골프채 몇 개를 골라 왔다. 그리고 마지막으로 J.P라는 이니셜이 새겨진 가방을 꺼내 주었다.

"고맙습니다."

푸아로는 인사를 한 후 발길을 돌려 나오다가 무심코 몸을 돌렸다.

"혹시 그 숙녀분이 작은 손가방을 맡기진 않았습니까?"

"오늘은 맡기지 않으셨는데요. 클럽 건물 안 어딘가에 두신 건 아닌지."

"오늘 그 숙녀분이 여기 들르긴 했습니까?"

"네, 제가 봤습니다."

"그분과 함께 한 캐디가 누군지 아십니까? 손가방을 어딘가에 놨는데 마지막에 둔 곳이 도무지 기억이 안 난다고 하는군요."

"그분은 오늘 캐디를 안 쓰셨는데요. 여기 오셔서 공을 두 개 사셨어요. 아이언 골프채도 두 개만 꺼내 갔고요. 확실하진 않지만 그때 작은 가방을 들고 계셨던 것 같습니다."

푸아로는 고맙다고 인사를 한 후 몸을 돌렸다. 제프와 푸아로는 클럽 건물 주변을 거닐었다. 푸아로가 잠시 멈추어 서서 주변 경치에 찬사를 보냈다.

"정말 아름답지 않은가. 짙푸른 소나무와 저 호수 말이야. 맞아, 호수……."

제프가 그를 재빨리 쳐다보았다.

"자네도 그렇게 생각하는 거지, 그렇지?"

푸아로가 미소를 지었다.

"내 생각에는 누군가 본 사람이 있을 것 같아. 내가 자네라면 조사반을 출동시키겠네만."

제10장

I

푸아로는 뒤로 물러서서 머리를 한쪽으로 약간 기울이고 방 배치를 살펴보았다. 의자 하나는 여기에 두고 다른 하나는 저기에 두자. 그래, 아주 좋아. 그때 벨이 울렸다. 재프가 온 것일 터다.
런던 경시청 경감이 소란스럽게 안으로 들어섰다.
"이 건방진 친구야, 자네 이야기가 다 맞았어. 내가 직접 확인하고 오는 길이네. 어제 웬트워스에서 한 젊은 여자가 호수에 뭔가를 던지는 걸 본 사람이 있어. 그 사람이 말한 인상착의는 딱 제인 플렌더리스야. 우리는 별로 힘들이지 않고 그걸 건져 올렸지. 갈대가 우거진 곳 근처였어."
"그게 무엇이었나?"

"당연히 그 손가방이었지. 그런데 도대체 왜일까? 그것 때문에 골치가 아파 죽겠어. 안엔 아무것도 없었어. 심지어 잡지들도 들어 있지 않았다고. 도대체 정신이 멀쩡한 젊은 여자가 왜 값비싼 장식이 달린 화장 도구 가방을 호수에 던진 걸까? 물론 자네는 그 이유를 알겠지만, 난 도무지 감이 오질 않아서 어젯밤 내내 고민을 했다고."

"몽 포브르 재프(가엾은 재프)! 하지만 더 이상 고민할 필요 없어. 지금 답이 오고 있으니 말이야. 방금 벨이 울렸거든."

그때 말쑥하게 차려입은 푸아로의 하인 조지가 문을 열었다.

"플렌더리스 양께서 오셨습니다."

플렌더리스 양이 여느 때처럼 자신만만한 태도로 방 안에 들어와 두 남자에게 인사를 건넸다.

푸아로가 말했다.

"제가 마드무아젤께 여기로 와 달라고 부탁드렸습니다. 여기 앉으시죠. 재프, 자네는 여기 앉게나. 두 분에게 전할 소식이 몇 가지 있어서요."

플렌더리스가 자리에 앉았다. 그녀는 모자 한쪽 끝을 들어올리고 두 남자를 번갈아 바라본 후 초조한 모습으로 옆에 모자를 벗어 두었다.

"유스터스 소령이 구속되었다고 들었어요."

"아침 신문을 보신 모양입니다?"

"네."

푸아로가 말을 이어갔다.

"처음에는 몇 가지 사소한 죄가 있어 체포한 거였습니다. 그런데 그 와중에 그자가 이번 살인과 관계가 있다는 증거를 확보하였습니다."

"그렇다면 이번 사건이 살인이었단 이야기군요?"

플렌더리스 양이 조바심을 내며 물었다.

푸아로가 고개를 끄덕였다.

"그렇습니다. 이번 사건은 살인이죠. 한 인간이 다른 인간을 완전히 파괴시키려고 작정한 사건이었으니까."

그녀가 몸을 약간 떨며 웅얼거렸다.

"그만하세요. 그렇게 말씀하시니 소름이 끼치네요."

"알겠습니다. 하지만 정말 소름끼치는 사건이기는 하죠."

그는 잠시 뜸을 들였다.

"그럼 플렌더리스 양, 이제부터 내가 어떻게 이 사건의 진상을 알아냈는지 말씀 드리지요."

그러자 푸아로를 바라보던 그녀가 재프를 바라보았다. 재프는 미소를 지어 보였다.

"플렌더리스 양, 저 양반은 자기 나름대로 사건을 해결한답니다. 그래서 내가 저 사람 비위를 다 맞춰 주는 거죠. 저 양반이 뭐라고 하는지 한번 잘 들어봅시다."

푸아로가 입을 열었다.

"마드무아젤도 아시겠지만, 내가 사건 현장에 도착한 건 11월 6일 아침이었습니다. 우리는 앨런 부인의 시체가 발견된 방으로 들어갔지요. 그런데 몇 가지 중요한 사실이 곧바로 눈에 들어왔습니다. 그 방에는 결정적으로 이상한 점들이 몇 가지 있었어요."

"그랬나요."

플렌더리스 양이 말했다.

"먼저 담배 냄새였습니다."

"푸아로, 그건 자네가 좀 과장하는 것 같은데. 난 아무 냄새도 못 맡았다고."

재프가 말하자 푸아로가 순식간에 그를 향해 몸을 돌렸다.

"자네 말이 맞아. 자네는 퀴퀴한 담배 냄새를 전혀 맡지 못했어. 나 역시 그랬지. 바로 그 점이 아주 이상했어. 왜냐하면 문이랑 창문은 모두 닫혀 있었고 방 안 재떨이 위에는 담배꽁초가 적어도 열 개는 있었거든. 그런데 방 안 공기가 그토록 상쾌하다는 게 너무도 이상했지."

재프가 한숨을 내쉬며 말했다.

"자네가 알아냈다는 게 바로 그거였군. 언제나 저렇게 빙빙 돌려 생각해서 무언가를 알아낸다니까."

"셜록 홈즈도 그러지 않던가. 잘 생각해 보게. 홈즈는 밤에 집을 지키고 있던 개에게 이상한 점이 없나 살펴보지. 그런데 그 사건을 푼 열쇠는 이상한 점이 전혀 없다는 것이었어. 그날 밤 그 개가 아무 짓도 하지 않았던 게 이상했던 거지.(셜록 홈즈 시리즈 중 「실버 블레이즈」편의 이야기를 언급하고 있는 것임—옮긴이) 그럼 계속해 볼까. 그 다음에 내 관심을 끈 건 죽은 여인이 차고 있던 손목시계였지."

"그게 뭐 어쨌다는 건가?"

"시계 자체에 특별한 건 전혀 없었지. 중요한 건 시계를 오른손에 차고 있다는 거였어. 시계는 일반적으로 오른손보다는 왼손에 차거든."

재프가 어깨를 으쓱하며 무언가 말하려 하자 푸아로가 서둘러 말을 이었다.

"물론 자네 생각대로 거기서도 어떤 명확한 증거를 찾을 수는 없었어. 시계를 오른손에 차는 걸 좋아하는 사람도 있으니까. 그런데 그때 나는 아주 흥미로운 걸 발견하였지. 바로 책상을 보게 된 거야."

"응, 자네가 책상에 주목했다는 건 나도 알아."

"그건 정말 이상했어. 아주 특이했지. 이유는 두 가지인데, 첫 번째 이유는 그 책상에서 뭔가가 사라지고 없었기 때문이었어."

제인 플렌더리스가 입을 열었다.

"뭐가 사라졌다는 말씀이죠?"

푸아로가 그녀에게로 몸을 돌렸다.

"사라진 것은 바로 압지 한 장이었죠, 마드무아젤. 압지철 맨 위에는 아무 흔적도 없는 깨끗한 압지만 있었습니다."

제인이 어깨를 으쓱했다.

"그게 어떻단 말씀이죠, 무슈 푸아로. 사람들이 여러 번 사용한 압지를 뜯어서 버리는 건 흔한 일이잖아요."

"그렇죠. 하지만 그 종이를 어떻게 하죠? 보통 쓰레기통에 버립니다. 그렇지 않나요? 하지만 쓰레기통에는 압지가 없었습니다. 제가 살펴봤죠."

제인 플렌더리스가 초조해하며 말했다.

"전날 이미 비워서 없을 수도 있죠. 압지에 아무 흔적도 없는 건 바버라가 그날은 편지를 한 통도 쓰지 않았기 때문일 거고요."

"그건 거의 있을 수 없는 이야기지입니다, 마드무아젤. 왜냐하면 앨런 부인이 그날 저녁 우체통에 들르는 걸 사람들이 봤다고 했습니다. 앨런 부인이 아래층에서 편지를 썼을 리는 없습니다. 그곳엔 뭔가를 쓸 수 있는 물건들이 없기 때문입니다. 플렌더리스 양의 방에 가서 썼을 가능성도 거의 없고요. 그렇다면 그녀가 편지를 쓸 때 받쳤던 압지는 어디로 간 걸까요? 사람들은 간혹 물건을 쓰레기통에 버리지 않고 난롯불 속에 집어넣고는 하지요. 하지만 그 방에는 가스난로밖에 없습니다. 그리고 앨런 부인이 죽기 전날 아래층 난로에는 불이 피워져 있지 않았습니다. 아가씨 입으로 땔감이 마련되어 있던 난로에 불을 붙였다고 말하지 않았습니까."

그는 잠시 말을 멈추었다.

"사소하지만 이상한 점이었죠. 나는 집 안 쓰레기통이란 쓰레기통은 죄다 뒤졌습니다. 하지만 압지는 찾을 수 없었습니다. 그때부터 저는 그 점을 아주 중요하게 생각했지요. 누군가 일부러 그 압지를 뜯어 버린 것으로 보였기 때문입니다. 왜 그랬을까요? 압지를 거울에 비춰 보면 거기에 쓰인 내용을 쉽게 알아볼 수 있거든요.

그리고 책상에는 이상한 점이 한 가지 더 있었습니다. 재프, 혹시 책상 위 필기도구들이 어떻게 배치되어 있었는지 대강이라도 기억나나? 중앙에 압지대와 잉크스탠드가 있었고, 왼쪽에 펜꽂이, 오른쪽에 달력과 깃펜이 있었지. 에 비엥(어때)? 잘 모르겠나? 잘 생각해 보게. 내가 자세히 살펴봤던 깃펜은 장식용일 뿐 사용하는 펜이 아니었어. 이런! 그래도 아직 모르겠나? 내가 다시 말해 주지. 압지대는 중앙에, 펜꽂이는 왼쪽에 있었어. 왼쪽이라고, 제프. 보통 오른손잡이라면 쓰기 편하도록 펜꽂이를 오른쪽에 두는 게 일반적이지 않은가?

이제 이해가 가는 모양이로군, 그렇지? 왼쪽에 놓인 펜꽂이, 오른쪽 손목에 차고 있던 시계. 압지 한 장은 사라진 상태였고, 방 안엔 누군가 가져다놓은 게 있었지. 바로 담배꽁초가 들어 있는 재떨이!

그 방은 상쾌하고 아무 냄새도 나지 않았어, 제프. 밤새 문이 닫혀 있던 방이 아니라 계속 열려 있던 방인 것처럼 말이야……. 내 머릿속엔 이런 그림이 그려지더군."

갑자기 푸아로가 몸을 획 돌려 제인의 얼굴을 바라보았다.

"그 그림엔 바로 마드무아젤께서 등장하지요. 당신은 택시를 타고 집에 도착해 요금을 지불하고 내립니다. 그리고 위층으로 뛰어 올라갑니다. 아마 '바버라' 하고 친구 이름을 불렀겠지요. 문을 열었는데 친구는 죽은 채 누워 있었습니다. 한 손에는 권총을 쥐고 말입니다. 당연히 왼손이었죠. 앨런 부인은 왼손잡이였으니까요. 그래서 총알도 머리 왼쪽에 박혀 있었던 겁니다. 그리고 방에는 마드무아젤에게 남긴 쪽지가 있었습니다. 거기에는 무엇 때문에 자기가 자살하는지에 대한 이야기가 적혀 있었죠. 심금을 울리는 아주 감동적인 편지였겠죠……. 갈취를 견디다 못해 자살을 결심한 젊고 마음씨 따뜻한 한 불행한 여성의 이야기였죠…….

그 순간 마드무아젤의 머릿속에는 번뜩 이런 생각이 떠올랐습니다. 그 남자의 소행이야. 그자는 벌을 받아야 해. 철저하게 응분의 대가를 받게 하자! 당신은 총을 가져와 깨끗이 닦고 그것을 오른손에 뒀지요. 그리고 바버라가 남긴 쪽지와 그 내용이 남아 있는 압지철 맨 윗장을 가져왔습니다. 아래층으로 내려와 난로에 불을 붙이고 편지와 압지를 모두 불 속에 던져 넣었죠. 그러고는 재떨이를 위층으로 가져갔습니다. 두 사람이 그곳에 앉아 이야기를 나눈 것처럼 꾸미려고 말입니다. 또 당신은 바닥에 에나멜 커프스 단추가 떨어져 있는 것도 주워들었습니다. 그 단추를 발견한 건 행운이었지요. 당신은 그것이 사건의 결정적 단서가 될 수 있을 거라 여겼습니다. 그런 후 창문을 닫고 방문을 잠갔습니다. 이제 남은 건 당신이 방에 손을 댔다고 의심하지 않도록 하는 일이었습니다. 경찰이 꾸며놓은 모습을 그대로 봐야 할 필요가 있었던 것이죠. 그래서 당신은 주택가 사람들에게 도움을 구하지 않고 바로 경찰에 전화를 했던 겁니다.

사건은 그렇게 전개된 것이죠. 마드무아젤께서는 상황을 판단해 가며 침착하게 자신이 선택한 역할을 해 나갔습니다. 처음에는 아무것도 말해 주지 않다가 머리를 써서 자살이 아닐 거라는 의심을 하게 만들었죠. 그리고 나중에는 순순히 정보를 알려 주어 우리가 유스터스 소령을 추적할 수 있게 만들었습니다…….

그래요, 마드무아젤. 아주 치밀합니다. 아주 치밀한 살인이지요. 말 그대로 이건 살인입니다. 그렇게 해서 유스터스 소령을 죽이려 한 것이니까요."

제인 플렌더리스가 벌떡 일어나 말했다.

"이건 살인이 아니에요. 그렇게 하는 게 올바른 일이었다고요. 그 작자가 불쌍한 바버라를 집요하게 괴롭혀서 결국엔 죽음으로 몰아넣었으니까요. 바버라는 너무도 사랑스럽고 또 아무 힘도 없는 아이였어요. 그런 불쌍한 아이가 처음 해외 여행을 갔다가 인도에서 한 남자를 만난 거예요. 그때 바버라는 겨우 열일곱 살이었고 그 사람은 바버라보다 나이가 훨씬 많은 유부남이었어요. 그때 바버라에게 아이가 생겼죠. 바버라는 집에서 아이를 낳을 수도 있었지만 그 말을 들으려 하지 않았어요. 바버라는 사람들에게 잘 알려지지 않은 곳으로 가 있다가 앨런 부인이라는 이름으로 돌아왔지요. 나중에 그 아이는 죽었고요. 여기로 돌아온 그녀는 찰스와 사랑에 빠졌어요. 겉멋만 잔뜩 든 그 거만한 사람과 말이에요. 바버라는 그를 동경했지요. 찰스는 바버라가 자신을 동경하는 걸 아주 흡족해했어요. 그가 그런 인간만 아니었다면 바버라를 설득해서 찰스에게 모든 걸 털어놓으라고 했을 거예요. 하지만 그런 작자이다 보니 입을 굳게 다물고 있으라고 했죠. 결국 나 말고는 그 일에 대해 아는 사람은 아무도 없었어요.

그런데 그때 악마 유스터스가 나타난 거예요. 나머지 일은 아시잖아요. 그자는 바버라를 교묘히 뜯어먹기 시작했어요. 바버라는 바로 그날 저녁 자신뿐만 아니라 찰스까지 위험해진다는 걸 깨달은 거예요. 스캔들에 휘말릴 수 있었죠. 찰스와 결혼하는 건 유스터스의 뜻대로 되는 거였어요. 바버라가 스캔들을 무서워하는 돈 많은 부자와 결혼을 하는 것 말이에요! 유스터스가 바버라가 마련해 준 돈을 가지고 떠났을 때 바버라는 앉아서 곰곰이 생각을 했겠죠. 그리고 위층으로 올라와 제게 편지를 남긴 거예요. 바버라는 찰스를 사랑하고 그 사람 없이는 살 수 없다고 했지만, 바로 그렇기 때문에 그를 위해 자기는 그와 결혼할 수 없다고 했죠. 자신이 택한 길이 최선이라고 말했어요."

제인은 고개를 뒤로 젖혔다.

"제가 잘못된 일을 했다고 생각하시는 건가요? 그래서 거기 서서 그렇게 제가 한 일을 살인이라고 말하는 거냐고요!"

푸아로가 엄한 목소리로 말했다.

"살인이니까 살인이라고 하는 겁니다. 때로는 정당해 보이는 살인도 있지만, 그것 역시 결국엔 살인이지요. 마드무아젤께는 진실성도 있고 머리도 좋지 않습니까. 진실을 외면하지 마세요. 당신의 친구는 최후의 수단을 찾다 죽은 겁니다. 살아갈 용기가 없었기 때문에. 그녀를 동정할 수는 있어요. 안타까운 마음이 들 수도 있죠. 하지만 사실은 변하지 않아요. 그 행위는 다른 사람이 아니라 그녀 자신이 저지른 겁니다."

푸아로는 잠시 말을 멈추었다.

"이제 아가씨는 어쩔 작정이죠? 그자는 다른 죄 때문에라도 장기간 복역을 해야 할 겁니다. 당신은 정말 어떻게 해서든 한 인간의 인생을 (인생이란 점을 명심하세요.) 파괴하고 싶은가요?"

플렌더리스는 푸아로를 바라보았다. 그녀의 눈이 흐려지더니 갑자기 이렇게 중얼거렸다.

"아니요. 선생님 말씀이 맞아요. 그러고 싶지 않아요."

그러고 나서 그녀는 발길을 돌리더니 재빨리 방을 빠져나갔다. 현관문이 쾅하고 닫히는 소리가 들렸다.

II

재프가 길게 휘파람을 불었다. 아주 긴 휘파람이었다.

"젠장, 내 꼴만 우습게 됐군!"

푸아로는 의자에 앉아서 재프를 보고 다정하게 미소를 지었다. 침묵이 깨지는 데는 꽤 오랜 시간이 걸렸다. 마침내 재프가 입을 열었다.

"자살로 위장한 살인 사건이 아니라 살인으로 꾸민 자살이었군 그래."

"그렇지, 아주 치밀하게 계획했어. 과장된 부분도 전혀 없었고."

재프가 불쑥 말했다.

"그런데 그 손가방은? 그건 도대체 이 사건과 어떤 관련이 있는 건가?"

"친구, 내가 전에 이미 말했지 않았나. 그 가방은 상관이 없다고."

"그런데 왜……."

"중요한 건 골프채였어. 그 골프채는 왼손잡이용이었거든. 제인 플렌더리스는 골프채를 웬트워스에 두네. 우리가 집에서 본 건 바버라 앨런의 골프채였어. 자네 말대로 우리가 벽장을 열었을 때 당연히 그 여자는 소스라치게 놀랐지. 자기 계획이 완전히 어그러질 수도 있었으니까. 그런데 영악한 그녀는 짧은 순간이긴 했지만 자신의 감정이 드러나 버렸단 사실을 알게 됐어. 우리가 눈치 챘다는 걸 그녀도 알았던 게지. 그래서 그 순간 최대한 머리를 짜내서 대응을 한 거야. 우리의 관심을 엉뚱한 물건 쪽으로 돌리려 한 거란 말이지. 그녀는 손가방을 보고 '그건 제 거예요. 오, 오늘 아침에 제가 가져온 거예요. 그러니까 거기엔 아무것도 없을 거예요.'라고 말했어. 그리고 그녀가 바라던 대로 자네는 엉뚱한 방향으로 갔지. 그녀가 다음 날 골프채를 없애기 위해 집을 나설 때도 그녀는 마찬가지 이유로 계속 그 손가방을 이용한 거야. 일종의 교란책이었던 셈이지."

"교란책이라. 그렇다면 그녀의 진짜 목적은……?"

"생각해 봐, 친구. 골프채와 가방을 없앨 수 있는 가장 좋은 장소가 어디일까? 골프채는 불에 태우거나 쓰레기통에 버릴 수 없지 않아. 어딘가에 두고 오면 다시 돌아올 가능성이 있고. 플렌더리스 양은 골프장을 택한 거야. 그 골프채는 클럽 건물에 두었다가 자기 가방에서 아이언 두 개를 꺼내서 캐디 없이 홀을 돌았어. 당연히 때를 적당히 골라 중간중간에 골프채를 반으로 분질러서 풀숲 깊숙한 곳에 던져 버린 거야. 그리고 마지막에는 빈 가방도 던져 버렸겠지. 누군가 여기저기서 부러진 골프채를 발견한다 해도 놀랄 일이 아니지. 시합을 하다 분통이 터지면 사람들이 쓰던 골프채를 모조리 부러뜨려 던져 버리는 일은 흔하니까. 그녀는 바로 이런 방식으로 사건을 끌고 간 거야.

하지만 그녀는 자신의 행동이 여전히 사람들의 관심을 끌 수 있다는 걸 알았기 때문에 일부러 사람들의 이목을 끌면서 손가방을 호수에 던져 넣은 거야. 친구, '손가방의 미스터리'는 바로 이렇게 풀리는 거지."

재프는 침묵한 채 잠시 동안 자신의 친구를 바라보았다. 그러더니 자리에서 일어나 그의 어깨를 두드리며 한바탕 웃었다.

"노인 양반치고는 솜씨가 나쁘지 않군! 좋아, 케이크는 자네 차지일세. 어디 근사한 데 가서 점심이나 먹을까?"

"좋지, 친구. 그런데 케이크는 사양하지. 대신 오믈렛 오 샹피뇽(버섯 오믈렛), 블랑케트 드 보(송아지 고기 스튜), 그리고 프티 푸아 알라 프랑세즈(프랑스식 완두콩 요리)에 바바 오 롬(럼주에 적신 스펀지 케이크)을 곁들여 먹지."

"좋으실 대로."

재프가 말했다.

미궁에 빠진 절도

제1장

메이필드 경은 집사가 수플레를 나누어 주는 동안 오른쪽에 앉아 있는 레이디 줄리아 캐링턴 쪽으로 다정하게 몸을 기울였다. 저택의 주인으로서 흠잡을 데 없다고 명성이 나 있는 메이필드 경은 그 이름값을 하려고 수고를 아끼지 않는 인물이었다. 결혼은 아직 못 했지만 여자들에게는 언제나 선망의 대상이었다.

레이디 줄리아 캐링턴은 피부가 검고, 키가 크며, 활달한 성격을 지닌 40세 여성이었다. 비쩍 마르긴 했지만 여전히 아름다웠고 손과 발이 특히나 고왔다. 한편 온갖 일에 신경을 쓰며 살다 보니 퉁명스럽고 침착하지 못한 구석도 있었다.

레이디 줄리아 캐링턴의 남편 공군 중장 조지 캐링턴 경은 원탁에서 그녀의 반대편에 앉아 있었다. 해군에서 군 생활을 시작한 그는 공군으로 자리를 옮긴 이후에도 해군 특유의 소박함과 쾌활함을 잃지 않았다. 그는 저택 주인 왼쪽에 자리를 잡고 앉은 아름다운 밴덜린 부인과 웃으며 농담을 주고받았다.

밴덜린 부인은 빼어난 미모의 금발 여성이었다. 말투에는 미국식 억양이 묻어났지만 불필요한 과장만 없으면 즐겁게 들어줄 만했다.

조지 캐링턴 경의 다른 한편에는 하원 의원인 매커타 부인이 앉아 있었다. 그녀는 주택 및 아동 복지 분야에서 꽤 알아주는 권위자였다. 주로 짧은 문장을 써 가며 이야기를 했는데 말을 한다기보다는 거의 고함을 지른다고 해야 했다. 겉모양은 전체적으로 다소 특이했다. 이런 형편이다 보니 공군 중장이 오른편에 앉은 손님과 더 즐겁게 이야기를 나누는 건 어쩌면 당연한 일이었다.

어디에 가든 주로 업무 이야기를 하는 매커타 부인은 여기에서도 특별한 관심사에 대해 왼쪽에 앉아 있는 젊은 레지 캐링턴에게 한껏 목청을 높여 이야기하는 중이었다.

올해 스물한 살인 레지 캐링턴은 주택이나 아동 복지, 그리고 정치와 관련된 이야기에는 도무지 관심이 없었다. 간간이 "정말 대단하네요!", "부인의 말에 전적으로 동감합니다."라며 대꾸를 하기는 했으나, 그의 마음은 다른 곳에 가 있는 게 분명했다. 레지와 그의 모친 사이에는 메이필드 경의 개인 비서 칼라일 씨가 앉아 있었다. 코안경을 걸치고 있어 지적으로 보이는 창백한 젊은이는 거의 말이 없었지만, 대화가 중단될 때면 언제라도 나설 준비가 되어 있는 모습이었다. 레지 캐링턴이 애써 하품을 참고 있는 것을 눈치 챈 그가 몸을 앞으로 기울여 매커타 부인에게 '아동 건강 관리' 계획에 대해

적절히 질문을 던졌다.

흐릿한 호박색 불빛 속에서 집사 한 명과 하인 두 명이 천천히 원탁 주위를 돌면서 손님들에게 음식을 덜어주고 와인잔을 채웠다. 요리사에게 꽤 높은 급료를 주고 있는 메이필드 경은 와인 감식가로도 명성이 높았다.

탁자는 원탁이었지만, 누가 주인인지 혼동할 여지는 전혀 없었다. 메이필드 경이 앉아 있는 자리가 상석이라는 것을 단번에 알 수 있었기 때문이다. 커다란 체구에, 떡 벌어진 어깨, 무성한 은발, 곧게 뻗은 커다란 코와 약간 튀어나온 턱. 캐리커처가 저절로 그려질 법한 얼굴이었다. 메이필드 경은 전부터 정치 활동을 하면서 찰스 맥로린 경이라는 이름으로 대규모 엔지니어링 회사도 운영하고 있었다. 메이필드 경 자신이 일류 엔지니어이기도 했다. 그는 1년 전 작위를 받으면서 당시 신설된 초대 군수상 자리에도 함께 임명되었다.

탁자에 후식이 나오고, 와인이 한 번 더 돌았다. 레이디 줄리아가 밴덜린 부인의 눈짓을 보더니 탁자에서 일어섰다. 세 여인이 함께 방을 나섰다.

와인이 한 번 더 돌고, 메이필드 경이 꿩고기 이야기를 잠시 꺼내자 대화가 한 5분 정도 활발하게 오갔다. 잠시 후 조지 경이 말했다.

"레지, 응접실에 계신 다른 분들께 가 보거라. 메이필드 경도 양해해 주실 게다."

젊은이는 아버지의 의중을 금세 알아차렸다.

"감사합니다, 메이필드 경. 그럼 나가 보겠습니다."

칼라일 씨도 목소리를 낮추고 말했다.

"실례지만 메이필드 경, 처리해야 할 업무가 좀 남아 있어서……."

메이필드 경이 고개를 끄덕였다. 두 젊은이도 방을 나섰다. 하인들은 얼마 전 이미 물러간 뒤였다. 방에는 군수상과 공군 중장만이 남았다.

약간 시간이 흐르고 난 뒤 캐링턴 경이 입을 열었다.

"그래, 잘돼 가나?"

"완벽하네. 유럽 그 어디에도 이 새로운 폭탄에 필적할 수 있는 건 없어."

"소문을 내 버리세, 응? 난 정말 그랬으면 하네."

"공군의 패권을 장악하시겠다?"

메이필드 경이 단호한 목소리로 말하자 조지 캐링턴 경이 깊은 한숨을 내쉬었다.

"그럴 때가 됐어. 이제까지 우리 영국은 정말 불안한 시기를 보내지 않았나. 유럽 전역이 온통 화약 천지네. 그런데 젠장할, 우리는 아무런 준비도 안 돼 있다고. 살얼음판 위에 있는 거나 마찬가지야. 한참 준비를 서두르고 있다고는 하지만 결코 긴장을 늦출 수 없는 상황이네."

메이필드 경이 낮은 목소리로 말했다.

"하지만 조지, 늦게 시작하는 것에도 나름대로 이점은 있네. 유럽 국가들이 보유하고 있는 무기 중에는 이미 구식이 된 것들도 많아. 무기 때문에 지금 경제가 파탄나기 직전까지 가 있고."

조지가 우울한 목소리로 말했다.

"난 그 말도 잘 납득이 안 가네. 나랏일을 이야기하다 보면 항상 부도에 대해서들 말하지. 하지만 내 보기에는 그냥 똑같이 굴러간단 말이지. 재정이란 건 항상 수수께끼 같다네, 원."

메이필드 경은 눈을 깜박이며 잠시 생각했다. 조지 캐링턴 경은 '순진한 해군'이라는 별명이 딱 맞을 정도로 정말 보수적이었다. 물론 그가 일부러 그런 척한다고 말하는 사람들도 있었다.

캐링턴이 화제를 바꾸어 애써 무관심한 듯 물었다.

"밴덜린 부인은 정말 매력적이야, 그렇지?"

"저 여자가 도대체 왜 여기 있는 건지 궁금한 거 아닌가?"

메이필드 경이 재미있다는 듯한 눈빛으로 말했다.

캐링턴이 약간 헷갈린다는 표정으로 말했다.

"아니, 전혀. 전혀 아닐세."

"아, 그러시군. 괜히 허풍떨지 말게, 조지. 내가 최후의 희생양이 되지는 않을까 궁금한 거 아닌가. 그 와중에 약간 실망도 했을 테고."

캐링턴이 느릿느릿 말했다.

"사실 이상하기는 했네. 왜 저 여자가 여기 있는지, 그것도 하필이면 이번 주말에 말이야."

메이필드 경이 고개를 끄덕였다.

"시체가 있는 곳에 독수리가 모여드는 법이지. 아주 확실한 시체가 한 구 있거든. 밴덜린 부인은 그걸 뜯어먹으러 온 독수리 1호라고 하면 되겠군."

공군 중장이 불쑥 말했다.

"밴덜린이라는 여자에 대해 좀 알고 있는 모양이지?"

메이필드 경은 시가 한 대를 집어 끝을 잘라내고 조심스럽게 불을 붙였다. 그리고 고개를 뒤로 젖히더니 신중히 생각해 가며 말을 늘어놓았다.

"내가 아는 밴덜린 부인은 미국 국민이고, 결혼은 세 번 했네. 한 번은 이탈리아인, 한 번은 독일인, 그 다음엔 러시아인. 그래서 이 세 나라에서 '인맥'을 활용해야 할 때 아주 유용하지. 아주 비싼 옷들만 입고 무척 사치스러운 생활을 하는 걸로 아는데, 돈이 어디서 나서 그렇게 지내는지가 약간 미심쩍은 부분이지."

조지 캐링턴 경이 싱긋 웃으며 낮은 목소리로 말했다.

"자네 스파이들이 마냥 놀기만 하는 건 아니로군."

"빼어난 미모로 남자를 유혹하기도 하지만, 다른 사람이 하는 말을 아주 잘 들어줄 줄도 알지. 그녀는 소위 말하는 '바깥일'에 열렬한 관심을 보일 줄 알아. 남자들은 그 여자에게 자신이 하는 일을 죄다 이야기해 주고는 그 여자를 완전히 매료시켰다고 생각하는 거야. 젊은 장교들이 지나치게 열정적으로 관심을 끌려고 하다가 결국 출세길만 망친 적도 한두 번이 아니지. 밴델린 부인에게 말해도 괜찮은 수준 이상의 이야기를 해 버렸거든. 그 여자의 친구라고 하는 자들은 거의 군대에 있어. 그런데 그 여자가 작년 겨울에 군수물자를 생산하는 우리 회사 근방의 어떤 주에서 사냥을 한 적이 있었네. 불건전한 방식으로 다양한 사람과 잘도 우정을 쌓더군. 한마디로 말해 밴덜린 부인은 잘만 활용하면 아주 큰 도움이 될 수 있는 존재란 뜻이야."

메이필드 경은 잠시 담배를 들어 허공에다 원을 하나 그려 보인 후 이어서 말했다.

"누구에게 도움을 주는지는 말하지 않는 편이 좋을 것 같네만. 유럽의 패권국이라고만 말해 주지. 그것도 아마 한 군데만은 아닐 테지만."

"자네가 그렇게 말하니 정말 안심이 되네, 찰스."

캐링턴이 깊이 숨을 들이쉬며 말했다.

"내가 세이렌에게 홀리기라도 한 줄 알았나? 이런, 조지! 내가 조심성이 얼마나 많은지 모르나? 저 여자 수법은 훤히 다 보인다고. 거기다, 그녀는 이제 옛날만큼 젊지도 않네. 자네 비행대의 대대장들이야 그런 생각은 못할 테지만 말일세. 하지만 내 나이 이제 쉰여섯이네, 친구. 4년만 더 있으면 사교계의 신출내기 아가씨들이 거추장스러워하는 퇴물이 될 신세라고."

"내가 어리석었네. 하지만 약간 이상해 보였어······."

캐링턴이 미안하다는 듯한 목소리로 말했다.

"어느 정도 가까운 사람들이 모이는 가족 파티인 데다, 공군의 취약한 방어력을 비약적으로 발전시킬 수 있는 발명품에 대해 자네와 비공식 회담을 하기로 한 상태였으니 이상하게 여길 만도 하지."

조지 캐링턴 경이 고개를 끄덕이자 메이필드 경이 미소를 지으며 말했다.

"바로 그래서 부른 거야. 미끼를 쓴 거지."

"미끼?"

"조지 자네도 잘 알겠지만, 영화에서나 나올 법한 표현을 빌자면, 저 여자는 '깨끗하네.' 우리는 저 여자 약점이 필요한데, 예전에 비해서야 조금 부주의해졌더군. 그래도 그간 치밀했어, 지독히도 치밀했지. 우리는 저 여자가 어쩔 작정인지 짐작이야 하지만, 확실한 물증은 없어. 그래서 그 여자가 걸려들도록 큰 미끼를 던진 거야."

"새 폭탄의 설계도가 바로 그 큰 미끼인가?"

"바로 그거야. 저 여자가 마음을 움직여 위험을 무릅쓰고 모습을 드러낼 수 있을 정도로 큰 미끼여야 했지. 그래서 결국엔 여기까지 오게 만든 거라네."

조지 경이 툴툴거렸다.

"음, 그렇군. 다 알겠네. 그런데 그녀가 위험을 감지하고 움직이지 않으면 어떡하나?"

"그럼 안타까운 일이 되겠지."

메이필드 경이 말했다. 그리고 이렇게 덧붙이며 자리에서 일어섰다.

"하지만 내가 보기엔 움직일 것 같네……. 이제 응접실에 계신 숙녀분들에게 가 보는 게 어떻겠나? 자네 와이프가 브리지게임 맛을 보도록 해 줘야 하지 않겠어?"

조지 경이 툴툴거렸다.

"줄리아는 브리지라면 사족을 못 써. 돈도 엄청나게 걸고. 그렇게 많이 걸 능력도 안 되면서 말이네. 그 이야기를 항상 하지만, 타고난 도박꾼 기질을 못 버리는 게 문제야."

그는 탁자를 돌아 메이필드 경에게 다가오면서 말했다.

"어쨌든 자네 계획이 성공하길 비네, 찰스."

제2장

응접실에서는 이미 여러 번 대화가 시들해진 터였다. 밴딜린 부인은 여자들하고만 있으면 보통 불편함을 느끼곤 했다. 그녀의 다정다감한 태도는 남자들의 호의는 아주 쉽게 사면서도 어떤 이유에선지 여자들에게는 좋은 인상을 주지 못했다. 한편 레이디 줄리아는 좋고 싫음을 분명히 하는 성격이었다. 지금 그녀는 밴딜린 부인이 마음에 들지 않았고 매커타 부인의 이야기는 지겨웠다. 그 기분을 그녀는 조금도 숨기지 않았다. 대화는 활기를 잃었고, 매커타 부인을 빼고는 그 누구도 입을 열지 않았다.

매커타 부인은 목적에 대한 열의가 대단했다. 그녀에게 밴딜린 부인은 아무 도움도 안 되는 기생충 같은 존재였다. 한편 레이디 줄리아에게는 자신이 곧 운영할 자선 사업에 관심을 갖게 하려고 노력을 했다. 레이디 줄리아는 대답을 하는 둥 마는 둥 하며 한두 번 하품을 꾹 참더니 생각에 빠졌다. 찰스와 조지는 왜 안 오는 걸까? 남자들이란 얼마나 피곤한 존재들인지. 점점 혼자만의 생각과 걱정에 몰두하면서 그녀는 더욱 의례적으로 대꾸를 하였다.

마침내 남자들이 응접실에 들어섰을 때 세 여자는 아무 말 없이 가만히 자리에 앉아 있던 중이었다.

'오늘밤 줄리아는 좀 아파 보이는군. 도대체 어디에다 저렇게 신경을 쓰는 건지, 원.'

조지 경이 큰 소리로 말했다.

"러버(브리지게임에서 세 판 승부를 가리키는 말―옮긴이) 한 판 어떻습니까?"

레이디 줄리아의 얼굴이 단박에 밝아졌다. 브리지게임은 그녀에게 삶의 활력제나 다름없었다.

그때 레지 캐링턴이 응접실 안으로 들어왔고, 네 사람을 위한 자리가 마련되었다. 레이디 줄리아, 밴덜린 부인, 조지 경, 레지가 카드 탁자에 앉았다. 메이필드 경은 매커타 부인의 이야기를 들어주는 임무를 맡았다.

러버를 두 번 하고 나서 조지 경이 다들 보란 듯 난로 장식 위에 있는 시계를 쳐다보았다.

"또 한 판을 시작하는 것이 의미가 있겠습니까?"

조지 경이 말하자 그의 아내가 불편한 기색을 드러내며 말했다.

"아직 10시 45분밖에 안 됐잖아. 짧게 한 번 하지."

"여보, 금방 끝나지 않을 거야. 찰스와 나는 해야 할 일도 좀 있고."

조지 경이 부드럽게 대꾸했다.

밴덜린 부인이 낮은 목소리로 말했다.

"정말 중요한 일인가 봐요. 고위직에 계신 분들은 정말 언제 쉬시는 건지."

"주 48시간 근무 같은 건 우리에게는 해당되지 않는 말이지요."

조지 경이 말하자 밴덜린 부인이 낮은 목소리로 말했다.

"저처럼 천박한 미국인이 이런 말씀 드리는 게 좀 부끄럽기도 하지만, 나라의 운명을 손에 쥐고 있는 분들을 만나면 너무 흥분이 돼요. 조지 경한테는 철없는 생각으로 비치겠지만요."

"무슨 말씀이십니까, 밴덜린 부인. 저는 당신이 철없다거나 천박하다고 생각한 적이 결코 없습니다."

조지 경은 밴덜린 부인의 눈을 들여다보며 미소를 지어 보였다. 그의 말 속에 비꼬는 듯한 투가 들어 있는 것을 밴덜린 부인은 놓치지 않았다. 그녀는 시기를 적절히 잡아 레지 쪽으로 몸을 돌리고 사랑스럽게 미소를 지으며 그의 눈을 들여다보았다.

"아쉽지만 우리가 한편이 되어 게임하는 건 여기가 끝인 거 같아요. 네 번이나 노 트럼프를 부르다니 정말 대단했어요."

이 말에 레지는 얼굴을 붉히며 기쁘다는 듯 웅얼거렸다.

"운이 좀 따라 준 덕에."

"아니에요. 아주 영리하게 계산을 잘한 거죠. 비딩을 보고 패를 정확히 추론해 냈잖아요. 거기에 맞춰서 게임을 했고요. 정말 대단했어요."

레이디 줄리아가 갑자기 자리에서 일어섰다.

'자기 솜씨는 형편없는 주제에.'

줄리아는 그 여자가 영 마음에 들지 않았다.

그러다 자신의 아들을 보자 눈빛이 부드러워졌다. 레지는 저 말을 다 믿을 것이었다. 저렇게 즐거워하다니 맘이 얼마나 여리단 이야기인가. 너무 순진했다. 완전히 덫에 걸려 버린 형국이었다. 그는 사람을 너무 잘 믿었다. 사실은 천성이 너무 온순한 것뿐인데도 조지는 그런 레지를 전혀 이해하지 못했다. 남자들은 판단을 내릴 때 그렇게 가혹할 수가 없다고 줄리아는 생각했다. 자신에게도 젊은 시절이 있었다는 걸 까맣게 잊은 채 조지는 레지를 너무 모질게 대했다.

매커타 부인은 이미 자리에서 일어나 있었다.

세 명의 여인은 인사를 건네고 방을 빠져나갔다. 메이필드 경은 조지 경에게 술을 한 잔 따라주더니 자신도 한 잔 따라 마셨다. 그러고 나서 문간에 나타난 칼라일 씨를 보고 말했다.

"파일과 서류를 다 꺼내 주겠나, 칼라일? 설계도와 인쇄물도 같이. 중장과 함께 곧 가겠네. 그 전에 잠깐 바깥을 좀 걷지. 어떤가, 조지? 비도 그쳤는데."

칼라일은 발길을 돌리다가 밴덜린 부인과 부딪칠 뻔해 나직한 목소리로 사과를 했다.

밴덜린 부인은 살며시 그들에게로 다가와 작은 목소리로 말했다.

"혹시 제 책 보셨나요? 저녁 먹기 전에 읽고 있던 책 말이에요."

레지가 쏜살같이 일어나 책 한 권을 들어 보였다.

"이건가요? 소파 위에 있던?"

"아, 맞아요. 너무 고마워요."

그녀는 사랑스러운 미소를 지어 보이며 다시 한번 잘 자라는 인사를 건넨 후 방에서 나갔다.

그 사이 조지 경이 프랑스 창(보통 정원이나 테라스로 연결되어 문으로도 사용되는 두 짝으로 된 긴 유리창—옮긴이)을 열며 말했다.

"아름다운 밤이로군. 자네 생각대로 나가서 좀 걸으면 좋겠는걸."

그때 레지가 말했다.

"그럼 안녕히 주무십시오. 저도 그만 자러 가겠습니다."

"잘 자거라."

메이필드 경이 말했다.

레지는 저녁에 읽기 시작한 탐정 소설을 집어 들고 방을 나섰다.

메이필드 경과 조지 경은 테라스로 나왔다.

정말 아름다운 밤이었다. 구름 한 점 없는 하늘을 온통 별들이 수놓고 있었다.

조지 경이 깊이 숨을 들이쉬었다.

"휴, 저 여자는 향수를 엄청 뿌려대는군."

메이필드 경이 웃음을 터뜨렸다.

"그래도 싸구려 향수는 아니야. 내 장담하건대 시장에 나온 것 중에서 아마 가장 값나가는 물건일 걸세."

조지 경이 얼굴을 찌푸렸다.

"그래서 감사라도 해야 한다는 건가."

"그럼, 싸구려 향수로 숨이 막히게 하는 여자들이 인류에게 가장 혐오스러운 존재라고."

조지 경이 하늘을 흘긋 쳐다보았다.

"이렇게 개다니 정말 신기하군. 저녁을 먹을 때만 해도 세차게 비 퍼붓는 소리가 들렸는데."

두 남자는 테라스를 따라 느긋하게 걸었다.

테라스는 저택 끝까지 뻗어 있었다. 테라스 아래는 완만하게 경사가 져 있어 서식스 평야 지대의 장관이 한눈에 내려다보였다.

조지 경이 시가에 불을 붙이며 말을 꺼냈다.

"그 합금 말일세……."

둘은 전문적인 이야기로 들어갔다.

그들이 테라스 맨끝에 다섯 번 다다랐을 때 메이필드 경이 한숨을 내쉬며 말했다.

"음, 이 이야기는 여기서 접는 게 좋겠네."

"그래, 해야 할 일이 많으니."

두 남자는 방향을 틀었다. 그때 메이필드 경의 입에서 놀란 듯 탄식이 흘러나왔다.

"이봐! 저거 보이나?"

"뭐 말인가?"

조지 경이 물었다.

"누군가가 내 서재 창을 빠져나와 테라스를 지나간 것 같은데."

"말도 안 돼, 이 양반아. 난 아무것도 못 봤는데."

"난 분명히 봤는데. 아니면 환영이라도 본 건가."

"자네 눈이 장난을 친 거야. 나도 테라스 쪽을 똑바로 보고 있었어. 무언가 있었다면 나도 봤을 거네. 나는 신문도 멀찍이 떨어뜨려 놓고 보는데 말이야."

메이필드 경이 키득거렸다.

"그 점에서만큼은 나도 할 말이 있지, 조지. 난 안경이 없어도 책을 읽을 수 있다네."

"그런 친구가 항상 의사당에 가면 반대편에 앉은 친구 얼굴도 구별 못 하나? 자네 안경은 순전히 협박용인가 보지?"

두 남자는 웃으며 메이필드 경의 서재로 들어섰다. 서재의 창은 열려 있었다.

칼라일은 금고 옆의 서류들을 정리하느라 바빴다.

그들이 들어가자 칼라일이 고개를 들었다.

"그래, 칼라일. 준비 다 됐나?"

"네, 메이필드 경. 책상 위에 서류를 모두 정리해 뒀습니다."

얼핏 봐도 중요한 물건임을 알 수 있는 그 책상은 마호가니 색상으로, 창 옆 모퉁이에 놓여 있었다. 메이필드 경은 책상 쪽으로 다가가 놓여 있던 여러 가지 서류를 정리하기 시작했다.

"오늘 밤은 정말 아름답군."

조지 경이 말하자 칼라일이 파일을 치우면서 맞장구를 쳤다.

"정말 그렇습니다. 비가 온 뒤에 이렇게 맑게 개다니 정말 신기합니다. 오늘밤에 더 시키실 일이 있으십니까, 메이필드 경?"

"아니, 없을 것 같네. 모두 내가 직접 처리하지. 우린 늦게까지 있어야 할 것 같으니 자넨 가서 자게나."

"감사합니다. 그럼 전 이만 가 보겠습니다, 메이필드 경. 가 보겠습니다, 조지 경."

"잘 자게나, 칼라일."

비서가 방을 막 나서려 할 때 메이필드 경이 날카로운 목소리로 말했다.

"잠깐만 기다려 보게, 칼라일. 가장 중요한 서류를 잊은 것 같은데."

"죄송합니다만 무슨 말씀이신지, 메이필드 경."

"폭탄 실측 설계도 말이네."

비서가 그를 뚫어지게 바라보았다.

"맨 위에 두었는데요."

"여기 없어."

"하지만 방금 제가 거기다 뒀는데요."

"자네가 한번 직접 찾아보게."

비서가 당황한 모습으로 서재로 들어와 책상에 있는 메이필드 경 곁으로 갔다.

다소 초조한 모습으로 군수상은 서류 더미를 가리켰다. 서류를 모두 살펴 본 칼라일은 더욱 당황한 모습이었다.

"거기 없지 않나."

군수상이 말하자 비서가 더듬거리며 말했다.

"하…… 하지만, 있을 수 없는 일이에요. 가져다 놓은 지 3분도 채 안 됐단 말입니다."

그러자 메이필드 경이 평정심을 되찾고 말했다.

"자네가 분명 무슨 실수를 한 거겠지. 아직 금고 속에 있을 거야."

"어떻게 이런 일이……. 분명히 책상 위에 뒀습니다."

그 말에 메이필드 경이 그를 밀치고 금고를 열었다. 조지 경이 둘에게 다가왔다. 금고 속에 폭탄 설계도가 없다는 사실이 드러나기까지는 몇 분 걸리지 않았다.

믿을 수 없는 일에 어안이 벙벙해진 세 남자는 다시 책상으로 와서 서류를 뒤졌다.

"이럴 수가! 서류가 사라졌어!"

메이필드 경의 말에 칼라일이 소리쳤다.

"하지만 그건 있을 수 없는 일입니다."

"이 방에 또 들어온 사람은?"

군수상이 다급하게 물었다.

"없었습니다. 단 한 명도 없었어요."

"이보게, 칼라일. 그러면 계획서가 허공으로 사라지기라도 했단 말인가. 누군가가 가져간 거야. 밴덜린 부인이 여기 왔었나?"

"밴덜린 부인이오? 아니요. 아닙니다."

"그건 분명히 아닌 것 같아."

캐링턴이 말한 후 쿵쿵거리며 방 안의 냄새를 맡았다.

"그 여자가 여기 왔었다면 금방 냄새가 났을 거네. 향수 냄새 말일세."

"이 방에는 아무도 들어오지 않았습니다. 정말 이해가 안 가는 일이에요."

칼라일은 주장을 굽히지 않았다.

"이봐, 칼라일. 마음을 가라앉히게. 우리는 반드시 이 문제를 해결해야 해. 그 설계도가 틀림없이 금고 속에 있었나?"

메이필드 경이 말했다.

"그 점은 분명합니다."

"자네가 직접 눈으로 본 거지? 다른 서류 사이에 끼어 있을 거라 생각한 건 아니고?"

"그렇지 않습니다, 메이필드 경. 제 눈으로 똑똑히 봤습니다. 책상에 놓인 다른 서류들 맨 위에 놔 두었습니다."

"그리고 그 이후로 이 방에는 아무도 들어오지 않았다는 거지. 그럼 자네가 이 방을 나간 적은?"

"없…… 아니, 있습니다."

조지 경의 입에서 탄식이 흘러나왔다.

"아! 이제 뭔가 실마리가 잡히는군."

메이필드 경이 날카롭게 말했다.

"도대체 자네는……."

그때 칼라일이 끼어들어 말했다.

"일반적인 상황이었다면 방을 나가는 일은 꿈도 꾸지 않았을 겁니다, 메이필드 경. 더구나 중요한 서류들이 놓여 있는 상황에서는.

하지만 여자 비명이 들리기에…….”

"비명이라고?"

메이필드 경이 놀란 목소리로 불쑥 말했다.

"그렇습니다, 메이필드 경. 그 소리에 얼마나 놀랐던지. 책상 위에 서류를 막 내려놓고 있을 때 그 소리를 들었습니다. 그래서 저도 모르게 복도로 뛰어나갔습니다.”

"비명을 지른 사람은 누구였나?"

"밴덜린 부인의 프랑스인 하녀였습니다. 그녀는 계단 중간쯤에 서 있었는데, 새하얗게 질려서는 얼이 나간 표정으로 와들와들 떨고 있었습니다. 유령을 봤다고 했습니다.”

"유령을 봤다고?"

"네, 온통 흰 옷을 입은 키 큰 여자가 아무 소리 없이 허공을 날아갔다고 했습니다.”

"말도 안 되는 소리!"

"저도 그녀에게 그렇게 말했습니다. 그녀는 좀 창피해하는 모습이었어요. 그 뒤에 그녀는 위층으로 올라가고 저는 이 방으로 돌아왔습니다.”

"그 일이 있었던 게 언제였지?"

"메이필드 경과 조지 경께서 들어오시기 불과 1~2분 전의 일입니다.”

"그렇다면 자네가 방을 비운 시간은 얼마나 되나?"

비서는 생각에 잠겼다.

"2분, 길어 봤자 3분입니다."

"그 정도면 충분해."

메이필드 경이 고통스러운 목소리로 말했다. 그러더니 갑자기 친구의 팔을 움켜쥐었다.

"조지, 내가 본 그 그림자 말일세. 이 방 안에서 슬며시 나왔던 그 그림자. 그자야! 칼라일이 방을 비우자마자 그자가 들어와서 설계도를 훔쳐 달아난 거야."

"비열하군."

조지 경이 말한 후 친구의 팔을 잡았다.

"이보게, 찰스. 정말 큰일 났네. 이제 어떻게 해야 하지?"

제3장

"시험 삼아 한번 해 보자고, 찰스."

1시간 30분이 흐른 뒤였다. 메이필드 경의 서재에는 메이필드 경과 조지 경 둘만 남아 있었다. 조지 경은 어떤 방법을 써 보라며 친구를 끈질기게 설득하고 있는 중이었다.

처음에는 그렇게 반대하던 메이필드 경도 서서히 마음을 돌리고 있었다.

조지 경이 말을 이어갔다.

"그 망할 놈의 고집 좀 그만 부리게, 찰스."

메이필드 경이 느릿느릿 말했다.

"도대체 한심한 외국인은 왜 끌어들여야 하는 건가? 더구나 전혀 알지도 못하는 사람을."

"내가 그 사람에 대해 들은 게 많아. 아주 비범한 사람이라고."

"흥."

"이보게, 찰스. 이 방법이 최선이야. 이 일은 무엇보다 신중을 기하는 게 중요해. 만일 계획이 누설되기라도 하면……."

"자넨 지금 이 계획이 누설될 거라는 이야긴가?"

"그런 뜻은 아니네. 그 사람 에르퀼 푸아로는 말이지……."

"그자가 여기 와서 마술사가 모자에서 토끼를 꺼내듯 우리에게 설계도를 떡 안겨 줄 거다?"

"그는 진상을 밝혀낼 걸세. 우리가 원하는 게 바로 그거 아닌가. 이보게, 찰스. 내가 다 책임을 지겠네."

메이필드 경이 느릿느릿 말했다.

"뭐 그럼, 자네 뜻대로 해 보든가. 하지만 난 그 작자가 뭘 어떻게 할 수 있다는 건지 모르겠어……."

조지 경이 전화기를 집어 들었다.

"그에게 전화를 해야겠네. 지금 말이야."

"자고 있을 텐데."

"일어나서 올 수 있을 거야. 서두르자고, 찰스. 그 여자가 빠져나가게 놔 둬서는 안 되네."

"밴덜린 부인을 말하는 건가?"

"그래. 자네도 그 여자가 이 사건의 중심에 있다는 사실을 인정하지 않나."

"그래. 나도 그렇게 생각해. 앙심을 품고 판세를 역전시켜 버렸어. 인정하긴 싫지만, 우리가 감당하기엔 너무 똑똑한 여자들도 있나

보네. 못마땅하지만 사실인걸. 지금 우리에게는 그 여자가 이 일을 꾸몄다고 입증할 만한 증거가 전혀 없어. 우리 둘 다 그 여자가 이 사건의 주모자라는 걸 알면서도 말이야."

"여자는 악마야."

조지 캐링턴이 감정 섞인 어투로 말했다.

"그 여자를 이 사건과 연관시킬 수 있는 건 전혀 없어, 젠장! 그 여자가 하녀를 세워 놓고 비명을 지르게 만들었다고 충분히 생각할 수 있는데도 말이지. 밖에 숨어 있던 남자는 그녀의 공범이었고. 하지만 젠장, 그걸 증명할 길이 전혀 없으니."

"에르퀼 푸아로라면 해낼 수 있을 걸세."

메이필드 경이 별안간 웃음을 터뜨렸다.

"조지, 난 자네가 전형적인 영국인이라 프랑스인은 믿지 않는 줄 알았는데. 그 작자가 얼마나 똑똑하든 말일세."

"그 사람은 프랑스인이 아니네. 벨기에 사람이지."

조지 경이 다소 무안해했다.

"그럼 자네가 그토록 믿는 그 벨기에 사람을 한번 데려와 보게. 이 사건으로 그자의 능력을 시험해 보자고. 내 장담하지만 그자는 우리가 아는 것 이상을 밝혀낼 수 없을 걸세."

조지 경은 아무런 대꾸 없이 전화기로 손을 뻗었다.

제4장

에르퀼 푸아로는 눈을 약간 깜박거리면서 두 남자를 번갈아 보았다. 그는 하품이 나오는 걸 간신히 참고 있었다.

지금 시각은 새벽 2시 30분. 에르퀼 푸아로는 잠자다 말고 일어나 커다란 롤스로이스에 몸을 싣고 어둠 속을 급히 달려왔다. 그리고 이제 막 두 남자에게서 사건의 자초지종을 다 들은 터였다.

"이상이 사건의 정황입니다, 무슈 푸아로."

메이필드 경이 말했다.

그는 의자 깊숙이 몸을 묻고는 느린 동작으로 한쪽 눈에 외알 안경을 꼈다. 그 안경 너머로 창백한 푸른빛의 예리한 눈동자가 푸아로를 유심히 지켜보았다. 그 눈동자에는 의심의 빛도 역력히 드러났다. 푸아로는 조지 캐링턴 경을 한 번 흘긋 쳐다보았다.

몸을 앞으로 기울인 이 신사는 거의 어린아이처럼 얼굴에 한껏 기대감을 나타내고 있었다.

푸아로가 느릿느릿 말했다.

"정황은 다 들었습니다. 하녀가 소리를 질러서 비서가 밖으로 나갔다. 그때 정체불명의 누군가가 방 안을 보고 있다가 들어와서 책상 맨 위에 있던 설계도를 재빨리 훔쳐서 달아났다. 이런 정황이군요. 아주 편리한 정황입니다."

푸아로의 마지막 말이 메이필드 경의 관심을 끈 모양이었다. 의자에서 몸을 약간 일으켜 세우느라 그의 외알 안경이 떨어졌다. 새삼 경계심이 생기기라도 한 듯했다.

"지금 뭐라고 하셨습니까, 무슈 푸아로?"

"정황이 아주 편리하다고 말씀드렸습니다, 메이필드 경. 그 도둑에게 말이죠. 그런데 메이필드 경께서 본 사람은 확실히 남자였습니까?"

메이필드 경이 고개를 저었다.

"확신할 수는 없습니다. 그림자 같은 걸 본 것뿐이니까. 사실 내가 누군가를 보기나 한 것인지도 미심쩍은 상태랄지."

푸아로는 시선을 돌려 공군 중장을 보고 말했다.

"그렇다면 조지 경은 어떻습니까? 그자가 남자였는지 아니면 여자였는지 확신할 수 있으신가요?"

"나는 아무도 보질 못했습니다."

푸아로가 무언가를 골똘히 생각하며 고개를 끄덕였다. 그러더니 갑자기 일어서서 책상으로 갔다.

"설계도가 거기 없다는 것은 확실합니다. 우리 셋이 그 서류를 여섯 번이나 뒤져 봤습니다."

메이필드 경이 말했다.

"셋이오? 비서도 함께 있었다는 뜻입니까?"

"그렇습니다. 칼라일 말입니다."

푸아로가 갑자기 몸을 돌리고 말했다.

"메이필드 경, 책상으로 오셨을 때 어떤 서류가 가장 맨 위에 있었습니까?"

메이필드는 인상을 약간 찌푸리고 기억을 더듬었다.

"어디 보자, 그렇지. 영공 방어 상태에 대한 간략한 비망록이었습니다."

푸아로는 재빨리 서류 더미를 뒤적거리더니 서류 하나를 뽑아내 가져왔다.

"이겁니까, 메이필드 경?"

메이필드 경이 서류를 받아 들고 살펴보았다.

"맞아요, 이거였어요."

푸아로는 그 서류를 캐링턴에게 건넸다.

조지 경은 서류를 받아 멀찌감치 들어올린 후 코안경을 꺼내 썼다.

"그렇습니다. 이 서류였어요. 칼라일 그리고 메이필드와 함께 살펴봤습니다. 이게 맨 위에 있었어요."

푸아로가 무언가를 골똘히 생각하며 고개를 끄덕였다. 그는 서류를 다시 책상 위에 가져다 놓았다. 메이필드는 약간 이해가 가지 않는다는 듯한 모습으로 그를 바라보았다.
"혹시 또 질문할 게 있으면……."
"있습니다. 당연히 있지요. 칼라일 씨에 관한 것입니다. 칼라일 씨가 의심스럽습니다."
메이필드 경의 얼굴색이 약간 상기되었다.
"무슈 푸아로, 칼라일을 의심하는 건 가당치도 않습니다. 그는 9년 동안 내 충직한 비서로 일해 왔어요. 칼라일은 내 개인 서류를 모두 보는 사람입니다. 마음만 먹으면 쥐도 새도 모르게 설계도를 복사하거나 베껴가는 것쯤은 식은 죽 먹기지요."
"지적 감사합니다. 그가 훔쳐 갔다면 굳이 어설프게 도둑질할 필요는 없었다는 뜻이군요."
"나는 칼라일을 전적으로 신뢰합니다. 그 사람은 내가 보장합니다."
메이필드 경이 말했다.
"칼라일은 아무 문제 없어요."
캐링턴이 퉁명스럽게 대꾸했다.
"그렇다면 밴덜린 부인이라는 여자, 그녀가 문제로군요?"
"아주 문제가 많죠."
조지 경이 말하자 메이필드 경은 좀 더 신중한 어조로 말했다.
"무슈 푸아로, 이건 밴덜린 부인의 소행이 분명하다고 사료됩니다. 그와 관련해서는 외무부에서 보다 자세한 자료를 얻을 수 있을 겁니다."
"그렇다면 그 하녀가 자기 주인과 함께 이 사건에 가담한 거라고 보십니까?"

"그 점은 의심의 여지가 없어요."

조지 경이 말했다.

"있을 수 있는 일이라 봅니다."

메이필드 경은 좀 더 조심스럽게 말했다.

잠시 침묵이 흘렀다. 푸아로는 한숨을 짓더니 오른손으로 책상 위에 놓여 있는 자료 한두 개를 무심히 뒤적거렸다. 그리고 이렇게 말했다.

"이 서류들은 값어치가 있는 것들이겠죠? 그러니까 제 말은 도둑맞은 그 서류들이 있으면 두둑한 현금을 손에 넣을 수 있느냐는 말입니다."

"특정 지역에서는 그럴 겁니다."

"예를 들면?"

조지 경이 유럽 열강 두 나라 이름을 댔다.

푸아로가 고개를 끄덕였다.

"그런 사실은 누구라도 알고 있을 것 같은데요?"

"밴덜린 부인이라면 분명 알고 있겠죠."

"저는 누구라도 알 거라고 말씀드렸습니다만?"

"그래요. 아마 그럴 겁니다."

"조금이라도 상식이 있는 사람이라면 누구라도 그 설계도가 지닌 값어치를 알 수 있을 것이다, 그런 이야기지요?"

"그렇습니다. 하지만 무슈 푸아로……."

메이필드 경의 심기가 다소 불편해 보였다.

푸아로가 한 손을 들어올리며 말했다.

"전 말 그대로 모든 가능성을 따져보는 것뿐입니다."

그러더니 갑자기 일어서서 민첩하게 창을 빠져 나가 손전등을 가지고 테라스 가장자리 잔디를 면밀히 살폈다.

두 남자는 푸아로의 그 모습을 유심히 지켜보았다.

푸아로는 다시 들어와 자리에 앉아 말했다.

"그런데 메이필드 경, 이 범인, 그러니까 정체를 알 수 없는 이 도망자를 추격하지는 않으셨군요?"

메이필드 경이 어깨를 들썩이며 말했다.

"정원 아래쪽으로 가면 대로로 나갈 수가 있어요. 거기에 차를 대기시켜 놓았다면 금방 멀리 달아날 수 있죠."

"하지만 경찰이 있지 않습니까?"

조지 경이 끼어들었다.

"무슈 푸아로, 당신이 잊고 있는 게 있군요. 이 일은 세상에 알려지면 안 됩니다. 이 설계도가 없어진 것이 알려지면 여당엔 분명 큰 악재가 될 겁니다."

"아, 그렇군요. 항상 라 폴리티크(정치)를 염두에 두어야 하는 것을. 이런 일은 아주 신중을 기해야 하죠. 그래서 절 부르신 거 아닙니까. 그런데 생각보다 간단할 거 같은데요."

"문제가 해결될 거라 낙관하는 겁니까?"

메이필드 경은 약간 미심쩍다는 듯한 목소리로 말했다.

작달막한 체구의 신사는 어깨를 들썩였다.

"뭐가 어렵습니까? 추론을 하고 곰곰이 생각하기만 하면 되는데요."

푸아로는 잠시 뜸을 들였다가 이어서 말했다.

"이제는 칼라일 씨와 이야기를 나눠 보고 싶습니다만."

"그러시죠. 칼라일에게 기다리라고 이야기해 두었습니다. 아마 근처 어딘가에 있을 거예요."

메이필드 경이 자리에서 일어서며 말한 후 방을 나섰다.

푸아로는 조지 경을 쳐다보았다.

"에 비엥(그런데), 테라스에서 본 사람 말입니다."

"무슈 푸아로, 제게 묻지 마십시오. 전 그 사람을 보지 못했습니다. 그러니 어떻게 생겼는지도 알 수 없어요."

푸아로가 앞으로 몸을 기울이며 말했다.

"그 이야기는 이미 하셨죠. 그런데 아까와는 말씀이 약간 다르시군요."

"무슨 뜻이죠?"

조지 경이 퉁명스럽게 물었다.

"어떻게 말씀을 드려야 할까요? 의혹의 강도가 더 세졌다고나 할까요?"

조지 경이 뭔가를 말하려다 멈추었다.

"그렇군요."

푸아로가 조지 경을 채근했다.

"네, 말씀해 보십시오. 조지 경도 테라스 끝에 계시지 않았습니까.

메이필드 경은 창문에서 그림자 같은 것이 나와 잔디를 가로질러 가는 걸 봤다고 하셨습니다. 왜 조지 경은 그 그림자를 못 보신 겁니까?"

캐링턴이 푸아로를 뚫어져라 바라보았다.

"무슈 푸아로, 제대로 짚으셨습니다. 줄곧 그게 마음에 걸렸습니다. 내 맹세하지만 이 창문에서 나온 사람은 없었어요. 난 메이필드가 흔들리는 나뭇가지나 뭐 그런 걸 보고 착각한 거라고 생각했지요. 그런데 이 방으로 들어와 누군가 서류를 훔쳐갔다는 사실을 알게 되자 메이필드 말이 맞고 내가 틀린 것처럼 생각됐지요. 하지만……."

푸아로가 미소를 지었다.

"하지만 마음속으로는 여전히 조지 경의 눈으로 직접 확인한 사실, 즉 아무도 보지 못했다는 사실을 믿는다는 말씀이시군요?"

"당신 말이 맞아요, 무슈 푸아로. 그래요. 난 내 눈을 믿어요."

푸아로의 얼굴에 갑자기 미소가 번졌다.

"정말 지혜로우십니다."

조지 경이 날카로운 목소리로 물었다.

"잔디 가장자리에는 발자국이 전혀 없었다는 이야기입니까?"

푸아로가 고개를 끄덕였다.

"조지 경이 말씀하신 대롭니다. 메이필드 경은 자신이 그림자를 봤다고 생각하시는 겁니다. 그러고 나서 서류가 없어지자 자신이 사람을 봤다고 확신을 한 거죠. 그렇게 되자 이제 그것은 더 이상 생각 속의 일이 아니게 되었지요. 메이필드 경이 실제로 그자를 본 것이 됐습니다. 하지만 사실은 그렇지가 않아요. 저는 발자국 같은 것에는 그렇게 얽매이는 편은 아닙니다만 한 가지 반증만은 확실합니다. 잔디에는 발자국이 하나도 없다는 사실입니다. 어제 저녁엔 비가 세차게 내렸죠. 어젯밤 누군가가 잔디를 밟고 테라스를 건너왔다면 발자국이 분명 찍혔을 겁니다."

조지 경이 푸아로를 뚫어지게 쳐다보며 말했다.

"하지만 그렇다면…… 그렇다면……."

"다시 저택으로 눈을 돌려야 합니다. 저택 안에 있던 사람들에게로요."

메이필드 경이 칼라일 씨와 함께 방 안으로 들어서는 바람에 그의 이야기가 끊겼다.

여전히 아주 창백하고 근심 어린 얼굴이긴 했지만, 비서는 어느 정도 평정을 되찾은 상태였다. 그는 코안경을 매만지며 자리에 앉아 호기심 어린 눈빛으로 푸아로를 바라보았다.

"비명 소리가 나기 전 이 방에는 얼마나 있었습니까?"

칼라일이 생각에 잠겼다.

"5분에서 10분 사이인 것 같습니다."

"그리고 그 전에는 당신에게 방해가 될 만한 일이 전혀 없었고요?"

"없었습니다."

"저녁 시간 대부분은 한방에서 하우스파티를 하면서 보냈던 것으로 알고 있습니다만……."

"네, 응접실에서요."

푸아로가 노트를 쳐다보았다.

"조지 캐링턴 경과 아내분, 매커타 부인, 밴덜린 부인, 레지 캐링턴, 메이필드 경, 그리고 당신. 맞습니까?"

"전 응접실에 없었습니다. 그 시간에는 이 방에서 일을 했습니다."

푸아로가 메이필드 경 쪽으로 몸을 돌리고 물었다.

"가장 먼저 자러 간 사람이 누구였습니까?"

"레이디 줄리아 캐링턴 같군요. 사실 여성분들 셋이 함께 나갔습니다."

"그러고 나서는요?"

"응접실로 온 칼라일에게 내가 서류를 꺼내두라고 했습니다. 조지 경과 함께 곧 갈 거라고 말이죠."

"테라스를 산책하기로 결정하신 게 그때였습니까?"

"그렇습니다."

"두 분께서 서재에서 일한다는 이야기를 듣고 밴덜린 부인이 한 말이 있었습니까?"

"그래요. 그에 대해 이야기했어요."

"하지만 메이필드 경이 칼라일 씨에게 서류를 꺼내 놓으라고 지시했을 때에는 밴덜린 부인은 응접실에 없지 않았습니까?"

"그렇죠."

"외람되지만 메이필드 경, 그 말씀을 하신 직후에 복도에서 밴덜린 부인과 부딪칠 뻔했습니다. 부인은 책을 찾으러 방에 다시 왔었습니다."

칼라일이 말했다.

"그럼 자네는 밴덜린 부인이 이야기를 엿들었을 수도 있다고 생각하는 건가?"

"충분히 그럴 수 있다고 생각합니다."

푸아로가 곰곰이 생각하며 말했다.

"책을 찾으러 다시 왔다……. 부인이 책을 찾는 걸 봤습니까, 메이필드 경?"

"그렇습니다. 레지가 찾아줬어요."

"아, 그렇군요. 책을 찾으러 다시 왔다, 진부한 수법이지요. 하지만 유용할 때도 많습니다."

"일부러 그랬다고 생각하는 겁니까?"

푸아로가 어깨를 들썩였다.

"그런 후 두 분은 테라스로 나갔습니다. 밴덜린 부인은요?"

"부인은 책을 가지고 나갔어요."

"그러면 레지 군은요? 그 젊은이도 자러 갔나요?"

"그렇습니다."

"그리고 칼라일 씨가 이 방으로 와서 5분에서 10분 정도 있었을 때 비명이 들렸던 거군요. 계속 이야기해 보십시오, 칼라일 씨. 비명을 듣고 홀로 나갔다 했지요? 아, 그때 상황을 그대로 재연해 보면 아주 간단하겠군요."

칼라일은 약간 엉거주춤하며 자리에서 일어섰다.

"여기서 내가 소리를 지르지요."

푸아로가 돕겠다며 나섰다. 그는 입을 벌리고 찢어지는 염소 울음소리를 냈다. 메이필드 경은 웃는 모습을 보이지 않으려 고개를 돌렸고 칼라일 씨는 극도로 거북한 표정이 되었다.

푸아로가 소리쳤다.

"알레(자)! 움직여요! 걸으라고요! 내가 당신에게 신호를 주고 있지 않습니까."

칼라일 씨는 뻣뻣하게 굳은 채 문 쪽으로 걸어가 문을 열고 밖으로 나갔다. 푸아로가 그 뒤를 따랐다. 나머지 두 남자도 따라 나왔다.

"방을 나서고 나서 문을 닫았습니까, 아니면 열린 채로 내버려 뒀습니까?"

"잘 기억이 나지 않습니다. 열어 두었던 것 같은데요."

"상관없습니다. 계속하세요."

여전히 심하게 뻣뻣한 자세로 칼라일 씨는 계단 발치 쪽으로 가서 멈춘 후 위를 올려다보았다.

푸아로가 말했다.

"하녀가 계단 위에 서 있었다고 말했죠. 어디쯤이었죠?"

"중간쯤이오."

"그리고 얼이 나간 사람처럼 보였다고요?"

"분명 그랬습니다."

"에 비엥(그렇다면), 내가 하녀 역을 하지."

푸아로는 민첩하게 계단 위로 올라갔다.

"여기쯤입니까?"

"한두 계단 위요."

"이쯤이면 되겠지."

푸아로가 자세를 취했다.

"음, 그런 모습이 아니었습니다."

"그럼 어떤 자세였죠?"

"어, 손으로 머리를 잡고 있었어요."

"아, 손으로 머리를 잡고 있었다. 아주 흥미롭군요. 이렇게 말인가요?"

푸아로가 팔을 올려 귀 바로 위쪽에 손을 얹었다.

"네, 바로 그 자세였습니다."

"아하! 그렇군. 그런데 칼라일 씨, 혹시 그 하녀는 예뻤나요?"

"글쎄요. 잘 모르겠습니다."

칼라일의 목소리는 무언가 억누르는 듯했다.

"아하, 잘 모르시겠다? 하지만 당신은 젊은 남자 아닙니까. 젊은 남자가 여자가 예쁜지를 잘 모르시겠다고요?"

"정말입니다, 무슈 푸아로. 전 잘 모르겠다는 말씀밖에 드릴 수가 없어요."

칼라일은 괴롭다는 눈빛으로 자신의 고용주를 흘긋 쳐다보았다. 조지 캐링턴 경이 갑자기 키득거리며 말했다.

"무슈 푸아로가 자네를 호색한으로 만들려고 작정하신 모양이네, 칼라일."

"나 같은 경우 여자가 예쁜지 안 예쁜지 항상 생각을 하는 터라."
푸아로가 계단을 내려오며 말했다.
칼라일이 이 말에 침묵으로 일관하는 데에는 분명 뭔가 이유가 있는 듯했다. 푸아로가 말을 이어갔다.
"그녀가 유령을 봤다고 이야기한 것이 그때였습니까?"
"그렇습니다."
"그 이야기를 믿었습니까?"
"어떻게 믿겠습니까, 무슈 푸아로!"
"아니, 당신이 유령을 믿느냐고 묻는 게 아닙니다. 내 말은 그녀가 정말 뭔가를 본 것 같다는 생각이 들었느냐는 거죠."
"아, 그런 뜻이라면 잘 모르겠습니다. 하지만 분명 숨을 가쁘게 몰아쉬고 있었고 얼이 나간 모습이었습니다."
"그녀의 주인을 보거나, 부인이 말하는 소리는 못 들었나요?"
"들었습니다. 회랑에 있던 부인이 나오셔서 '레오니' 하고 불렀습니다."
"그러고 나서는요?"
"그 하녀는 부인에게 갔고 전 서재로 돌아왔습니다."
"당신이 계단 발치에 서 있는 동안 당신이 열어 둔 문을 통해 누군가 서재로 들어갈 수 있을까요?"
칼라일이 고개를 저었다.
"그러려면 저를 지나쳐야 합니다. 보시는 대로 서재 문은 복도 끝에 있으니까요."

푸아로가 무언가를 골똘히 생각하며 고개를 끄덕였다. 칼라일은 신중하고도 세심하게 목소리를 가다듬어 말했다.

"도둑이 창문에서 나오는 걸 메이필드 경께서 보신 게 감사할 따름입니다. 안 그랬다면 제 입장이 아주 난처했을 테니까요."

메이필드 경이 다급하게 끼어들어 말했다.

"그건 말도 안 되는 소리네, 칼라일. 자네를 의심한다는 건 있을 수도 없는 일이네."

"그렇게 말씀해 주시니 정말 너그러우십니다, 메이필드 경. 하지만 정황이 그런 걸요. 제가 봐도 분명 제게 불리합니다. 그래서 바라건대 제 소지품과 몸을 조사하셨으면 합니다."

"이보게, 그건 말도 안 되네."

메이필드가 말하자 푸아로가 낮은 목소리로 말했다.

"정말 그러길 바라십니까?"

"그러면 마음이 훨씬 편하겠습니다."

푸아로가 무언가를 골똘히 생각하며 잠시 그를 바라보더니 낮은 목소리로 말했다.

"알겠습니다."

그러고 나서 푸아로가 물었다.

"서재를 기준으로 밴덜린 부인의 방은 어디에 위치하고 있습니까?"

"서재 바로 위에 있습니다."

"테라스가 내려다보이는 창문 달린 방 말입니까?"

"그래요."

푸아로가 고개를 끄덕였다. 그리고 이어서 말했다.

"이제 응접실로 가 보실까요."

푸아로는 응접실에 와서는 방 안을 이리저리 돌아다니며 창문 빗장을 유심히 살펴본 후 브리지 탁자 위에 놓여 있던 점수 기록판을 슬쩍 보고 나서 마침내 메이필드 경에게 말했다.

"이번 사건은 겉보기보다는 복잡합니다. 하지만 한 가지만은 아주 확실하지요. 도둑맞은 그 설계도는 아직 이 집에 있다는 겁니다."

메이필드 경이 그를 뚫어져라 바라보았다.

"하지만 무슈 푸아로, 나는 분명 어떤 자가 서재에서 나오는 걸……."

"그런 사람은 없었습니다."

"하지만 난 봤단 말입니다."

"정말 외람된 말씀이오나 메이필드 경, 그자를 봤다고 착각하신 겁니다. 나뭇가지에서 드리워진 그림자에 속으신 겁니다. 서재에서 문서가 없어진 사건 때문에 착각을 사실로 믿게 된 것이고 말입니다."

"하지만 무슈 푸아로, 이 눈으로 직접……."

"자네가 본 것과 내가 본 것은 허구한 날 다르지 않던가, 이 양반아."

조지 경이 끼어들어 말했다.

"메이필드 경, 이 점을 제가 분명하게 결론 내릴 수 있도록 해 주시겠습니까. 테라스를 건너서 잔디로 간 사람은 분명 없었습니다."

칼라일 씨가 매우 창백한 표정으로 뻣뻣이 굳은 채 말했다.

"그렇다면, 만일 무슈 푸아로의 말이 맞다면 자동적으로 제가 혐의를 받게 되는군요. 당시 정황에서 서류를 훔칠 수 있는 사람은 저

뿐이니까요."

메이필드 경이 자리에서 벌떡 일어나며 말했다.

"말도 안 되네. 무슈 푸아로의 생각이 어떻건 난 동의할 수 없어. 난 자네가 결백하다는 걸 확신하네, 칼라일. 내가 기꺼이 보증하지."

푸아로가 부드러운 목소리로 말했다.

"하지만 전 칼라일 씨가 의심스럽다고 말한 적이 없는데요."

칼라일이 대답했다.

"그렇죠. 하지만 방금 다른 사람은 그 서류를 훔칠 수 없다고 못 박으신 거 아닙니까."

"뒤 투(천만에)! 뒤 투(천만에요)!"

"그리고 제가 홀에 있을 때 저를 지나 서재로 들어간 사람도 없었다고 말씀드렸고요."

"그랬지요. 하지만 누군가가 서재 창문을 통해 안으로 들어갔을 수는 있습니다."

"그런 일은 있을 수 없다고 말씀하신 거 아니셨습니까?"

"밖에서 누군가 들어왔다면 잔디 위에 흔적을 전혀 남기지 않은 채 도망칠 수는 없다는 이야기였죠. 하지만 저택 안에서라면 가능한 이야기입니다. 누군가 자기 방에서 나와 이 창문들 중 하나를 통해 테라스로 몰래 나갔다가 서재로 간 후 다시 이 방으로 올 수 있다는 이야기지요."

이에 칼라일 씨가 반박했다.

"하지만 테라스에는 메이필드 경과 캐링턴 경이 계셨는걸요."

"분명 테라스에 계셨죠. 하지만 두 분은 앙 프롬나드(산책) 중이셨잖습니까. 조지 캐링턴 경의 눈이 아무리 좋다고 해도…….”

푸아로는 실례라는 듯 약간 머리를 숙여 보이고는 말을 이었다.

"머리 뒤에 있는 것까지 보시지는 못합니다. 서재 창문은 테라스 왼쪽 끝에 있죠. 이 방 창문이 그 다음에 있고요. 하지만 테라스는 오른쪽으로 죽 이어져 방을 하나, 둘, 셋, 아마도 네 개 지나게 되어 있습니다, 맞죠?"

"식당과 당구장, 낮에 쓰는 거실과 도서관이오.”

메이필드 경이 말했다.

"그리고 두 분은 테라스를 몇 번 왔다 갔다 하셨습니까?"

"적어도 네다섯 번은 왔다 갔다 했습니다.”

"여러분도 아시겠지만 도둑이 적당한 때를 기다리기만 하면 그건 식은 죽 먹기입니다.”

칼라일이 느릿느릿 말했다.

"그러니까 탐정님 말씀은 제가 홀에서 프랑스인 하녀와 얘기하고 있을 때 도둑이 응접실에서 기다리고 있었다는 말입니까?"

"제가 생각하는 바가 바로 그겁니다. 물론 생각에 불과하지만 말입니다.”

메이필드 경이 말했다.

"내게는 그렇게 가능성 있는 이야기로 들리지가 않는데. 위험 부담이 너무 큽니다.”

그러자 공군 중장이 이의를 제기했다.

"내 생각은 다르네, 찰스. 100퍼센트 가능한 이야기야. 저 생각을 왜 못 했나 싶네."

"설계도가 아직 이 집에 있을 거라고 생각하는 건 바로 그 때문입니다. 이제 문제는 설계도를 찾는 거겠죠."

조지 경이 코웃음을 치며 말했다.

"아주 간단한 거 아닙니까. 사람들을 전부 수색해 보면 되지요."

메이필드 경이 몸짓으로 반대의 뜻을 내비치는 순간 푸아로가 먼저 입을 열었다.

"아니요, 안 됩니다. 그렇게 간단하지 않습니다. 그 설계도를 가져간 사람은 수색이 있을 거라 예상하고 자신의 소지품에서 설계도가 발견되지 않도록 만반의 준비를 해 두었을 겁니다. 설계도는 그 누구의 물건도 아닌 것 속에 숨겨 두었을 겁니다."

"그렇다면 우리가 이 엄청난 저택을 샅샅이 뒤지며 숨바꼭질 놀이라도 해야 한다는 겁니까?"

푸아로가 미소를 지으며 말했다.

"아니요, 그렇지 않습니다. 그렇게까지 생고생할 필요는 없습니다. 곰곰이 따져 보면 설계도를 숨긴 장소를 찾아낼 수 있을 테니까요. 아니면 죄를 저지른 사람을 찾아내면 됩니다. 그 편이 더 간단하겠죠. 아침이 되면 저택에 계시는 모든 분을 심문해 보고 싶습니다. 지금 심문하는 건 그다지 현명한 일이 아닐 것 같군요."

메이필드 경이 고개를 끄덕이며 말했다.

"새벽 3시에 모든 사람을 침대에서 끌어내면 분명 말들이 많을 겁니다. 여하튼 조사를 시작하실 땐 들키지 않게 각별히 유의해 주시오, 무슈 푸아로. 이 일은 계속 기밀로 유지해야 합니다."

푸아로가 가볍게 손을 흔들어 보이며 말했다.

"이 에르퀼 푸아로에게 맡겨 주십시오. 제가 지어낸 거짓말들은 그 어떤 것보다 정교하고 설득력이 있습니다. 그러면 조사는 내일 시작하기로 하지요. 그런데 조지 경과 메이필드 경 두 분과는 오늘밤에 이야기를 나눴으면 하는데요."

푸아로가 두 남자를 향해 머리를 숙이며 말했다.

"그러니까 당신 말은……. 따로따로 이야기하고 싶다는 겁니까?"

"네, 그렇습니다."

메이필드 경이 눈을 약간 치켜떴다. 그러고 나서 말했다.

"그래요. 내가 나갈 테니 먼저 두 분이 이야기를 나누시죠. 나와 이야기를 하고 싶으면 서재로 오셔서 찾으면 됩니다. 가지, 칼라일."

메이필드 경과 비서가 문을 닫고 나갔다.

조지 경은 자리에 앉아 무의식적으로 담배를 향해 손을 뻗었다. 그러고는 알 수 없다는 표정으로 푸아로를 바라보았다.

"정말이지 난 어떻게 된 건지 도무지 감을 못 잡겠습니다."

그가 느릿느릿 말했다.

"이 사건은 아주 간단하게 설명할 수 있습니다. 두 단어로 콕 집어 말씀드리면, 밴덜린 부인이지요!"

푸아로가 미소를 지으며 말했다.

"아, 알 것도 같군요. 밴덜린 부인이라?"

"말씀드린 대롭니다. 메이필드 경에게 드리고 싶은 질문이 있는데 직접 여쭈기가 좀 곤란하군요. 밴덜린 부인 말입니다. 이 부인은 여러 가지 의혹을 받고 있는 걸로 유명합니다. 그런데 왜 여기 있는 것일까요? 전 세 가지 설명이 가능할 거라 혼자 추측해 봤습니다. 첫째, 메이필드 경이 부인에게 마음이 있기 때문이다.(이런 이야기 때문에 조지 경과 단둘이만 이야기를 나누려고 한 겁니다. 이런 이야기를 꺼내면 메이필드 경께서 당황하실 테니까요.) 둘째, 밴덜린 부인이 저택에 있는 다른 누군가와 절친한 관계다."

"난 빼 주시죠."

조지 경이 싱긋 웃으며 말했다.

"둘 다 아니라면 의문은 한층 강해집니다. 왜 밴덜린 부인이 여기 있는 것일까? 어렴풋이 답을 알 것도 같습니다. 분명 이유가 있습니다. 밴덜린 부인이 하필이면 이때 여기 있는 것은 메이필드 경이 특별한 이유가 있어 의도하신 게 분명하다고 생각합니다. 제 말이 맞습니까?"

조지 경이 고개를 끄덕이며 말했다.

"제대로 짚으셨습니다. 그 여자에게 넘어가기엔 메이필드는 너무 나이가 들었어요. 찰스가 그 여자를 여기 있게 한 건 분명 다른 이유가 있어서입니다. 이야기하면 이래요."

조지 경은 저녁 식사를 하면서 메이필드와 나눴던 대화를 푸아로에게 그대로 들려주었다. 푸아로는 유심히 그 내용을 들었다.

"아, 이제 이해가 가는군요. 그런데 밴덜린 부인이 두 분을 상대로 멋지게 역전한 거로군요."

조지 경은 거침없이 욕을 내뱉었다.

푸아로는 그런 그를 약간은 재미있다는 듯 바라보다가 말했다.

"이번 절도 사건이 밴덜린 부인의 소행이라는 걸 전혀 의심하지 않으시는군요. 그러니까 제 말은, 적극적인 역할을 했든 안 했든 그녀를 이 사건의 장본인으로 보신다는 겁니다."

조지 경이 푸아로를 뚫어져라 쳐다보았다.

"당연하지 않습니까. 그 점은 추호도 의심할 여지가 없어요. 다른 사람이라면 그 설계도를 훔칠 생각을 왜 하겠습니까?"

에르퀼 푸아로는 등을 뒤로 기댄 채 천장을 바라보았다.

"아, 그렇군요. 그런데 조지 경, 그 서류가 분명 아주 값나가는 물건으로 보인다고 이야기한 지 불과 15분도 지나지 않았습니다. 지폐나 금, 보석같이 금방 그 값어치를 알아 볼 수 있는 물건은 아니더라도 돈이 될 수 있는 물건이지 않습니까. 혹시 지금 이 저택에 있는 사람들 중 돈에 쪼들리는 사람이 있다면……."

조지 경이 코웃음을 치며 그의 말을 막았다.

"요새 돈에 쪼들리지 않는 사람이 어디 있습니까? 죄를 저지른 건 아니지만 나 자신도 돈에 쪼들리는걸."

조지 경이 푸아로를 향해 미소를 지어 보이자 푸아로도 미소로 답하며 낮은 목소리로 말했다.

"메 위(물론입니다), 조지 경은 충분히 그런 말씀을 하실 수 있습니다. 이번 사건과 관련해서 확실한 알리바이가 있으시니까요."

"그래도 내가 형편이 지독히 쪼들리고 있는 건 사실입니다."

푸아로가 안됐다는 듯 고개를 저으며 말했다.

"그러시겠죠. 조지 경 정도의 지위에 계시다 보면 생활비가 엄청 날 테니까요. 게다가 젊은 아드님에게 한창 교육비가 들어갈 때 아닙니까……."

조지 경이 불평을 늘어놓았다.

"교육비만도 엄청난데, 거기에 빚까지 얹혀 있답니다. 물론 그 녀석이 그렇게 나쁜 녀석은 아니지만."

푸아로는 공감을 표시하며 이야기에 귀를 기울였다. 그는 그동안 쌓여 있던 공군 중장의 불만을 여러 가지 들을 수 있었다. 요새 젊은이들에게는 투지와 끈기가 부족하다는 이야기, 엄마들이 정말 어처구니없게 아이들을 망쳐놓고 있으며 또 언제나 아이들 편만 든다는 이야기, 또 여자가 한번 도박에 빠지면 얼마나 무서운지, 노름판에서 턱없이 많은 돈을 거는 게 얼마나 어리석은지를 두고 이야기가 쏟아져 나왔다. 일반화시켜서 이야기한 터라 조지 경은 자신의 부인이나 아들을 직접 언급하지는 않았지만, 조지 경이 본래 속이 훤히 들여다보이는 타입인지라 그런 일반화에 어떤 뜻이 담겨 있는지는 쉽게 알 수 있었다.

조지 경이 갑자기 말을 멈추고 말했다.

"미안합니다. 주제에서 벗어난 이야기로 탐정님의 시간을 이렇게 빼앗아선 안 되는 건데 말입니다. 더구나 이렇게 늦은 시각에. 아, 벌써 새벽이군 그래."

조지 경이 나오는 하품을 참았다.

"조지 경, 이제 잠자리에 드셔야겠습니다. 정말 친절한 답변, 많은 도움이 되었습니다."

"탐정님 말이 맞아요. 이제 자러 가야겠군요. 그런데 정말로 그 설계도를 다시 찾을 가능성이 있다고 생각하시는 겁니까?"

푸아로가 어깨를 들썩이며 말했다.

"노력해 볼 생각입니다. 안 될 이유야 없지요."

"그럼, 난 이만 가 보겠습니다. 안녕히 주무시오."

조지 경이 방을 나갔다.

푸아로는 의자에 앉은 채 천장을 바라보며 골똘히 생각에 잠겼다. 그러더니 작은 노트를 하나 꺼내어 깨끗한 페이지를 펼치고 다음과 같은 것들을 적었다.

밴덜린 부인?

레이디 줄리아 캐링턴?

매커타 부인?

레지 캐링턴?

칼라일 씨?

그 아래에는 이렇게 적었다.

밴덜린 부인과 레지 캐링턴 씨?

밴덜린 부인과 레이디 줄리아?

밴덜린 부인과 칼라일 씨?

그는 마음에 들지 않는다는 듯 고개를 젓더니 낮은 목소리로 중얼거렸다.

"세 플뤼 생플 크 사(이렇게 복잡하지는 않을 거야)."
그러고는 짤막한 문장 몇 개를 추가로 적어 넣었다.

메이필드 경은 과연 '그림자'를 보았을까? 아니라면, 왜 그림자를 봤다고 말했을까? 조지 경은 정말 아무것도 보지 못한 걸까? 조지 경은 내가 꽃밭을 살피고 온 '후에야' 아무것도 못 본 게 확실하다고 이야기했다.

염두에 둬야 할 사항: 메이필드 경은 근시이다. 따라서 안경 없이도 글을 읽을 수는 있지만 방 안을 두루 살펴보려면 꼭 외알 안경을 껴야 한다. 조지 경은 원시이다. 따라서 테라스 끝에 있었다면 메이필드 경보다는 조지 경의 시력이 더욱 믿을 만하다. 하지만 메이필드 경은 자신이 분명히 뭔가를 봤다고 확신하며 친구가 부인을 해도 흔들리지 않는다.

현재의 정황상 칼라일 씨보다 더 의심을 받을 만한 사람이 있는가? 메이필드 경은 아주 단호하게 칼라일 씨가 결백하다고 말했다. 지나칠 정도로. 그 이유가 뭘까? 속으로는 그를 의심했는데 그런 자신이 부끄러워서? 아니면 다른 누구에게 혐의를 두고 있어서? 그 말은 밴덜린 부인 말고 달리 혐의를 두는 사람이 있다는 이야기?

그는 노트를 덮은 후 서재를 향해 발걸음을 옮겼다.

제5장

 푸아로가 서재에 들어갔을 때 메이필드 경은 책상에 앉아 있었다. 그는 의자를 빙 돌리더니 펜을 내려놓고 호기심에 찬 눈빛으로 푸아로를 올려다보았다.
 "그래, 무슈 푸아로. 캐링턴과는 이야기를 나누셨습니까?"
 푸아로가 미소를 지어 보이며 자리에 앉았다.
 "네, 메이필드 경. 제가 궁금해하던 부분을 말끔히 정리해 주셨습니다."
 "어떤 부분 말입니까?"
 "밴덜린 부인이 이곳에 있는 이유 말입니다. 이해해 주시리라 믿습니다만, 저는……."
 메이필드는 푸아로가 당황한 기색을 보이는 이유를 재빨리 알아차렸다.

"내가 저 여자를 좋아하기라도 하는 줄 알았습니까? 전혀 그렇지 않아요. 재밌게도 캐링턴도 똑같은 생각을 했습니다만."

"네, 조지 경께서 그 문제로 두 분이 나눈 대화 내용을 제게 이야기해 주셨습니다."

메이필드 경의 얼굴에 약간 후회하는 빛이 비쳤다.

"내 작은 계획이 실패로 돌아갔습니다. 자신의 능력이 여자에게 뒤진다는 사실을 인정하는 건 언제나 정말 내키지 않는 일이군요."

"아, 하지만 그분은 아직 당신을 뛰어넘지는 못하지 않았습니까, 메이필드 경."

그가 한숨을 지었다.

"그럼 당신은 아직도 내게 승산이 있다고 생각하는 겁니까? 그렇게 말해 주니 기분은 좋군요. 나도 그게 사실이라고 생각하고 싶어요. 완전히 바보처럼 행동했다는 생각이 듭니다. 그 여자를 함정에 빠뜨릴 책략에 너무 들떠서 그만······."

에르퀼 푸아로는 자신의 자그마한 담배 한 개비에 불을 붙이며 말했다.

"책략이란 게 정확히 무엇이었습니까, 메이필드 경?"

메이필드 경은 망설이는 눈치였다.

"그게······. 아직 세세한 계획까지 짜 놓은 건 아니어서."

"다른 사람과 의논하지는 않으셨습니까?"

"그런 적은 없습니다."

"칼라일 씨와도요?"

"그렇습니다."

"일을 혼자 처리하는 걸 좋아하시는 모양입니다, 메이필드 경."

"보통 그게 최선인 경우가 많지요."

메이필드 경이 약간 엄숙하게 말했다.

"그렇죠, 정말 현명하십니다. 그 누구도 믿지 않는다. 하지만 조지 캐링턴 경에게는 그 문제를 언급하신 거죠?"

"단지 그 친구가 나를 너무 불안하게 생각하는 것 같아 그랬습니다."

메이필드 경이 그때 상황을 떠올리고는 미소를 지어 보였다.

"친구로 지내신 지 오래됐죠?"

"그렇습니다. 20년이 넘었지요."

"조지 경의 아내분과는?"

"물론, 조지의 아내와도 오래 알고 지냈습니다."

"하지만 (제 질문이 무례하다면 용서하십시오.) 아내분과는 조지 경만큼 가깝게 지내지는 않으셨지요?"

"나의 개인적 친분이 지금 이 일과 도대체 무슨 상관이 있는지 모르겠군요, 무슈 푸아로."

"메이필드 경, 제 생각에는 아주 많은 관계가 있습니다. 응접실에 있던 누군가가 저지른 일일 수도 있다는 제 이론에 동조하신 것 아니었습니까?"

"그렇습니다. 아마 틀림없이 그랬을 겁니다."

"'틀림없이'라는 말은 사용하지 않는 게 좋겠습니다. 너무 자신감 넘치는 표현이니까요. 하지만 만일 제 이론이 맞다면 응접실에 누가 있었을 거라 생각하십니까?"

"분명히 밴덜린 부인이었을 겁니다. 그녀는 책을 찾으러 응접실에 한 번 돌아왔었어요. 다른 책이나 손가방을 놓고 왔다거나 손수건을 떨어뜨렸다며 다시 왔겠죠. 이럴 때 여자들이 댈 수 있는 여러 가지 구실 중 하나를 대면서 말입니다. 그리고 하녀를 세워 두고 비명을 지르게 해 칼라일을 서재 밖으로 끌어낸 거죠. 그때 그녀는 당신이 말한 대로 창을 통해 서재 안으로 몰래 들어 왔다가 나갔을 겁니다."

"밴덜린 부인이 아닐 수도 있다는 것을 잠시 잊으신 듯합니다. 칼라일 씨가 하녀와 이야기하는 동안 위층에서 밴덜린 부인이 그녀를 부르는 소리를 들었다고 하지 않았습니까."

메이필드 경은 입술을 깨물었다.

"맞네요. 그 점을 잊었습니다."

그는 아주 난처한 모습이었다.

"메이필드 경께서도 알고 계시겠지만……."

푸아로가 부드러운 목소리로 말했다.

"사건 해결에 진척이 있습니다. 처음에는 누군가가 바깥에서 들어와 그 전리품을 손에 넣은 후 달아났다고 단순하게 설명했습니다. 그것은 제가 당시에 말씀드린 대로 아주 편리한 이론이었죠. 쉽게 받아들이기에는 너무나 편리했습니다. 그래서 우리는 그 이론을 폐기했습니다. 그리고 나서 우리는 외부 인물인 밴덜린 부인의 소행이라는 이론에 도달했고, 어느 지점까지는 그 이론이 그럴 듯하게 맞아 들어가는 듯 보였습니다. 하지만 그 이론 역시 받아들이기엔 너무 쉬운, 즉 너무 편리한 이론입니다."

"그럼 당신은 이 사건에서 밴덜린 부인을 완전히 배제한 겁니까?"

"응접실에 있었던 건 밴덜린 부인이 아니었습니다. 서류를 훔쳐 간 것은 밴덜린과 모의한 누군가일 수도 있습니다. 물론 전혀 다른 사람이 저지른 일일 수도 있습니다. 그런 경우에는 동기가 무엇일지 생각해 봐야 합니다."

"그건 다소 억지 아닙니까, 무슈 푸아로?"

"제 생각엔 아닌 것 같은데요. 어떤 동기가 있을 수 있을까요? 먼저 돈이 동기가 될 수 있겠죠. 그 서류를 현금으로 바꿀 목적이 있는 사람이 훔쳤을 수 있다는 이야기입니다. 우리가 생각할 수 있는 가장 단순한 동기지요. 하지만 전혀 다른 것이 동기가 될 수도 있습니다. 예를 들자면……."

푸아로가 느릿느릿 말했다.

"누군가를 해치겠다는 마음을 단단히 먹고 저지른 일일 수도 있습니다."

"누구를 해칠 생각으로?"

"아마 칼라일 씨겠죠. 칼라일 씨가 당연히 의심을 받을 테니까요. 하지만 그것으로 끝나지 않을 수 있습니다. 한 나라의 운명을 좌지우지하는 사람들은 여론에 특히 약하지 않습니까, 메이필드 경."

"그 말은 누군가 나를 해치려는 목적으로 그 서류를 훔쳐갔다는 뜻입니까?"

푸아로가 고개를 끄덕였다.

"제가 알기로 메이필드 경께서는 약 5년 전쯤 다소 힘겨운 시기를 보내신 걸로 알고 있습니다. 이 나라 유권자들에게 지독히 인기가 없던 유럽 열강 국가와 친분이 있다는 의혹을 받으신 적이 있지요?"

"그 말이 맞습니다, 무슈 푸아로."

"오늘날 정치를 한다는 건 아주 힘든 일이지요. 나라에 이익이 될 거라 생각하는 정책을 추구해야 하는 동시에 여론의 힘도 인식을 해야 하니까 말입니다. 그런데 여론이란 것은 감정적이고 생각이 없고 극도로 불건전한 경우가 아주 많지요. 그렇지만 또 완전히 무시할 수도 없습니다."

"얼마나 속 시원하게 표현해 주시는지 모르겠군요. 그게 바로 정치인의 삶에 내린 저주랍니다. 나라의 여론이 정말로 위험하고 무모하다는 것을 알면서도 그것에 머리 숙여야 하니 말이죠."

"바로 그 점이 메이필드 경의 딜레마일 거라고 생각합니다. 메이필드 경께서 문제가 되었던 나라와 협정을 맺었다는 소문도 돌았었죠. 신문들이 그 문제를 가지고 메이필드 경을 몰아댔지요. 다행히 총리께서 그 설을 일축하고 메이필드 경께서도 부인하셨죠. 물론 메이필드 경께서 진정 생각하는 것이 무언지에 대해서는 추호도 의심할 여지가 없었지만 말입니다."

"모두 말씀하신 대롭니다, 무슈 푸아로. 그런데 과거를 들추는 이유는 뭡니까?"

"메이필드 경께서 위기를 넘긴 것에 실망한 정적이 경을 더욱 곤란에 빠뜨리려는 마음을 먹을 수 있다는 생각이 들어서입니다. 메이필드 경께서는 금세 대중의 신망을 얻지 않으셨습니까. 그 혹독한 시기를 넘긴 보답으로 지금 메이필드 경께서는 정계에서 가장 인기가 높은 분에 속하죠. 사람들은 헌벌리 선생의 뒤를 이을 차기 총리로 아주 자연스럽게 메이필드 경을 이야기합니다."

"당신 말은 이 사건이 내 평판을 떨어뜨리기 위해 일어났다는 뜻인가요? 말도 안 되는 이야기 같습니다."

"투 드 멤므(어쨌든), 메이필드 경. 영국이 새로 개발하려는 폭탄 설계도가 주말에 없어졌고, 그때 아주 매력적인 여자가 손님 중 한 사람이었다는 사실이 세간에 알려지면 모양새가 좋지 않을 겁니다. 그 여자와 경의 관계를 신문에 조금만 귀뜸해 주면 평판을 떨어뜨릴 수 있지 않겠습니까."

"그런 일은 일고의 가치조차 없습니다."

"친애하는 메이필드 경, 충분히 그럴 수 있다는 사실을 누구보다 잘 알고 계시지 않습니까. 어떤 사람이 받고 있는 대중의 신망을 떨어뜨리기는 아주 쉬운 일입니다."

"그렇습니다, 그건 그래요."

메이필드 경은 갑자기 매우 근심어린 표정이 되었다.

"젠장! 이번 일은 정말 걷잡을 수 없이 복잡하게 돌아가는군. 당신은 정말……. 하지만 그건 불가능한 일이야. 불가능하다고."

"혹시 아시는 분 중에 메이필드 경을 시샘하는 자는 없습니까?"

"어리석은 소리입니다."

"여하튼 이 저택의 파티에 초대된 사람들과 메이필드 경이 개인적으로 어떤 관계인지를 묻는 것이 이 사건과 전혀 무관하지 않다는 점은 인정하시는 거지요?"

"아, 아마……. 아마도 그렇겠지요. 줄리아 캐링턴에 대해 물으셨죠? 사실 해 줄 말이 그다지 많은 건 아닙니다. 그녀에 대해 깊이 생각해 본 적이 한번도 없어서 말이지요. 그리고 그녀가 내게 호감을 가지고 있다는 생각도 들지 않고. 줄리아 캐링턴은 침착하지 못하고 신경이 예민한 요즘 여자들 중 하나요. 아무 생각 없이 사치를 부리고 카드라면 사족을 못 쓰지요. 사고방식도 보수적이어서 자수성가한 나를 경멸하는 것 같습니다."

"여기 오기 전에 명사록에서 경을 찾아 봤습니다. 유명 엔지니어링 회사를 운영하셨고, 일류 엔지니어 실력을 갖고 계시던데요."

"기술의 실제적인 부분과 관련해 내가 모르는 부분은 전혀 없습니다. 난 밑바닥에서부터 올라온 사람이지요."

메이필드 경이 다소 근엄한 목소리로 말했다.

"이런 한심한 녀석 같으니라고! 내가 이렇게 어리석다니, 정말 바보가 따로 없군."

푸아로가 느닷없이 외치자 메이필드 경이 그를 뚫어져라 바라보았다.

"도대체 무슨 말씀이시죠, 무슈 푸아로?"

"방금 퍼즐의 일부가 아주 분명히 드러났습니다. 조금 전까지만 해도 미처 알아채지 못했던 부분이 말입니다……. 하지만 이제 완전히 맞추었어요. 그렇습니다. 한 치의 오차도 없이 아름답게 맞추었습니다."

메이필드 경이 놀라움 반 호기심 반으로 푸아로를 바라보았다. 하지만 푸아로는 엷게 미소를 띤 채 고개를 저으며 말했다.

"아니요, 아직은 안 됩니다. 제 생각을 좀 더 명확하게 정리할 필요가 있어서요. 그럼 안녕히 주무십시오, 메이필드 경. 그 설계도가 어디 있는지 알 것 같습니다."

푸아로가 자리에서 일어났다.

메이필드 경이 외쳤다.

"그걸 안다면 지금 당장 찾읍시다."

푸아로가 고개를 저었다.

"아니요, 아닙니다. 그건 소용이 없습니다. 경솔함은 치명적인 화를 부르는 법이지요. 모든 것을 에르퀼 푸아로에게 맡겨 주시기 바랍니다."

푸아로가 방을 나가자 메이필드 경은 경멸감에 어깨를 들어 올렸다.

"인간이란 다 사기꾼이야."

그는 낮은 목소리로 중얼거리며 서류를 치우고 불을 끈 후 잠자리로 향했다.

제6장

"도둑이 들었다는데 메이필드 경은 도대체 왜 경찰을 안 부르는 겁니까?"

레지 캐링턴이 따지듯 물었다. 그는 앉아 있던 의자를 아침 식사 탁자에서 조금 밀어냈다.

탁자에 남아 있는 사람은 그뿐이었다. 함께 탁자에 있던 매커타 부인과 조지 경은 좀 전에 식사를 마친 참이었다. 그의 어머니와 밴덜린 부인은 침실에서 아침 식사를 했다.

조지 경은 메이필드 경과 에르퀼 푸아로 사이의 약속을 지켜 가며 다시 설명을 해 주었다. 설마 아니겠지 하면서도 레지의 소행이 아닐까 하는 생각이 가시지 않았다.

"저런 별난 외국인을 부른 게 전 도무지 이해가 안 가요. 없어진 게 도대체 뭐래요, 아버지?"

레지가 말했다.

"나도 잘 모르겠구나, 레지."

레지는 자리에서 일어섰다. 오늘 아침 그는 신경이 다소 곤두선 듯했다.

"뭔가…… 중요한 것은 아니래요? 뭐…… 서류나 그런 거요?"

"레지, 솔직히 말하면 정확히 무언지는 네게 말해 줄 수가 없다."

"그 정도로 쉬쉬해야 하는 건가 보죠? 알겠어요."

레지는 계단을 뛰어올라 가다 얼굴을 찌푸린 채 잠시 멈추어 섰다. 그러더니 다시 계단을 올라가 어머니의 방문을 두드렸다. 들어오라는 어머니의 목소리가 들렸다.

레이디 줄리아는 침대에 앉아 봉투 뒷면에 숫자들을 끼적이고 있었다.

"잘 잤니, 아가."

고개를 들어 레지의 얼굴을 본 그녀가 날카로운 목소리로 물었다.

"레지, 무슨 일 있니?"

"별일은 아니에요. 어젯밤에 도둑이 든 모양이에요."

"도둑? 뭐가 없어졌는데?"

"그건 저도 모르겠어요. 모두 쉬쉬하는 분위기예요. 아래층에 별나게 보이는 사립 탐정이 와서 모든 사람을 상대로 뭔가를 물어보고 있어요."

"어쩜 이런 일이!"

"좀 불쾌해요. 이런 일이 일어난 저택에 있다는 게."

레지가 느릿느릿 말했다.

"정확히 무슨 일이 있었던 건데?"

"잘 모르겠어요. 우리 모두가 잠자러 가고 나서 좀 이따가 일어난 일인가 봐요. 조심하세요, 어머니. 접시 떨어지겠어요."

레지가 아침 식사용 접시를 낚아 채 창문 옆 탁자에 가져다 놓았다.

"돈이 없어졌다니?"

"잘 모르겠다고 말씀드렸잖아요."

레이디 줄리아가 천천히 말했다.

"그 탐정이 지금 모든 사람을 상대로 뭔가를 물어보고 있다고?"

"그런 것 같아요."

"어젯밤에 어디 있었나, 뭐 그런 거를 물어보나?"

"아마 그렇겠죠. 전 별로 할 말이 없는데. 어제 곧장 침실로 가서 바로 잠이 들었거든요."

레이디 줄리아는 아무 말도 없었다.

"그런데 어머니, 돈은 구경도 안 시켜 주실 생각이세요? 저 거의 파산할 지경이에요."

레지의 어머니가 단호한 목소리로 대답했다.

"어림도 없는 소리 마라. 나도 벌써 한도를 훨씬 초과해서 인출했어. 아버지가 이 이야기를 들으시면 뭐라 하실지 모르겠다."

그때 노크 소리가 나더니 조지 경이 방 안으로 들어왔다.

"아, 여기 있었구나, 레지. 도서관으로 내려가 보거라. 무슈 에르 퀼 푸아로가 널 봤으면 하시는구나."

푸아로는 그 당당한 매커타 부인과 막 이야기를 끝낸 참이었다.

몇 가지 간단한 질문을 던진 결과 매커타 부인은 11시가 되기 직전 침실로 갔으며, 도움이 될 만한 어떤 소리를 듣거나 무언가를 목격하지 않았다는 사실을 알 수 있었다.

푸아로는 강도 사건에서 좀 더 사적인 이야기로 자연스럽게 화제를 돌렸다. 자신은 개인적으로 메이필드 경을 아주 존경하며, 국민의 한 사람으로서 메이필드 경이 진정 위대한 사람으로 보인다고 말했다. 물론 매커타 부인은 내부 사정에 밝은 만큼 자신보다 더 올바른 평가를 내릴 줄 알 것이라는 말도 덧붙였다.

매커타 부인이 인정한다는 듯 말했다.

"메이필드 경은 머리가 아주 좋은 분이죠. 게다가 오로지 자신의 힘만으로 경력을 쌓았어요. 가문의 힘을 전혀 빌리지 않았죠. 물론 비전이 부족한 면은 있지만. 하지만 그 점은 안타깝게도 모든 남자가 다 비슷해요. 여성처럼 넓게 창의적으로 생각하질 못하지요. 무슈 푸아로, 앞으로 10년 후에는 여성이 정계에서 막강한 힘을 행사할 거예요."

푸아로는 자신 역시 그 점을 확신한다고 말했다.

그는 은근슬쩍 밴덜린 부인에게로 화제를 옮겼다. 얼핏 듣기로는 밴덜린 부인과 메이필드 경이 매우 각별한 친구라던데 그 말이 사실인지 물었다.

"결코 그렇지 않아요. 솔직히 말씀드리면 사실 여기 와서 그 여자를 보고 무척 놀랐어요. 정말 많이 놀랐죠."

푸아로는 매커타 부인이 밴덜린 부인을 어떻게 생각하는지 넌지시 물었다.

"저런 여자들은 아무 쓸모가 없어요, 무슈 푸아로. 같은 여성을 절망하게 만드는 족속이죠. 하나에서 열까지 기생충 같은 여자예요."

"남자들은 그녀를 동경하지 않습니까?"

매커타 부인은 경멸감을 드러냈다.

"남자들은 그렇죠. 남자들은 언제나 외모가 번지르르한 여자들한테 넘어가죠. 지금은 레지 캐링턴이라는 그 애송이가 그래요. 그녀가 말이라도 걸 때면 얼굴이 빨개져서는 어떻게든 관심을 끌려고 말도 안 되는 소리로 아부를 한다니까요. 그 여자도 마찬가지로 레지를 어림도 없는 말로 추켜세우고. 레지의 브리지 실력을 칭찬하는데……. 사실 그의 실력은 대단한 것과는 전혀 거리가 멀거든요."

"레지는 브리지게임을 잘 못하나 보죠?"

"어젯밤에는 온통 실수만 했어요."

"레이디 줄리아는 실력이 좋죠, 그렇지 않습니까?"

"제 생각에는 실력이 지나쳐요. 그녀에게 게임은 거의 일이에요. 밤낮으로 게임을 하죠."

"많은 돈을 걸고 말이죠?"

"네, 맞아요. 너무 많이 걸어서 같이 게임을 하기가 꺼려질 정도라니까요. 전 그런 일은 옳지 않다고 봐요."

"레이디 줄리아가 게임에서 돈은 많이 따나요?"

매커타 부인이 짐짓 고상한 체하며 큰 소리로 콧방귀를 끼었다.

"그녀는 그런 식으로 빚을 갚을 심산이죠. 하지만 제가 듣기론 최근에는 계속 운이 없었다고 하더군요. 어젯밤에는 다른 꿍꿍이가 있는 것처럼 보였죠. 무슈 푸아로, 도박의 악덕도 술의 악덕에 결코 뒤지지 않아요. 제가 이 나라를 다스린다면 이 나라를 정화해서……."

푸아로는 영국의 윤리 도덕을 정화시키는 문제에 대한 장광설을 꾹 참고 들어주어야 했다. 매커타 부인이 말을 끝내자 그는 솜씨 좋게 대화를 마무리 짓고 레지 캐링턴을 불렀다. 젊은이가 방 안에 들어왔을 때 푸아로는 그를 조심스럽게 훑어보았다. 매력적인 미소 뒤에 감추어진 자신 없어 보이는 입술, 윤곽이 뚜렷하지 못한 턱, 넓은 미간, 다소 좁아 보이는 이마. 푸아로는 레지 캐링턴 같은 유형을 잘 알고 있었다.

"레지 캐링턴 씨입니까?"

"네, 제가 뭐 도울 일이라도?"

"어젯밤 일에 대해 말씀해 주시기만 하면 됩니다."

"글쎄요, 어디 보자. 저희는 브리지게임을 했습니다. 응접실에서요. 그 후에 침실로 갔고요."

"그게 몇 시였지요?"

"11시 직전이었어요. 도둑이 든 건 그 후였나요?"

"그래요, 그 이후였습니다. 혹시 뭘 보거나 듣지는 못했습니까?"

레지가 유감이라는 듯 고개를 저었다.

"안타깝게도 그런 건 없었습니다. 곧장 침실로 가서 세상모르고

잤거든요."

"그러면 응접실에서 나와 곧장 침실로 간 후 아침까지 죽 그곳에 있었습니까?"

"네, 그렇습니다."

"이상하군요."

푸아로가 말하자 레지가 날카로운 목소리로 물었다.

"이상하다니 무슨 말씀이시죠?"

"예를 들면 비명 같은 건 듣지 못했다는 이야기 아닙니까?"

"네, 듣지 못했어요."

"아, 정말 이상한데요."

"도대체 지금 무슨 뜻으로 그런 말씀을 하시는 건지 모르겠군요."

"혹시 약간 귀를 먹은 건 아닌지요?"

"전혀 아닌데요."

뭔가 말하려는 듯 푸아로가 입술을 움직였다. 그의 입에서 세 번째로 이상하다는 말이 나올 법도 했다. 그러나 푸아로는 이렇게 말했다.

"음, 고맙습니다, 캐링턴 씨. 다 끝났습니다."

레지는 자리에서 일어나 약간 머뭇거리며 서 있었다.

"그 이야기를 하시니까 말인데, 무슨 소리를 들은 것도 같습니다."

"아, 무슨 소리를 들었습니까?"

"네, 하지만 전 책을 읽고 있었거든요. 사실은 탐정 소설을 읽고 있었습니다. 그래서 그 소리에 크게 신경을 쓰지 못했어요."

"아, 그러시군요. 그 무엇보다 만족스러운 설명입니다."

푸아로의 얼굴에선 감정을 전혀 찾아볼 수 없었다.

레지는 계속 망설이다가 몸을 돌려 문을 향해 느릿느릿 발걸음을 떼었다. 그는 문 앞에서 잠깐 멈춰서더니 이렇게 물었다.

"그런데, 도둑맞은 물건이 뭔가요?"

"아주 값나가는 물건입니다, 캐링턴 씨. 제가 말씀 드릴 수 있는 건 거기까지입니다."

"아."

레지가 다소 멍한 표정으로 말했다.

레지가 방을 나가자 푸아로는 고개를 끄덕이며 중얼거렸다.

"모든 게 맞아 돌아가고 있어. 아주 완벽하게."

그는 벨을 누르고 정중하게 밴덜린 부인이 아직 위층에 있는지 물었다.

제7장

 밴덜린 부인은 아주 근사한 차림을 하고 우아하게 방 안으로 들어왔다. 멋스럽게 재단된 황갈색의 편안한 평상복을 입었는데 덕분에 그녀의 머리칼이 품고 있는 따스한 빛이 더욱 돋보였다. 밴덜린 부인은 우아한 걸음걸이로 의자로 다가와 작달막한 신사에게 눈이 부신 미소를 지어 보였다.
 잠시 그 미소 속에 뭔가가 엿보였다. 승리감인 듯도 싶고 거의 비웃음처럼 보이기도 했다. 그것은 금세 사라졌지만, 분명히 자리하고 있었다. 푸아로는 그런 암시가 흥미롭다고 생각했다.
 "어젯밤에 도둑이 들었다고요? 어떻게 그런 일이! 전 아무 소리도 듣질 못했거든요. 그런데 경찰은 오지 않나요? 경찰이 와도 소용이 없는 건가요?"
 순간 다시 한 번 그 비웃음이 그녀의 눈에 나타났다.

에르퀼 푸아로는 생각했다.

'저 사람은 경찰을 전혀 두려워하지 않고 있군. 경찰을 부르지 않을 것을 아주 잘 알고 있다는 뜻이지. 그렇다면 그 이야기는?'

푸아로가 생각에서 깨어나 입을 열었다.

"무엇보다 신중을 기해야 하는 문제이기에 이해를 부탁드립니다, 부인."

"당연히 그래야죠, 무슈 푸아로. 제가 성함을 제대로 부른 거죠? 불평할 생각은 전혀 없어요. 저는 메이필드 경을 너무나도 존경하기 때문에 그분에게 조금이라도 심려를 끼치는 일은 절대 하고 싶지 않아요."

그러면서 밴덜린 부인은 다리를 꼬았다. 갈색 가죽으로 만든 반짝반짝 윤이 나는 실내화 한 짝이 비단 양말을 신은 그녀의 발끝에서 달랑거렸다.

그녀가 재차 미소를 머금었다. 완벽한 생기와 깊은 만족감이 느껴져 눈을 뗄 수 없는 따스한 미소였다.

"제가 도울 일이 있으면 말씀해 주세요."

"감사합니다, 마담. 어젯밤에 응접실에서 브리지게임을 하셨죠?"

"예."

"제가 알기로는 그 이후에 숙녀분들은 모두 침실로 올라가셨다고 하던데요?"

"맞아요."

"하지만 누군가는 책을 가지러 다시 돌아왔죠. 바로 부인이었습니다. 그렇지 않나요, 밴덜린 부인?"

"제가 처음으로 그 방에 다시 갔었죠. 맞아요."

"'처음으로'라니 무슨 뜻인지?"

푸아로가 날카로운 목소리로 물었다.

밴덜린 부인이 설명을 늘어놓았다.

"전 책을 가지고 응접실에서 바로 돌아왔어요. 그리고 나서 위층으로 올라와 벨을 눌러 제 하녀를 불렀죠. 오는 데 시간이 오래 걸리더라고요. 그래서 벨을 한 번 더 눌렀어요. 그리고 나서는 층계참으로 나갔죠. 그 아이 목소리가 들리기에 이름을 불렀어요. 그 뒤 제 머리를 빗질하게 한 다음에 보냈어요. 그런데 불안하고 얼떨떨한지 한 번인가 두 번 브러시가 제 머리에 엉키더군요. 그래서 그 아이를 내보냈는데 바로 그때 레이디 줄리아가 층계를 올라오는 걸 봤어요. 자기도 책을 가지러 다시 아래층에 갔다 왔다고 하더군요. 이상해요, 그렇지 않나요?"

말을 마치며 밴덜린 부인은 미소를 지어 보였다. 입을 활짝 벌리고 지은 그 미소는 다소 음흉해 보였다. 에르퀼 푸아로는 속으로 밴덜린 부인이 레이디 줄리아 캐링턴을 좋아하지 않는다고 생각했다.

"그렇군요, 마담. 그런데 혹시 하녀의 비명 소리를 들으셨나요?"

"네, 그 비슷한 소리를 들었어요."

"왜 비명을 질렀는지 물어보셨습니까?"

"네, 하얀 옷을 입은 무언가가 떠다니는 걸 본 것 같다고 했어요. 정말 말도 안 되는 소리죠."

"어젯밤에 레이디 줄리아의 차림새는 어땠죠?"

"아, 혹시 탐정님은……. 아, 알겠어요. 레이디 줄리아는 하얀색 이브닝드레스를 입고 있었어요. 그 덕분에 설명이 되는군요. 그 아이는 분명 어둠 속에서 레이디 줄리아의 모습을 보고 하얀 무언가가 떠다닌다고 생각한 거예요. 이런 아이들은 미신 같은 걸 잘도 믿는다니까요."

"그 하녀를 데리고 다닌 지 오래됐나요?"

밴덜린 부인의 눈이 약간 커졌다.

"아니요, 그렇지 않아요. 다섯 달 정도밖에 안 됐죠."

"혹 괜찮으시다면 그 하녀를 지금 만나보고 싶습니다만, 마담."

밴덜린 부인이 눈썹을 치켜올렸다.

"아, 물론 괜찮아요."

그녀가 약간 냉담한 어투로 말했다.

"그 하녀에게 몇 가지 물어보고자 하니 양해해 주시기 바랍니다."

"아, 그럼요."

다시 한번 재미있다는 듯한 미소가 스치고 지나갔다.

푸아로가 자리에서 일어나 허리를 굽혀 인사를 했다.

"마담, 당신께 더할 나위 없는 경의를 표합니다."

순간 밴덜린 부인은 약간 당황하는 기색이었다.

"아, 무슈 푸아로. 멋지기도 하셔라. 그런데 도대체 왜?"

"마담께서는 그토록 완벽하게 무장을 하시고 또 자신을 그토록 완벽하게 확신하시니 말입니다."

밴덜린 부인은 모호한 웃음을 잠시 지었다.

"그렇다면 그걸 칭찬으로 받아들여도 될지?"

"자만심에 사로잡혀 생명을 함부로 다루지 말라는 경고로 보시면 되겠죠."

밴덜린 부인은 더욱 당당한 태도로 웃음을 터뜨렸다. 그녀는 자리에서 일어나더니 한 손을 내밀었다.

"무슈 푸아로, 수사를 성공적으로 마치시길 바랄게요. 제게 그토록 멋진 말을 해 주셔서 감사해요."

그녀가 방을 나서자 푸아로가 혼잣말로 중얼거렸다.

"당신은 정말 내가 수사를 성공적으로 마치길 바라는가? 당신은 내가 일을 제대로 마치지 못할 거라는 굳은 확신을 갖고 있는 거군. 그래, 그렇게 굳게 확신하는 것도 무리는 아니지. 하지만 아주 거슬리는군."

약간 신경질적인 태도로 푸아로는 벨을 누르고 하녀 레오니 양을 불러 줄 수 있겠는지 물었다.

레오니가 망설이며 문간에 서 있을 때 푸아로는 그녀를 찬찬히 뜯어보았다. 검정색 옷을 입은 그녀는 곱슬곱슬한 검은 머리칼을 단정히 양쪽으로 늘어뜨리고 눈은 아래로 얌전히 내리깐 채 새침한 모습으로 서 있었다. 그는 알겠다는 듯 천천히 고개를 끄덕였다.

"들어와요, 마드무아젤 레오니. 무서워할 것 없습니다."

그녀는 방 안으로 들어와 푸아로 앞에 새침한 모습으로 섰다.

푸아로가 돌연 어조를 바꾸어 말했다.

"마드무아젤께서는 정말 아름다우시군요."

그러자 레오니에게서 즉각 반응이 왔다. 그녀는 곁눈질로 푸아로를 흘긋 쳐다보더니 작은 목소리로 소곤거렸다.

"선생님은 정말 친절하시군요."

"마드무아젤께서 정말 아름다우시니까 하는 말입니다. 그런데 제가 칼라일 씨에게 마드무아젤이 예쁜지 안 예쁜지 물었더니 잘 모르겠다고 하더군요."

레오니는 무시하는 듯한 태도로 턱을 들어올리며 말했다.

"딱 그러게 생겼잖아요!"

"그 말이 맞는 것 같습니다."

"평생 여자 한번 제대로 못 쳐다봤을 사람이에요."

"아마도 그런 것 같아요. 안타깝지요. 그렇게 많은 걸 놓치고 살다니. 하지만 이 저택에는 좀 더 제대로 된 눈을 가진 사람들도 있지 않습니까?"

"음, 전 선생님 말씀이 무슨 뜻인지 잘 모르겠는데요."

"아니요, 마드무아젤 레오니. 마드무아젤께서는 아주 잘 알고 있어요. 재미난 이야기를 들었는데요. 어젯밤 마드무아젤께서 유령을 봤다는 이야기 말입니다. 그런데 손을 머리에 얹고 계단에 서 계셨다는 이야기를 듣자마자 저는 유령이 문제가 아니었다는 사실을 바로 알 수 있었어요. 어떤 여자가 겁에 질렸다면 가슴에 손을 얹거나 비명이 나오지 못하도록 입으로 손을 가져갔을 겁니다. 하지만 머리를 만지고 있었다는 것은 전혀 다른 뜻이죠. 그것은 곧 머리가 헝

클어져서 서둘러 머리를 다시 매만져야 했다는 뜻입니다. 마드무아젤, 이제는 진실을 밝혀 주세요. 계단 위에서 왜 비명을 지른 겁니까?"

"하지만 선생님, 제 말은 사실이에요. 커다란 무언가가 온통 하얀 옷을 입고 지나가는 걸 봤단······."

"아가씨, 내 머리를 얕잡아 보지 마세요. 칼라일 씨에게는 충분히 통했을지 몰라도, 이 에르퀼 푸아로에게는 어림없어요. 사실은 누군가 당신에게 키스를 한 거죠, 그렇지 않습니까? 그리고 내 추측에 따르면 당신에게 키스를 한 건 레지 캐링턴 씨이고."

레오니가 부끄러운 눈으로 푸아로를 보고 말했다.

"에 비엥(선생님도), 키스가 다 무슨 말씀이세요."

"그럼 뭐였습니까?"

푸아로가 정중하게 물었다.

"그 젊은 신사분이 제 뒤에 다가와서는 허리를 안았어요. 당연히 그분 때문에 너무 놀라서 소리를 지른 거고요. 다가오는 걸 알았더라면······, 음, 그랬다면 당연히 소리는 지르지 않았을 거예요."

"당연히 그랬겠죠."

푸아로가 맞다는 듯 대꾸해 주었다.

"하지만 그분은 고양이처럼 제게 다가왔어요. 그때 서재 문이 열리고 그 비서가 나왔어요. 젊은 신사분은 재빨리 위층으로 올라가 버렸고 전 그 자리에 바보처럼 서 있었어요. 당연히 전 뭔가를 말해야 했어요. 더구나······."

그녀는 갑자기 프랑스어로 이야기하기 시작했다.

"엉 젠 옴므 콤 사, 텔르망 콤 일 포(그분은 아주 멋졌다고요)!"

"그래서 유령 이야기를 지어냈군요?"

"네, 선생님. 순간 제 머리로는 그 생각밖에 떠오르지 않았어요. 온통 하얀 옷을 입은 키 큰 무언가가 떠다녔다고요. 말도 안 되는 이야기였지만 저에게는 다른 방법이 없었어요."

"그랬겠네요. 그러면 이제 모든 게 설명이 되는군요. 처음부터 뭔가 미심쩍다 생각했어요."

레오니가 푸아로에게 고혹적인 눈길을 던지며 말했다.

"선생님은 정말 머리가 좋으세요. 마음도 너무나 따뜻하시고요."

"이 일로 아가씨를 난처하게 만드는 일은 하지 않을 테니 내게도 그 보답으로 뭔가를 해 주지 않겠습니까?"

"기꺼이 그럴게요, 선생님."

"당신의 주인이 하는 일에 대해서 얼마나 알고 있지요?"

그녀는 어깨를 들썩이며 말했다.

"그다지 아는 게 없는데요, 선생님. 물론 나름대로 생각하는 게 있기는 하지만."

"그 생각이란 게 무엇입니까?"

"음, 부인의 친구들은 항상 육군이나 해군 아니면 공군이라는 게 정말 특이해요. 다른 친구들도 있기는 해요. 때로 아주 조용하게 부인을 찾아오는 외국 신사들 말이에요. 부인은 용모가 수려하지만 그것도 그렇게 오래갈 것 같지는 않아요. 젊은 남자에게는 부인이 아주 매력적으로 보이나 봐요. 그런데 때로는 그 사람들이 말을 너무 많이 한다는 생각도 들어요. 하지만 그건 제 생각일 뿐이지, 부인께서 제게 그런 이야기를 하시는 건 아니에요."

"그러니까 마드무아젤 말은 밴덜린 부인은 혼자 일을 꾸민다는 거로군요."

"맞아요, 선생님."

"그 말은 곧 마드무아젤은 날 도와줄 수 없다는 뜻이군요."

"유감이지만 그래요. 능력만 되면 돕겠지만."

"그런데 오늘 부인의 기분은 좋으신가요?"

"분명히 아주 좋아요, 선생님."

"뭔가 즐거운 일이라도 있었나 보죠?"

"이 저택에 온 이후로 죽 기분이 좋으셨어요."

"그렇군요, 마드무아젤 레오니. 그건 분명한 사실이겠죠?"

그녀는 자신한다는 듯 대답했다.

"그래요, 선생님. 이 부분에서는 제 느낌이 정확하거든요. 저는 어떤 부인이든 그 기분을 알 수 있어요. 밴덜린 부인은 지금 정말 기분이 좋아요."

"무언가에서 승리라도 한 것처럼 말이죠?"

"그 말이 딱 맞겠네요, 선생님."

푸아로가 우울한 듯 고개를 끄덕였다.

"알겠군. 받아들이기는 약간 힘들지만 말이야. 하지만 어쩔 수 없는 일이라는 건 알고 있지. 고맙습니다, 마드무아젤. 이제 됐어요."

레오니가 푸아로에게 요염한 눈길을 던지며 말했다.

"감사합니다, 선생님. 계단에서 선생님을 만났더라면 비명을 지르는 일은 분명히 없었을 거예요."

"이것 봐요, 어린 아가씨, 난 나이가 지긋하게 든 몸입니다. 그런 시시한 장난질을 해서 무엇하겠습니까."

푸아로가 위엄을 갖추고 말했지만 레오니는 잠시 킥킥대더니 방을 나갔다.

푸아로는 느린 걸음으로 방을 왔다 갔다 했다. 그의 얼굴에 근엄함과 근심이 서렸다.

"그럼 이제는 레이디 줄리아를 만나 봐야지. 그녀가 뭐라고 할지 궁금하군."

레이디 줄리아는 자신감을 풍기며 조용히 방 안으로 들어섰다. 그녀는 공손하게 머리를 숙여 인사를 한 후 푸아로가 권해 준 의자에 앉아 낮고 품위 있는 목소리로 말했다.

"메이필드 경께서 선생님이 제게 몇 가지 물어보고 싶어 한다고 하시던데."

"그렇습니다, 마담. 어젯밤 일에 관해서입니다."

"어젯밤 일이오?"

"브리지게임이 끝난 후 무슨 일을 하셨나요?"

"남편은 게임을 한 판 더 하기엔 시간이 너무 늦었다고 생각했어요. 그래서 전 침실로 갔고요."

"그 후에는요?"

"잤는데요."

"그게 전부입니까?"

"네, 유감이지만 제게는 선생님께 들려 드릴 흥미로운 내용이 전혀 없어요. 그런데……."

그녀는 잠시 망설이더니 말을 이었다.

"도둑이 든 게 언제였죠?"

"부인께서 위층으로 올라가신 지 얼마 지나지 않았을 때입니다."

"그렇군요. 그런데 정확히 없어진 게 뭐죠?"

"개인 서류입니다, 마담."

"중요한 서류인가요?"

"아주 중요한 서류입니다."

레이디 줄리아 캐링턴은 약간 인상을 썼다.

"값어치가 있는?"

"네, 마담. 돈이 꽤 되는 값진 서류입니다."

"그렇군요."

잠시 정적이 흘렀다. 푸아로가 입을 열었다.

"그런데 책 말씀인데요, 마담."

"책이라뇨?"

레이디 줄리아가 푸아로를 당황한 눈길로 바라보았다.

"네, 제가 밴덜린 부인에게 전해 듣기로는 세 분이 나가신 후에 조금 있다가 부인께서 응접실로 다시 오셔서 책을 가져갔다고 하시던데요."

"네, 그 말이 맞아요. 그랬죠."

"그렇다면 사실 부인께서는 위층으로 올라가셔서 곧장 잠자리에 드신 게 아니었군요? 응접실로 다시 오셨으니까 말입니다."

"네, 맞아요. 잠시 깜박했네요."

"혹시 응접실에 계시는 동안 누군가의 비명 소리를 듣지는 않으셨나요?"

"아니요……, 네……. 듣지 못한 것 같군요."

"잘 생각해 보십시오, 마담. 응접실에 계셨다면 듣지 못하셨을 리가 없습니다."

레이디 줄리아는 고개를 뒤로 홱 젖히고는 단호한 목소리로 말했다.

"아무 소리도 못 들었어요."

푸아로는 이맛살을 찌푸린 채 아무 대꾸도 하지 않았다. 침묵은 점점 어색해져만 갔다. 그때 레이디 줄리아가 불쑥 질문을 던졌다.

"진행 상황은 어떤가요?"

"진행 상황이라뇨? 무슨 말씀인지 모르겠군요, 마담."

"도둑 사건 말이에요. 분명 경찰에서 수사를 진행하고 있을 텐데."

푸아로가 고개를 저으며 말했다.

"경찰은 부르지 않았습니다. 이 사건은 제 소관이지요."

그녀가 푸아로를 뚫어져라 바라보았다. 수척한 레이디 줄리아의 얼굴이 안절부절못하며 험하게 굳었다. 그녀는 날카로운 검은 눈동자로 아무 표정이 없는 푸아로의 마음을 꿰뚫어 보려는 듯했다.

마침내 그녀는 졌다는 듯 눈을 떨어뜨렸다.

"그럼 수사가 어떻게 진행되고 있는지 말씀해 주실 수는 없으신가요?"

"모든 가능성을 따져 보고 있다는 점밖에는 말씀 드릴 수가 없습니다, 마담."

"도둑을 잡기 위해……, 아니면 그 서류를 다시 되찾기 위해서 말이죠?"

"서류를 되찾는 것이 중요한 문제입니다, 마담."

순간 레이디 줄리아는 흥미를 잃은 듯한 모습을 했다. 그녀가 무덤덤한 목소리로 말했다.

"그렇겠죠. 그럴 줄 알았어요."

또다시 침묵이 흘렀다.

"뭐 남은 게 있나요, 무슈 푸아로?"

"아닙니다, 마담. 더 이상 시간을 빼앗을 생각은 없습니다."

"그럼 이만."

푸아로는 레이디 줄리아에게 문을 열어 주었다. 그녀는 눈길 한 번 주지 않은 채 푸아로를 지나쳤다.

푸아로는 난로로 돌아와 난롯불 선반 위에 놓인 장식품들을 조심스럽게 매만졌다. 메이필드 경이 프랑스 창을 열고 들어 왔을 때에도 그는 여전히 같은 행동을 하고 있었다.

"잘 끝났습니까?"

메이필드 경이 말했다.

"아주 잘 끝난 것 같습니다. 사건이 이치에 맞게 제 모습을 드러내고 있어요."

메이필드 경은 푸아로를 뚫어지게 바라보며 말했다.

"좋으시겠습니다."

"아니요, 기분이 좋지 않습니다. 하지만 만족은 합니다."

"무슈 푸아로, 당신 말을 도무지 이해하질 못하겠는데요."

"저는 경께서 생각하시는 것처럼 그렇게 실력 없는 사람은 아닙니다."

"난 결코 그런 말을 입 밖에 낸 적이……."

"없으시죠. 하지만 그렇게 생각하지 않으셨습니까. 어쨌든 상관없습니다. 마음이 상한 건 아니니까요. 때로는 저도 어떤 모습으로 위장할 필요가 있지요."

메이필드 경은 미심쩍은 눈초리로 푸아로를 바라보았다. 에르퀼 푸아로라는 사람을 그는 이해할 수 없었다. 메이필드 경은 그에게 모멸감을 주고 싶었지만, 무언가가 이 작달만한 신사가 겉보기만큼 무능한 사람이 아니라고 경고해 주고 있었다. 이 찰스 맥로린은 능력이 있는 자는 언제나 한눈에 알아볼 수 있었는데.

"음, 지금 우리는 당신 말대로 움직이고 있습니다. 이제는 어떻게 할 생각입니까?"

메이필드 경이 물었다.

"손님들을 저택에서 내보내 주실 수 있으십니까?"

"아마 가능할 겁니다. 이 일 때문에 런던으로 가야 한다고 설명하면 될 테니까. 그러면 아마 저택에서 나가겠다고 말하겠죠."

"아주 좋습니다. 일을 그렇게 진행시켜 주시기 바랍니다."

메이필드 경은 망설이는 눈치였다.

"혹시……?"

"저는 그것이 현명한 방법이라고 분명히 확신합니다."

메이필드 경은 어깨를 으쓱해 보였다.

"뭐, 그렇다면야."

메이필드 경이 방을 나갔다.

제8장

손님들은 점심 식사 후 저택을 나섰다. 밴덜린 부인과 매커타 부인은 기차를 이용했고, 캐링턴 가 사람들에게는 차가 있었다. 푸아로는 홀에 서서 밴덜린 부인이 저택의 주인에게 멋지게 작별을 고하는 모습을 지켜보았다.

"이런 근심거리가 생기다니 얼마나 속이 상한지 모르겠어요. 메이필드 경께는 아무 일이 없길 진심으로 바랄게요. 제가 소문내는 일은 결코 없을 거예요."

밴덜린 부인은 메이필드 경의 손을 한번 꽉 쥐고는 그녀를 역으로 데려다 주기 위해 대기하고 있던 롤스로이스로 향했다. 매커타 부인은 벌써 차 안에 앉아 있었다. 이미 짤막하고 무미건조하게 작별 인사를 한 뒤였다.

그런데 운전기사와 함께 앞좌석에 타고 있던 레오니가 갑자기 다시 홀로 뛰어들어 오며 외쳤다.

"부인의 옷가방이오, 차에 없어요."

서둘러 가방을 찾느라 소동이 벌어졌다. 마침내 메이필드 경이 오래된 오크 장롱 옆에 놓여 있던 가방을 찾아냈다. 레오니는 녹색 모로코 가죽으로 된 우아한 물건을 손에 들고는 조그맣게 즐거운 탄성을 지르더니 가방을 가지고 서둘러 나갔다.

그때 밴덜린 부인이 차창 밖으로 몸을 내밀고 말했다.

그녀는 메이필드 경에게 편지를 한 통 건네주었다.

"메이필드 경, 메이필드 경. 이 편지 좀 대신 부쳐주실 수 있으세요? 시내에 가서 부치려고 가지고 있었는데, 분명 잊어버릴 것 같아요. 전 편지를 가방에 넣고는 며칠씩 가지고 다니는 일이 많아서요."

조지 캐링턴은 시계를 열었다 닫았다 하며 안절부절못하고 있었다. 그는 지나칠 정도로 시간 관념이 확실한 사람이었다.

"이제 그만 좀 하고 가지. 정신 놓고 있다간 기차를 놓치고 말겠어……."

그의 아내가 신경질을 부리며 말했다.

"그렇게 야단 좀 떨지 말아요, 조지. 어차피 저 사람들 기차지 우리 기차도 아니잖아요."

조지 경이 원망하는 눈길로 부인을 바라보았다.

롤스로이스가 출발했다.

레지가 캐링턴 가족이 타고 온 모리스를 현관 앞에 세웠다.

"준비됐습니다, 아버지."

하인들이 캐링턴 가 사람들의 짐을 가지고 나오기 시작했다. 레지가 차에 짐을 싣는 것을 지켜보며 지시를 내렸다.

푸아로는 현관에서 나와 그 과정을 유심히 지켜보았다.

그때 갑자기 그의 팔 위로 누군가 손을 얹는 게 느껴졌다. 레이디 줄리아가 다급한 목소리로 속삭였다.

"무슈 푸아로, 꼭 드릴 말씀이 있어요. 지금 당장이오."

푸아로는 그녀가 이끄는 대로 따라갔다. 레이디 줄리아는 푸아로를 작은 거실로 데리고 들어간 후 문을 닫았다. 그리고 푸아로에게 바싹 다가섰다.

"선생님이 하신 말씀은 사실이겠죠? 메이필드 경에게 무엇보다 중요한 것은 그 서류를 찾는 일이라는 것 말이에요."

푸아로는 이상하다는 듯 그녀를 바라보았다.

"물론 사실입니다, 부인."

"만일 그 서류가 선생님에게 돌아온다면 그 서류를 책임지고 메이필드 경에게 돌려주실 수 있나요? 아무것도 묻지 않고?"

"전 부인이 무슨 말씀을 하시는지 확실히 이해할 수가 없습니다."

"그러셔야 합니다. 그러시리라 믿겠어요. 그러니까 제 말은 서류가 돌아오면 도둑이 누군지 밝힐 필요가 없지 않느냐는 거예요."

"서류가 언제 제게 돌아온다는 건가요, 부인?"

"확실히 12시간 내에는 가능합니다."

"약속하실 수 있으신가요?"

"약속할 수 있어요."

푸아로가 대꾸를 않자 그녀가 다급하게 되물었다.

"도둑이 누군지 밝히지 않겠다고 보증하실 수 있는 거죠?"

그러자 푸아로가 아주 근엄한 목소리로 대답했다.

"네, 부인. 그러도록 하겠습니다."

"그럼 모든 문제가 정리되었군요."

그녀는 황급히 방에서 나갔다. 잠시 후 푸아로는 차가 떠나는 소리를 들었다.

푸아로는 홀을 가로질러 복도를 따라 서재로 향했다. 메이필드 경이 그곳에 있었다. 푸아로가 들어서자 그가 고개를 들었다.

"이제는 어쩔 셈입니까?"

푸아로가 손바닥을 펼쳐 보이며 말했다.

"사건은 종결되었습니다, 메이필드 경."

"뭐라고?"

푸아로는 자신과 레이디 줄리아가 나눴던 대화를 그대로 들려주었다.

"하지만 그게 어쨌다는 거죠? 난 이해가 안 됩니다."

"아주 분명합니다, 그렇지 않습니까? 레이디 줄리아는 누가 설계도를 훔쳐갔는지 알고 있는 겁니다."

"그녀가 설계도를 훔쳐갔다는 이야기가 아니었습니까?"

"전혀 아니지요. 레이디 줄리아는 도박꾼이기는 해도 도둑은 아닙니다. 하지만 그녀가 설계도를 돌려주겠다는 제안을 한다면 그것은 그녀의 남편이나 아들이 가져갔다는 뜻이지요. 하지만 조지 캐링턴 경은 경과 함께 테라스에 나와 있었습니다. 그러면 남은 건 아들이지요. 제 생각에는 어젯밤에 일어난 일을 이렇게 재구성해 보면 꽤 정확할 것 같습니다. 어젯밤 레이디 줄리아는 아들의 방에 갔습니다. 하지만 방은 비어 있었죠. 그녀는 아들을 찾으러 아래층에 내려왔지만 아무도 보지 못했습니다. 오늘 아침 그녀는 도둑이 들었다는 소식을 들었습니다. 그런데 자기 아들은 곧장 침실로 와서 방을 비운 적이 없다고 말하고요. 레이디 줄리아는 그 말이 사실이 아니라는 걸 알고 있었던 겁니다. 그리고 그녀는 아들에 대해 한 가지 사실을 더 알고 있었죠. 아들이 유약하고 또 돈에 극도로 쪼들린다는 것을 말입니다. 게다가 밴덜린 부인에게 홀려 있는 듯한 모습도 봐 온 터였습니다. 그녀에게는 모든 게 분명했습니다. 밴덜린 부인이 레지를 부추겨서 설계도를 훔치게 한 것이죠. 하지만 그녀는 자신도 나름의 역할을 하기로 마음을 먹었습니다. 레지를 닦달해서라도 서류를 손에 넣어 돌려주기로 말입니다."

"하지만 그 모든 일은 불가능한 일입니다."

메이필드 경이 소리쳤다.

"네, 불가능합니다. 레이디 줄리아는 그 사실을 알지 못했습니다. 그녀는 저 에르퀼 푸아로가 알고 있는 사실, 즉 어젯밤 레지 캐링턴이 설계도를 훔친 게 아니라 다른 일을 하고 있었다는 사실을 모르고 있습니다. 그 시간에 레지 캐링턴은 밴덜린 부인의 하녀에게 치근대고 있었습니다.

"완전히 엉망진창이로군."

"말씀하신 대로입니다."

"그렇다면 사건은 전혀 종결된 게 아니지 않습니까?"

"아니요, 종결됐습니다. 저, 에르퀼 푸아로는 진실을 알고 있습니다. 경께서는 저를 믿지 못하시지요? 어제 제가 설계도가 어디 있는지 안다고 말씀 드렸을 때 경은 제 말을 믿지 않으셨습니다. 하지만 전 정말 알고 있었습니다. 그것은 아주 가까운 곳에 있었죠."

"그게 어딥니까?"

"바로 경의 주머니 속입니다."

순간 정적이 흘렀다. 메이필드 경이 입을 열었다.

"무슈 푸아로, 당신이 무슨 말을 하고 있는 건지 알고나 있습니까?"

"네, 잘 알고 있습니다. 지금 저는 머리가 무척 좋은 분과 이야기를 하고 있다는 사실도 알고 있습니다. 처음부터 저는 경께서 자신이 근시임을 인정하면서도 창문으로 누군가가 나오는 걸 분명히 봤다고 말씀하시는 것부터가 마음에 걸렸습니다. 그리고 경께서는 특정 해결책, 즉 편리한 해결책이 받아들여지길 원하셨죠. 왜 그랬을까요? 나중에 저는 모든 사람을 하나씩 범인에서 제외시켜 나갔습니다. 밴덜린 부인은 위층에 있었고 조지 경은 경과 함께 테라스에 있었습니다. 레지 캐링턴은 그 프랑스인 하녀와 함께 계단에 있었고, 매커타 부인은 의심할 여지없이 침실에 있었습니다. (그 옆이 집사의 방이었는데, 매커타 부인이 코고는 소리를 들었다더군요.) 레이디 줄리아는 아들이 범인이라는 사실을 굳게 믿고 있었습니다. 그러면 남은 가능성은 두 가지였죠. 하나는 칼라일이 서류를 책상 위에 놓지 않고 자기 주머니에 넣었다는 겁니다. 하지만 그것은 조리가 맞지 않았습니다. 경께서 지적하신 대로, 칼라일은 설계도를 충분히 베낄 수 있으니까요. 그렇다면, 그렇다면 그 말은 경께서 책상으로 가셨을 때 설계도가 그 자리에 있었다는 이야기가 됩니다. 그리고 서류가 사라지려면 들어갈 곳은 경의 주머니뿐입니다. 그러면 모든 것이 분명해지지요. 경께서 굳이 누군가를 봤다고 고집하신 것이나, 애써 칼라일의 결백을 주장하신 것이나, 저를 되도록 부르지 않으려고 하신 점 등이 말입니다.

다만 제가 풀 수 없는 점이 한 가지 있었죠. 바로 동기였습니다. 저는 메이필드 경이 진실하고 청렴하신 분이라 굳게 믿고 있습니다. 그 점은 결백한 사람이 의심을 받을까 봐 염려하는 모습에서 그대로 드러났죠. 또 설계도가 없어지면 경의 경력에도 누가 될 것이 분명했습니다. 그런데 왜 도무지 이해할 수 없는 도둑질을 꾸미신 건가? 전 마침내 답을 얻을 수 있었습니다. 몇 년 전 정치인으로서 위기를 맞으셨을 때 총리가 나서서 문제가 되었던 그 열강과 경 사이에는 어떤 협상도 없었다고 보증을 해 주셨죠. 그런데 그게 엄격한 의미에서는 사실이 아니었던 겁니다. 모종의 기록 같은 것이 남아 있었던 거죠. 아마 서신인 듯싶습니다. 그건 공식적으로는 부인을 했지만 사실은 거래가 있었다는 걸 보여 주는 증거였습니다. 민심을 얻기 위해서는 거래를 부인할 필요가 있었습니다. 하지만 언젠가는 사람들이 그 일을 알게 될지도 모를 일이었습니다. 그 말은 곧 막강한 권력이 경의 손에 들어온 순간, 지우지 못한 그 지난날의

과오가 모든 걸 허사로 만들 수도 있다는 의미였습니다.

제 생각에 그 서신은 아무래도 어느 국가의 정부 관리 손에 고이 모셔져 있었던 것 같습니다. 그 관리가 서신을 미끼로 경에게 거래를 제안했겠죠. 서신을 줄 테니 새로운 폭탄 설계도를 달라고 한 거겠죠. 그런 상황에서 거절을 하는 사람들도 분명 있을 겁니다. 하지만 경은 거절하지 않으셨습니다. 승낙을 하신 겁니다. 밴덜린 부인은 그 일을 위해 온 사람이었습니다. 서신과 설계도를 바꾸자는 약속을 하고 이곳에 온 것입니다. 경께서 밴덜린 부인을 함정에 빠뜨릴 구체적인 전략은 없다고 말씀하셨을 때 전 경의 의중을 짐작할 수 있었습니다. 그 때문에 원래 말씀하신 밴덜린 부인을 이 저택으로 부른 이유는 설득력이 크게 떨어졌습니다.

경은 절도를 꾸미셨습니다. 그리고 테라스에서 그 도둑을 본 척하셨습니다. 그래야 칼라일이 누명을 쓰지 않을 테니까요. 설령 그가 방에서 나온 일이 없다고 하더라도 책상은 창에서 아주 가까운 위치에 있었기 때문에 도둑은 칼라일이 창에 등을 돌린 채 금고에서 열심히 일을 하는 동안 설계도를 집어갈 수 있었다고 할 수 있습니다. 경은 책상으로 걸어가셔서 설계도를 가져다 몸에 숨기셨죠. 미리 세워 둔 계획에 따라 그 설계도를 밴덜린 부인의 옷가방에 슬쩍 집어넣을 때까지 말입니다. 그리고 밴덜린은 그 대가로 자신이 부치지 못했다며 그 치명적인 서신을 건네주었습니다."

푸아로가 말을 멈추자 메이필드 경이 말했다.

"당신은 정말 모든 것을 알고 있군요, 무슈 푸아로. 당신 눈에는 내가 입이 열 개라도 할 말이 없는 것처럼 보일 겁니다."

푸아로는 재빨리 손사래를 쳤다.

"아니요, 아닙니다. 말씀드렸다시피 메이필드 경은 머리가 무척 좋으시지요. 어젯밤에 이곳에서 이야기를 나누는 동안 불현듯 이런 생각이 들었습니다. 경께서는 일류 엔지니어라고 하셨죠. 제 생각에 그 폭탄 설계도에는 미묘하게 바뀐 부분이 있을 겁니다. 그건 너무 기술적인 것이어서, 기계가 제대로 작동하지 않아도 알아내기가 힘이 들지요. 어떤 나라인지는 모르겠으나 그 열강은 견본에 이상이 있는 거라 생각할 겁니다. 그들에게는 분명 실망스러운 일이겠지요."

다시 침묵이 감돌았다. 메이필드 경이 입을 열었다.

"당신은 나보다 훨씬 더 머리가 좋으시군요, 무슈 푸아로. 한 가지만 믿어 달라고 부탁하는 바입니다. 난 나를 믿습니다. 나는 장차 내가 이 나라 영국을 이끌어갈 거라 믿고 있어요. 이 나라가 거친 바다를 항해해 갈 때 이 나라에 내가 필요하다는 것을 진심으로 믿지 않았다면 이제까지의 일들을 저지르지 않았을 겁니다. 나는 두 세계 모두를 위해 최선을 다한 거예요. 그래서 엄청난 재앙을 불러올 간계에서 나 자신을 구한 거고요."

"친애하는 메이필드 경, 그 두 세계를 위해 최선의 노력을 할 능력이 없었다면 아마 정치인이 되지 못하셨겠지요."

죽은 자의 거울

제1장

I

그 아파트는 현대식이었다. 방에 있는 가구들 역시 마찬가지였다. 팔걸이의자는 네모반듯했고, 팔걸이가 없는 의자들도 죄다 각이 져 있었다. 창문 앞에 네모반듯하게 놓여 있는 현대식 책상에 작달막한 체구의 한 중년 신사가 앉아 있었다. 방 안에서 네모반듯한 모양이 아닌 것은 달걀형인 그의 머리뿐이었다.

무슈 에르퀼 푸아로는 편지 한 통을 읽고 있는 중이었다.

역: 윔펄리	햄버러 클로스 저택
전보국: 햄버러 세인트 존	햄버러 세인트 메리
	웨스트셔

1936년 9월 24일

에르퀼 푸아로 선생께.

안녕하시오. 극도로 신중을 기해 다뤄야 할 일이 발생했소. 선생이 훌륭한 분이라는 이야기를 듣고 이번 일을 선생께 맡기기로 결심했소. 나는 지금 사기를 당하고 있소. 믿을 만한 근거도 분명하나, 집안 사정 때문에 경찰은 부르고 싶지 않소. 이 일을 해결하기 위해 나름대로 방책을 강구하고 있지만, 선생께서 이 전보를 받는 즉시 여기로 올 채비를 했으면 하오. 답장은 보내지 않으면 고맙겠소.

그럼 이만.

저베이스 체비닉스고어

무슈 에르퀼 푸아로의 눈썹이 서서히 이마 쪽으로 치켜 올라가더니 결국엔 머리칼에 가려 거의 보이지 않았다.

"그런데……."

그는 잠시 뜸을 들였다.

"저베이스 체비닉스고어란 사람은 도대체 누구신가?"

푸아로는 책장으로 가서 커다랗고 두꺼운 책 한 권을 꺼내 펼쳤다. 그는 자신이 원하는 것을 쉽게 찾을 수 있었다.

체비닉스고어, 저베이스 프랜시스 재비어 경. 1694년 받은 준남작 직 10대 계승자. 제17사단 창기병대 대위(퇴역). 출생일: 1878년 5월

18일. 아버지는 제9대 준남작 가이 체비닉스고어. 어머니는 제8대 월링퍼드 백작의 차녀 클로디아 브레서턴. 이들 사이에서 장남으로 태어남. 1911년 상속. 1912년 프레데릭 아버스넛 대령의 장녀 밴다 엘리자베스와 결혼. 학력: 이튼 칼리지 졸업. 1914년~1918년 제1차 세계대전 참전. 취미: 여행, 맹수 사냥. 주소: 웨스트셔 햄버러 세인트 메리 및 런던 S.W.1. 론즈 스퀘어 218번지. 소속 클럽: 기병대 클럽과 여행 클럽.

푸아로는 약간 불만족스러운 듯 고개를 가로저었다. 그는 골똘히 생각에 잠겨 있다가 책상으로 다가가 서랍을 열고 몇 장 안 되는 초대장 뭉치를 꺼내 들었다.

그의 얼굴이 밝아졌다.

"알라 보뇌르(좋았어)! 딱 나를 위한 파티군. 그 양반도 분명 오겠지."

II

한 공작 부인이 알랑거리며 인사를 건넸다.

"결국 이렇게 와 주셨군요, 무슈 푸아로. 얼마나 영광인지 몰라요."

"천만의 말씀입니다, 부인."

푸아로가 낮은 목소리로 말했다.

그는 유명한 외교관, 또 그만큼 유명한 여배우와 명성 높은 운동

선수 등 중요하고도 대단한 사람들 무리를 빠져나와 마침내 그가 만나고 싶어 하던 사람을 찾을 수 있었다. 바로 '오늘도 또 참석한' 손님 새터스웨이트였다.

새터스웨이트는 다정한 목소리로 수다를 떨기 시작했다.

"친애하는 공작 부인, 난 항상 그녀가 열어 주는 파티를 즐긴답니다……. 정말 대단한 부인이지요. 당신이 내 말 뜻을 안다면 말이지만요. 몇 년 전 코르시카 섬에서 저 여자의 많은 걸 봤어요……."

새터스웨이트와 대화를 하다 보면 그가 알고 지내는 유명 인사들이 화제에 오르기 일쑤였다. 그리고 존스 선생이니, 브라운 선생이니, 로빈슨 선생이니 하는 평범한 이들과의 관계가 때로는 즐거웠을 법한데도 새터스웨이트의 입에서 그런 이야기가 나오는 법은 결코 없었다. 그렇다고 새터스웨이트를 단순한 속물로 치부할 수는 없다. 그는 인간의 본성을 날카롭게 꿰뚫어 볼 줄 알았다. 구경꾼이 게임을 제대로 볼 수 있다는 말이 사실이라면 새터스웨이트는 정말 많은 것을 볼 줄 아는 이였다.

"친구, 정말 오랜만이군요. 크로우스 네스트 저택 사건(애거서 크리스티의 다른 작품인 「3막의 비극」에 나오는 저택의 이름—옮긴이) 때 바로 옆에서 당신이 일하는 걸 지켜볼 수 있어 난 참 복도 많은 놈이라고 항상 생각했습니다. 그 이후 이제 나도 세상 물정에 좀 밝아졌지요. 그런데 바로 지난주에 레이디 메리를 봤답니다. 정말 매력적인 여자이지요. 포푸리와 라벤더 향이 나더군요."

백작 딸의 경거망동과 자작의 통탄할 행동거지 등 당시 불거지고 있던 스캔들로 가볍게 대화를 나눈 후에야 푸아로는 저베이스 체비닉스고어의 이름을 꺼낼 수 있었다.

새터스웨이트는 즉각 반응을 보였다.

"아, 그 사람은 특징이 분명합니다. 당신이 좋아할지는 모르겠지만 말이죠. 이 시대의 마지막 준남작, 그게 그 사람 별명이랍니다."

"그게 도대체 무슨 말씀인지?"

새터스웨이트는 푸아로가 외국인이라 잘 이해하지 못하는 점을 고려해 너그럽게 설명해 주었다.

"농담입니다, 농담. 그 사람이 영국의 마지막 준남작일 리는 없지요, 당연히. 하지만 그 사람에게서는 이미 끝나 버린 시대의 냄새가 고스란히 묻어난답니다. 뻔뻔하고 악독한 준남작 말입니다. 왜 있잖아요, 18세기 소설에 흔히 등장하던 덤벙대고 정신없는 그런 준남작. 그런 친구들은 터무니없는 내기를 걸어 이기고는 하지 않습니까."

그는 좀 더 자세하게 설명을 덧붙였다. 젊은 시절 저베이스 체비닉스고어는 돛단배를 타고 세계 일주를 한 적이 있었으며, 또 극지방을 탐험하기 위해 여정에 오르기도 했다는 것이다. 경주를 벌이던 동료에게 결투를 신청한 적도 있고, 자신이 가장 아끼는 암말을 타고 공작 저택의 계단을 오르는 내기를 하기도 했다고 한다. 그런가 하면 연극을 보는 도중 관객석에 앉아 있다 무대로 뛰어올라 한창 연기를 하고 있는 유명한 여배우를 데려간 일도 있었다고 한다.

그와 관련된 기담은 끝이 없었다.

새터스웨이트가 말을 이었다.

"아주 오래된 가문이지요. 가이 체비닉스 경은 1차 십자군원정에 참여하기도 했어요. 이제는 그 가문도 서서히 막을 내리는 것처럼 보이지만 말입니다. 아마 그 노인네 저베이스가 마지막 체비닉스고어가 될 거예요……."
"혹시 재산이 바닥나고 있지는 않습니까?"
"그런 건 절대 아닙니다. 저베이스는 엄청 돈이 많아요. 집안 대대로 탄전도 가지고 있는 데다가 젊었을 때 페루인지 남아메리카 어딘가에 광산 소유권을 확보했다고 들었습니다. 그게 제법 큰 재산이 됐습니다. 놀라운 사람이에요. 하는 일마다 운이 좋았고."
"지금은 물론 나이가 들었겠네요?"
새터스웨이트가 한숨을 내쉬며 고개를 저었다.
"그렇죠, 불쌍한 노인네 저베이스. 사람들은 대부분 그를 미치광이 취급하지요. 물론 일부분 사실이기는 해요. 그는 미친 사람이지요. 하지만 정신병원에 가야 한다거나 망상에 젖어 있다는 뜻이 아니라 비범하다는 의미입니다. 그는 항상 대단한 독창성을 발휘하였습니다."
"그 독창성이 세월이 흐르면서 기벽이 된 거군요?"
"그 말이 정답입니다. 그래서 불쌍한 노인네가 지금 같은 신세가 된 거지요."
"그렇다면 그 사람은 자부심이 엄청나겠군요?"
"두말할 것도 없지요. 내 생각엔 말입니다, 저베이스에게는 이 세상이 항상 두 부분으로 나뉘어 있는 것처럼 보일 겁니다. 체비닉스고어 집안 사람들의 세상과 나머지 사람들의 세상으로 말이죠."

"가문을 참 대단하게도 생각하는군요!"

"맞아요. 체비닉스고어가 사람들은 하나같이 악마만큼이나 교만하지요. 자신들 말이 곧 법인 자들이랍니다. 마지막 계승자인 저베이스는 특히 심하고요. 그가 이야기하는 걸 들으면 자기가 무슨 신이라도 되는 줄 아나 하는 생각이 들 정도거든요."

푸아로는 천천히 고개를 끄덕이며 생각에 잠겼다.

"그런 것 같았습니다. 실은 그 사람에게서 편지가 한 통 왔습니다. 보통 편지가 아니었어요. 내게 뭔가를 요청하는 편지가 아니라 나를 호출하는 편지였답니다."

"왕실의 명령이나 다름없는 거니까요."

새터스웨이트가 이렇게 말하며 약간 킬킬댔다.

"꼭 그런 투였습니다. 저베이스 경에게는 나, 에르퀼 푸아로가 중요한 사람이며, 할 일이 태산같이 쌓여 있을 거라는 생각이 들지 않는 모양이에요. 하지만 내가 명령에 꼼짝 못 하는 개처럼 만사를 제치고 서둘러 간다는 것이 어디 가당키나 한 일입니까. 보수를 챙겨 준다고 넙죽 일을 받는 그런 하류와 난 질이 다르단 말입니다."

새터스웨이트는 나오려는 웃음을 참느라 입술을 악 물어야 했다. 에르퀼 푸아로나 저베이스 체비닉스고어나 자의식이 강한 것은 피차일반이라는 생각이 들었던 것이다.

그가 낮은 목소리로 물었다.

"물론, 급박한 이유가 있어 당신을 부른 거겠지요?"

푸아로가 두 손을 허공으로 들어올리며 강하게 부인했다.

"그렇지도 않아요. 나를 자기 뜻대로 움직이려고 그런 거죠. 그게 답니다. 내가 필요할 상황에 대비해서 말입니다. 앙팽, 쥬 부 드망드 (어떻게 그럴 수가 있지요)!"

무슈 에르퀼 푸아로는 다시 한번 허공으로 두 손을 올리며 말로 다 표현하지 못하는 분노를 표시했다.

"그 말은 거절했다는 뜻입니까?"

새터스웨이트가 물었다.

"아직 거절할 기회가 오지 않았습니다."

푸아로가 느릿느릿 말했다.

"그러면 거절할 셈인가요?"

작달막한 신사의 얼굴에 또 다른 감정이 엿보였다. 난처한 듯 이마에 깊이 주름이 패였다.

푸아로가 입을 열었다.

"이걸 어떻게 표현해야 할지……. 처음엔 나도 거절하고 싶었습니다. 하지만 모르겠어요. 때로는 어떤 직감이 들 때가 있어요. 희미하긴 하지만 뭔가 냄새가 나는 것 같습니다."

마지막 말에 새터스웨이트의 얼굴에서 장난기가 싹 사라졌다.

"그런가요? 흥미롭군요."

"내가 보기엔 새터스웨이트 씨가 이야기한 사람은 상처 받기 아주 쉬운 사람 같았습니다."

"상처 받기 쉬운 사람이라고요?"

새터스웨이트는 순간 놀라 되물었다. 왜냐하면 저베이스 체비닉 스고어라는 사람을 생각할 때 자연스럽게 연상되는 단어가 아니었기 때문이다. 하지만 그는 관찰력이 예리하고 지각 있는 사람이었다. 그가 느릿느릿 말했다.

"당신 말이 무슨 뜻인지 알 것 같군요."

"그런 사람들은 완전히 무장한 사람들 아닙니까? 십자군 기사의 그런 무장이 아니라 교만, 자만심, 완벽한 자긍심으로 무장을 했다는 의미로요. 이렇게 무장을 하면 어느 정도 자신을 보호할 수는 있어요. 삶 속에서 매일 날아드는 화살을 막을 수는 있겠지요. 하지만 거기에는 위험도 따릅니다. 무장을 하고 있는 사람들은 때로 자신이 공격받고 있다는 사실조차 모를 수 있으니 말입니다. 뒤늦게야 무언가를 보고, 뒤늦게야 무언가를 듣고, 한참 뒤에나 뭔가 낌새를 알아차리지요."

푸아로는 잠시 말을 멈추었다가 태도를 바꾸어 물었다.

"그런데 저베이스 경의 가족 구성은 어떻게 됩니까?"

"우선 그의 아내 밴다가 있습니다. 아버스넛 가문에서 태어난 여자로 아주 아름다웠죠. 지금도 여전히 아름답고. 물론 심하게 얼이 나가 있기는 하지만, 저베이스에게 아주 헌신적인 여자지요. 신비주의를 신봉하는 경향이 있는 것 같더군요. 부적이나 갑충석(고대 이집트에서 부적이나 장식품으로 사용한 왕쇠똥구리 모양의 보석―옮긴이)을 달고 다니면서 이집트 여왕이 환생이라도 한 것 같은 인상을 풍기고 다닌답니다. 그리고 입양한 딸 루스가 있어요. 이들 부부 사이에는 친자식이 없답니다. 현대적 분위기가 물씬 나는 아주 매력적인 아가씨지요. 가족은 그들이 전부입니다. 휴고 트렌트란 자도 있기는 한데 저베이스의 조카랍니다. 파멜라 체비닉스고어가 레지 트렌트와 결혼해서 낳은 외동아들이지요. 지금 그는 고아입니다. 물론 휴고 트렌트는 준남작직을 계승할 수 없지만, 결국 이자가 저베이스의 돈 대부분을 상속받을 거라는 게 내 생각입니다. 잘생겼어요. 지금은 근위기병대 소속이고."

푸아로가 무언가를 골똘히 생각하며 고개를 끄덕였다. 그러고 나서 물었다.

"작위를 물려 줄 아들이 없는 것이 저베이스 경에게는 슬픈 일이겠습니다?"

"분명 큰 상심거리였을 겁니다."

"가문의 이름을 지키려고 무척 애쓰는 사람이었습니까?"

"그래요."

새터스웨이트는 잠시 침묵을 지켰다. 부쩍 호기심이 인 그가 마침내 과감히 질문을 던졌다.

"당신을 햄버러 클로스 저택으로 부른 이유가 뭔지 알아냈나요?"

푸아로가 천천히 고개를 저으며 말했다.

"아니요. 내가 파악한 바로는 이유 같은 건 전혀 없는 것 같습니다. 하지만 결국엔 가야 할 듯합니다."

제2장

에르퀼 푸아로는 영국 시골 마을을 재빠르게 지나가고 있는 열차의 1등실 열차 구석에 앉아 있었다.

생각에 잠긴 채 그는 주머니에서 정성스레 접은 전보 한 장을 꺼내 다시 한 번 읽어보았다.

세인트 판크라스에서 4시 30분에 출발하는 기차를 타고 안내원에게 급행 열차를 윔펄리에서 세워 달라고 하시오.

채비닉스고어.

푸아로는 전보를 다시 접은 후 주머니에 넣었다.
열차 안내원은 고분고분한 태도로 푸아로의 청을 들어주었다.

"신사분은 햄버러 클로스로 가시는 모양입니다? 아, 그렇군요. 저 베이스 체비닉스고어 경의 손님들은 항상 윔펄리에서 급행 열차를 세워 달라고 하시거든요. 정말 대단한 특전 아닙니까, 선생님."

그 후 안내원은 객차에 두 번 들렀다. 처음에는 편안한 여행을 위해 필요한 것이 있으면 뭐든지 해 드리겠다는 말을 하러 왔고, 두 번째에는 열차가 10분 지연되고 있다는 이야기를 해 주었다.

열차가 도착할 예정 시간은 7시 50분이었으나, 에르퀼 푸아로가 작은 시골 마을 역에 내려 친절했던 안내원의 손에 2실링 6펜스짜리 은화를 쥐여 준 시각은 정확하게 8시 2분이었다.

푸아로가 타고 온 노던 익스프레스는 기적 소리를 한 번 내더니 다시 움직이기 시작했다. 그때 짙푸른 색 제복을 입은 키 큰 운전기사가 푸아로에게 다가왔다.

"푸아로 선생님이십니까? 햄버러 클로스 저택에 가시는 길이지요?"

그는 탐정이 가지고 있던 깔끔한 여행 가방을 받아들고는 앞장서서 역을 빠져나갔다. 대형 롤스로이스 한 대가 대기하고 있었다. 운전기사는 푸아로가 차에 탈 수 있도록 문을 열어 주고는 무릎에 값비싼 모피 러그를 덮어 주었다. 곧 푸아로를 태운 차가 출발했다.

꼬불꼬불한 시골길을 10여 분 남짓 달린 끝에 차는 그리핀 석상들로 측면이 장식된 커다란 대문으로 들어섰다. 그리고 널따란 정원을 지나 저택 앞에 멈춰 섰다. 차가 도착할 당시 저택의 문은 열려 있었고, 당당한 풍채의 집사가 현관 계단에 모습을 드러냈다.

"푸아로 선생님이십니까? 이쪽으로 오시지요."

그는 홀을 앞장서서 걸어가다 중간쯤에서 오른쪽에 나 있는 문을 열어 주었다.

"에르퀼 푸아로 씨가 오셨습니다."

집사가 말했다.

방 안에는 야회복을 차려 입은 사람들이 여러 명 있었다. 눈치 빠른 푸아로는 방 안에 들어섰을 때 곧바로 자신이 이곳에 나타날 거라는 생각은 그 누구도 하지 못했다는 것을 알 수 있었다. 방 안 모든 사람의 시선이 푸아로에게로 쏠렸고 놀란 기색이 역력했다.

그때 군데군데 흰 머리가 보이는 흑발의 키 큰 여인이 머뭇거리며 푸아로에게 다가왔다.

푸아로는 그녀의 손을 잡고 허리를 굽혀 인사를 했다.

"죄송합니다, 부인. 열차가 지연되는 바람에 조금 늦었습니다."

"전혀 염려하실 것 없어요."

레이디 체비닉스고어가 멍한 표정으로 말했다. 그녀의 눈은 여전히 당혹스럽다는 듯 그를 뚫어져라 바라보고 있었다.

"정말 괜찮습니다. 그런데 어…… 선생님 성함이…… 제가 제대로 못 들어서……."

"에르퀼 푸아로입니다."

푸아로가 이름을 또박또박 말했다.

그의 뒤쪽 어딘가에서 누군가 갑자기 숨을 들이쉬는 소리가 났다.

순간 푸아로는 자신을 초대한 저택의 주인이 그 방에 없을 수도 있다는 사실을 깨달았다. 푸아로가 낮고 부드러운 목소리로 말했다.

"제가 올 거라는 사실을 알고 계셨습니까, 부인?"

확신이 없는 말투로 그녀가 말했다.

"아……. 아, 네……. 그러니까 제 말은……. 아마 그럴 거라는 뜻이에요, 무슈 푸아로. 제가 현실 감각이 지독히 없어서 말이죠. 기억하는 게 없어요."

그 사실이 즐겁기도 하고 기쁘기도 하다는 듯한 어조였다.

"전 여러 가지 이야기를 들어요. 겉으로는 그것들을 기억하는 것처럼 보이지요. 하지만 그냥 제 뇌를 거쳐서 다 빠져나가 버려요. 사라져 버리는 거죠. 처음부터 아예 있지도 않았던 것처럼 말이에요."

그러고는 오랫동안 미뤄 왔던 의무를 행하기라도 하듯 멍한 표정으로 주위를 둘러보고 말했다.

"여기 계신 분들은 전부 알고 계시겠지만."

분명 그 상황에 맞는 말은 아니었다. 하지만 그것은 레이디 체비닉스고어가 사람들을 소개하면서 자주 사용하는 어구임이 분명했다. 그러면 사람들의 이름을 제대로 기억해 내려 애써야 하는 수고를 덜 수 있기 때문이다.

그녀는 이 특별한 상황에 처한 난관을 극복하기 위해 갖은 노력을 다하면서 말을 이었다.

"제 딸아이, 루스예요."

푸아로 앞에 서 있는 아가씨 역시 키가 크고 피부가 까맸지만 어머니와는 전혀 닮지 않았다. 레이디 체비닉스고어는 약간 밋밋하게 생겼으나, 루스는 오똑한 콧날에(약간 매부리코이긴 했지만) 턱선도 분명하고 날카로웠다. 검은 머리칼은 얼굴 뒤로 우아하게 넘어가 탐스럽게 곱슬거렸다. 얼굴빛은 카네이션처럼 청초하고 아름다웠으며 화장기는 거의 없었다. 에르퀼 푸아로는 이렇게까지 예쁜 아가씨는 이제껏 본 적이 없다는 생각을 했다.

푸아로는 이 아가씨가 아름다울 뿐 아니라 영악하다는 것도 알아챘다. 자존심도 어느 정도 있고, 성격도 그렇게 만만해 보이지 않았다. 말투는 약간 어눌했는데 일부러 그런다는 느낌이 들었다.

"에르퀼 푸아로 선생님을 대접할 수 있다니 정말 신나요. 아버지가 우리를 놀래키려고 일을 꾸미신 것 같은데요."

"그럼 제가 여기 온다는 걸 몰랐나요, 마드무아젤?"

푸아로가 얼른 물었다.

"전혀 몰랐어요. 아무래도 탐정님 사인은 저녁 식사 후에나 받아야겠죠?"

그때 홀에서 종소리가 울려 퍼지자 집사가 문을 열고 들어왔다.

"저녁 식사 준비됐습니다."

그런데 그가 "준비됐습니다."라는 말을 하는 순간 뭔가 아주 이상한 일이 일어났다. 저택에 있는 근엄한 조각상이 순간 무언가에 깜짝 놀란 인간으로 돌변하기라도 한 듯했다.

너무나 순식간에 일어났던 데다 집사가 잘 훈련받은 하인의 가면을 다시 얼른 써 버린 터라 우연히 그를 보지 않았다면 알아챌 수 없는 변화였다. 하지만 푸아로는 다행히 그를 보고 있었다. 이상하다는 생각이 들었다.

집사는 머뭇거리며 문간에 서 있었다. 무표정한 얼굴로 돌아와 있었지만, 그의 모습에는 긴장감이 감돌았다.
레이디 체비닉스고어가 불안한 목소리로 말했다.
"아, 이런. 이런 심상치 않은 일이 있다니. 난……, 뭘 어찌 해야 할지 모르겠네."
루스가 푸아로에게 말했다.
"엄마가 저렇게나 당황하시는 건 아버지가 적어도 20년 만에 처음으로 저녁 식사에 늦으셨다는 사실 때문이에요."
"이렇게 이상한 일은……. 저베이스는 한 번도……."
레이디 체비닉스고어가 울먹이며 말했다.
그때 군인처럼 꼿꼿한 자세를 한 중년 신사가 그녀 곁으로 다가와 상냥하게 웃으며 말했다.
"저베이스 이 친구 잘됐군 그래. 드디어 늦다니. 이 일로 저베이스를 좀 골려 줄 수 있겠어. 칼라 단추가 사라지기라도 했나 봐. 아니면 이제는 못난 우리를 봐주기로 마음이라도 먹은 건가?"
뜻밖에 찾아온 이 사소한 불행에 갈팡질팡하는 부인의 모습은 거의 우스꽝스러울 정도였다. 하지만 에르퀼 푸아로는 그 모습이 우스꽝스럽지 않았다. 당황한 그녀의 모습 뒤에서는 걱정과, 심지어는 불안까지 엿보였던 것이다. 푸아로 역시 저베이스 체비닉스고어가 수수께끼같이 사람을 불러 놓고 맞으러도 나오지 않은 게 이상했다.
그러는 사이 아무도 적절한 대응 방법을 알지 못한다는 사실이 분명해졌다. 전례가 없던 상황이다 보니 그 누구도 올바른 해결책을 제시하지 못했던 것이다.

결국 레이디 체비닉스고어가 나섰지만 그녀는 완전히 제정신이 아닌 게 분명했다.

"스넬, 주인어른이……?"

그녀는 말을 끝맺지 못하고 집사가 무슨 말이라도 해 주길 바라는 것처럼 빤히 바라볼 뿐이었다.

스넬은 주인마님에게 익숙한지 그 의중을 꿰뚫고 감을 잡기 어려운 질문에 즉각 대답을 했다.

"저베이스 경께서는 8시가 되기 5분 전에 아래층으로 내려오셔서 곧장 서재로 가셨습니다."

그녀는 계속 입을 벌린 채 있었는데 눈동자는 멀리 딴 곳을 보는 듯했다.

"아, 그렇구나……. 그럼 저베이스가, 그러니까 내 말은 벨 소리를 듣지 못했을까?"

"벨 소리는 분명 들으셨을 겁니다, 주인마님. 벨은 서재문 바로 바깥쪽에서 울리니까요. 물론 저베이스 경께서 아직 서재에 계신지는 잘 모르겠습니다. 다른 곳에 계시다면 저녁 준비가 됐다고 알려 드려야 하는데, 지금이라도 그렇게 할까요, 마님?"

레이디 체비닉스고어는 크게 안도하며 그 제안을 재빨리 받아들였다.

"고마워, 스넬. 그렇게 해 줘. 응, 그래야지."

집사가 방을 나가자 그녀가 말했다.

"스넬은 정말 보물 같은 존재예요. 전 그에게 전적으로 의지하고 있답니다. 스넬이 없으면 뭘 어찌해야 할지 몰라 언제나 허둥댈 거예요."

누군가 중얼거리며 그 말에 동조하는 듯했지만, 나서서 입을 여는 사람은 없었다. 에르퀼 푸아로는 갑작스러운 상황에 신경을 곤두세우고 방 안에 있는 사람들을 지켜보았다. 순간 방 안 사람들이 모두 긴장하고 있는 것 같다는 생각이 들었다. 푸아로는 눈으로 그들을 재빨리 훑어보며 특징을 대강 입력하기 시작했다. 노신사가 두 명이었다. 한 명은 방금 부인에게 와서 말을 걸었던 군인 용모의 신사였고, 다른 한 명은 깡마른 체구에 백발이 성성했으며 언변이 좋을 것 같은 입을 악다물고 있었다. 젊은 남자도 둘이었는데 스타일이 전혀 달랐다. 콧수염을 기른 거만한 분위기의 사람이 아무래도 근위기병대에 소속되어 있다는 저베이스 경의 조카인 듯싶었다. 다른 한 명은 윤기가 흐르는 머리를 뒤로 넘겼는데 더 잘생기긴 했지만 차림새로 보아서는 계급이 낮아 보였다. 그리고 코안경을 쓰고 지적인 눈매를 한 조그마한 체구의 중년 여성이 한 명 있었으며, 머리칼이 불타는 듯한 빨간색인 아가씨도 한 명 있었다.

스넬이 문을 열고 모습을 드러냈다. 그의 자세는 흐트러짐이 없었지만, 아무 감정 없는 집사로 위장한 모습 뒤로 다시 한 번 당황한 인간의 모습이 드러났다.

"마님, 실례합니다만 서재 문이 잠겨 있습니다."

"잠겨 있다고요?"

젊은 남자의 목소리가 들렸다. 경계심이 엿보이는 목소리는 흥분에 차 있었다. 목소리의 주인공은 머리를 매끈하게 뒤로 넘긴 잘생긴 청년이었다. 그는 서둘러 앞으로 나오며 말을 이었다.

"제가 가서 볼까요?"

하지만 푸아로가 아주 조용하게 상황을 통제했다. 그가 너무나도 자연스럽게 행동했기에 지금 막 도착한 낯선 이방인이 나서는 것을 이상하다고 생각하는 사람은 아무도 없었다.

"나를 따라와요. 함께 거실로 가 봅시다."

푸아로는 이어 스넬에게 말했다.

"앞장 서요."

스넬이 명령에 따랐다. 푸아로가 스넬의 뒤를 바짝 붙어 따라가고 나머지 모두가 한 떼의 양처럼 그 뒤를 따랐다.

스넬은 커다란 홀을 통과해 곡선으로 된 계단의 거대한 난간을 지나치며 앞장을 섰다. 엄청나게 큰 괘종시계와 벽 모퉁이에 있는 종을 지나 좁은 복도를 끝까지 따라 가자 문이 하나 나왔다.

푸아로는 이곳에 다다르자 스넬 앞으로 가서 손잡이를 부드럽게 돌렸다. 손잡이가 돌아갔으나 문은 열릴 생각을 하지 않았다. 푸아로는 주먹으로 문을 부드럽게 두드렸다. 문을 두드리는 소리가 점점 커져 갔다. 갑자기 푸아로는 그 일을 그만두고 무릎을 꿇고 앉아 눈을 열쇠 구멍에 갖다 댔다.

천천히 일어나 주위를 둘러보는 그의 얼굴은 굳어 있었다.

"남자분들, 지금 당장 이 문을 부수고 열어야 합니다."

그가 지시하자 젊은이들이 문을 공격했다. 둘 모두 키도 크고 체구도 좋았지만 문은 쉽사리 부서지지 않았다. 햄버러 클로스 저택의 문은 견고했다.

하지만 마침내 자물쇠가 열리고 나무가 우지끈 부서지는 소리와 함께 문이 안쪽으로 홱 젖혀졌다.

순간 문간에 몰려들어 방 안 광경을 바라본 사람들은 모두 잠시 꼼짝도 않고 서 있었다. 방 안에는 전등이 켜져 있었고 왼쪽 벽면에는 커다란 책상 하나가 자리하고 있었다. 튼튼한 마호가니 나무로 만든 것으로 육중해 보였다. 그 책상에 한 남자가 있었다. 그가 앉아 있는 의자는 책상 정면을 향해 있지 않고 문 쪽으로 등이 보이게 옆으로 돌아가 있었다. 커다란 체구의 남자는 의자에 축 늘어져 있는 상태였다. 머리와 상체는 의자 오른쪽으로 축 처져 있었고 오른팔은 의자 아래로 툭 떨어져 있었다. 그리고 바로 아래 카펫 위에는 반짝반짝 윤이 나는 소형 권총 한 정이 놓여 있었다…….

생각해 볼 필요도 없었다. 이 그림이 전하는 바는 분명했다. 저베이스 체비닉스고어 경이 총으로 자살을 한 것이다.

제3장

문간에 모여 있던 사람들은 잠시 움직임을 멈춘 채 방 안 광경을 넋 놓고 바라 보았다. 이윽고 푸아로가 방 안으로 걸어 들어갔다.

바로 그때 휴고 트렌트가 다소 냉정한 목소리로 말했다.

"세상에, 노인네가 자살하셨군!"

이어서 레이디 체비닉스고어가 벌벌 떨며 긴 신음을 냈다.

"아, 저베이스……. 저베이스!"

푸아로가 어깨 너머로 날카롭게 말했다.

"체비닉스고어 부인을 데리고 나가요. 부인은 여기서 할 수 있는 일이 아무것도 없습니다."

군인같이 보이는 노신사가 그 말에 따르며 말했다.

"이리 와, 밴다. 이리 오라고. 당신이 할 수 있는 건 아무것도 없어. 다 끝난 일이야. 루스, 이리 와서 어머니 좀 돌봐 드려라."

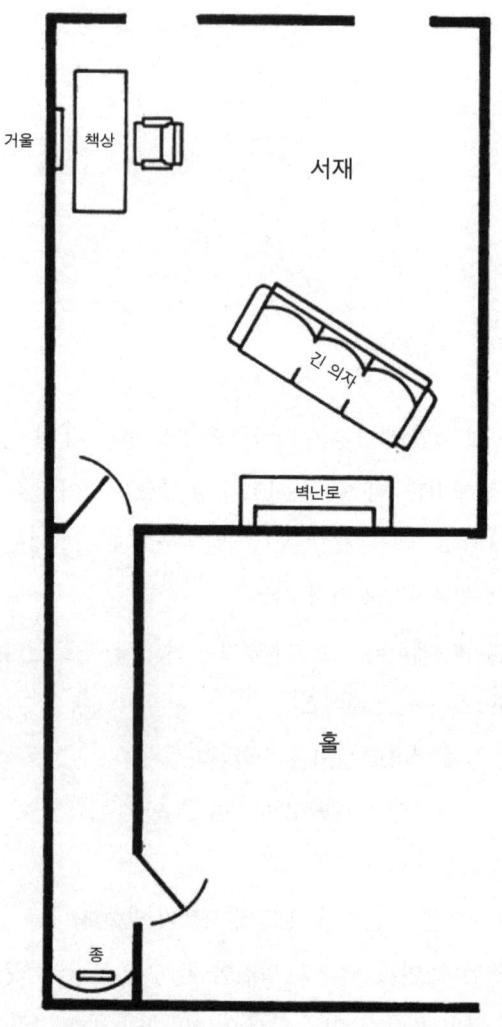

하지만 루스 체비닉스고어는 사람들 사이를 비집고 방 안으로 들어가, 몸을 구부린 채 흉측하게 늘어진 시체를 살피고 있는 푸아로 곁으로 바짝 다가섰다. 시체는 헤라클레스만큼이나 체구가 장대했고, 바이킹족을 연상시키는 턱수염을 기르고 있었다.

루스가 낮고 긴장한 목소리로 말했다. 이상하게도 무언가를 억누르는 듯한 목소리였다.

"아버지가 돌아가신 게 확실한가요?"

푸아로는 고개를 들어 그녀를 바라보았다.

애써 억누르고는 있었지만 그녀의 얼굴에는 어떤 감정이 감돌고 있었다. 푸아로는 그 감정이 무언지 쉽게 파악할 수 없었다. 분명 슬픔은 아니었다. 그보다는 두려움이 공존하는 흥분처럼 보였다.

코안경을 걸친 자그마한 체구의 여인이 낮은 목소리로 말했다.

"얘, 루스. 어머니를 돌봐드려야 하지 않겠니?"

빨간 머리 아가씨가 흥분하여 찢어지는 듯한 목소리로 외쳤다.

"그러면 그게 차 엔진이나 샴페인 코르크 소리가 아니었던 거군요! 우리가 들었던 건 총소리었어."

푸아로가 몸을 돌려 모든 사람을 바라보았다.

"누군가 경찰에 연락을……."

"안 돼요!"

루스 체비닉스고어가 거세게 외치자 언변이 좋을 것 같은 노신사가 말했다.

"유감이지만 경찰에 알려야만 한다. 버로스, 자네가 해 주지 않겠나, 휴고?"

"당신이 휴고 트렌트 씨입니까? 내 생각에는 당신과 나를 제외한 나머지 사람들은 모두 이 방에서 나가는 것이 좋을 것 같군요."

콧수염을 기른 키 큰 젊은이를 보고 푸아로가 말했다.

이번에도 사람들은 푸아로가 권위를 행사하는 데 의문을 제기하지 않았다. 변호사가 다른 이들을 이끌고 서재를 나가자 푸아로와 휴고 트렌트만 남았다. 휴고 트렌트가 푸아로를 뚫어지게 쳐다보며 말했다.

"그런데, 누구십니까? 어떤 분인지 전혀 감을 잡을 수가 없네요. 여기서 뭘 하고 계신 거죠?"

푸아로가 주머니에서 명함첩을 꺼내 명함 한 장을 골라 건넸다.

휴고 트렌트는 명함을 뚫어지게 바라보면서 말했다.

"사립 탐정이라고요? 물론 성함은 들어본 적이 있습니다만······. 그런데 여기서 뭘 하고 계신 건지는 아직도 모르겠군요."

"모르셨습니까? 외삼촌이······. 저베이스 경이 외삼촌 맞죠?"

순간 휴고의 시선이 죽은 남자에게로 떨어졌다.

"이 분이오? 맞습니다. 제 외삼촌 되시죠."

"외삼촌이 날 불렀다는 사실을 모르셨나요?"

휴고가 고개를 저으며 느릿느릿 말했다.

"전혀 몰랐습니다."

그의 목소리에는 뭐라 정의하기 힘든 감정이 깃들어 있었지만 무감각한 얼굴은 마치 목석같았다. 저런 표정은 긴장했을 때 감정을 숨기는 좋은 방법이 되곤 한다.

푸아로가 조용히 물었다.

"이 지방이 웨스트셔지요? 이 지방 경찰서장 리들 소령님은 제가 아주 잘 아는 분입니다만."

"리들 소령님 댁은 800미터 정도 떨어진 곳에 있습니다. 직접 와 주실 것 같은데요."

"그렇게 해 주신다면야 아주 편하지요."

푸아로는 방 구석구석을 천천히 살피기 시작했다. 우선 창문 커튼을 열어젖히고 프랑스 창을 면밀히 살펴보면서 조심스럽게 열어 보려 했다. 그러나 창은 닫혀 있었다.

책상 뒤쪽 벽면에는 둥그런 거울이 하나 매달려 있었다. 산산조각이 난 채였다. 푸아로는 몸을 구부려 조그만 물체를 하나 집어 들었다.

"그게 뭡니까?"

휴고 트렌트가 물었다.

"총알입니다."

"외삼촌 머리를 관통해서 거울에 맞은 거군요?"

"그런 것 같군요."

푸아로는 자신이 처음 발견했던 위치에 조심스럽게 총알을 내려놓았다. 그는 책상으로 다가갔다. 몇 가지 서류가 여러 군데 나뉘어 차곡차곡 쌓여 있었다. 압지대 위에 있는 종이 한 장에 비뚤비뚤한 글씨로 커다랗게 '미안하구나.'라는 글자가 써 있었다.

휴고가 말했다.

"자살하기 바로 전에 쓰신 게 틀림없어요."

푸아로는 골똘히 생각에 잠긴 채 고개를 끄덕였다.

그는 산산조각난 거울을 쳐다보고 또 죽은 남자를 바라보았다. 푸아로의 미간에 이해가 안 간다는 듯 주름이 잡혔다. 그는 망가진 자물쇠와 함께 가까스로 매달려 있는 문으로 갔다. 문에 열쇠가 끼워져 있지 않았다는 건 분명했다. 열쇠가 있었다면 열쇠 구멍으로 방 안을 들여다 볼 수 없었을 테니 말이다. 바닥에서도 열쇠는 흔적조차 찾을 수 없었다. 그는 죽은 남자 쪽으로 몸을 기울여 손가락으로 그의 몸을 더듬었다.

"그래, 열쇠는 주머니에 있었군."

휴고가 담뱃갑을 꺼내 담배에 불을 붙이며 약간 쉰 목소리로 말했다.

"제가 보기엔 뻔한 것 같은데요. 외삼촌은 여기에 와서 문을 걸어 잠그고 저 말을 휘갈겨 쓰고는 총으로 자살을 한 겁니다."

푸아로는 깊은 생각에 빠진 채 고개를 끄덕였다. 휴고가 말을 이었다.

"그런데 왜 당신을 불렀는지 이해가 가지 않는군요. 도대체 무슨 일입니까?"

"설명하기가 좀 어렵습니다. 트렌트 씨, 리들 소령님이 올 때까지 내가 오늘 저녁 도착했을 때 방에서 본 사람들이 정확히 어떤 사람들인지 이야기해 줄 수 있겠습니까?"

휴고가 거의 넋이 나간 듯한 목소리로 말했다.

"그 사람들이 누구냐고요? 아, 네. 물론 말씀 드리죠. 죄송합니다. 앉으실까요?"

그는 시체에서 멀리 떨어져 있는 방 한구석의 의자를 가리키며 말했다. 휴고가 이어서 말을 하는데, 두서가 영 없었다.

"밴다는 아시죠. 외숙모 말입니다. 그리고 루스는 외사촌이에요. 또 한 명의 아가씨는 수전 카드웰입니다. 이 저택에 며칠 묵고 있습니다. 그리고 베리 대령님이 계셨죠. 외삼촌네 가족과 오랜 친구입니다. 이 집안의 변호사인 포브스 씨 역시 오랜 친구입니다. 두 노인분 모두 외숙모를 젊었을 때 좋아했는데 충직하고 헌신적인 자세로 아직도 그 곁을 떠나지 않고 있죠. 우습지만, 꽤 감동적인 부분도 있습니다. 그리고 고드프리 버로우 씨는 외삼촌의 비서입니다. 링가드 양은 외삼촌이 체비닉스고어 가문의 역사를 책으로 집필하는 것을 도와주러 오신 분입니다. 역사적 자료들을 찾아 작가에게 알려 주는 일을 하지요. 이상인 것 같은데요."

푸아로가 고개를 끄덕이며 말했다.

"당신은 총소리를 실제로 들었다는 것 같습니다만?"

"네, 그렇습니다. 전 샴페인이 터지는 소리라고 생각했습니다. 수전과 링가드 양은 건물 밖의 차에서 엔진이 역화하는 소리라고 생각했고요. 바로 근처에 도로가 있으니까요."

"그게 언제였습니까?"

"아, 8시 10분쯤이오. 스넬이 막 첫 번째 종을 쳤을 때였죠."

"그 소리를 들었을 때 어디 있었습니까?"

"홀에 있었습니다. 어디서 나는 소리일까를 두고 사람들 사이에 말들이 오갔습니다. 물론 다 우스갯소리로 하는 이야기였지만 말입니다. 저는 그게 식당에서 나는 소리라고 했고, 수전은 응접실 쪽에서 들려왔다고 이야기했습니다. 링가드 양은 위층에서 난 것 같다고 했고, 스넬은 바깥 도로에서 나는 소리라고 했습니다. 위층 창문을 통해 들어온 소리일 뿐이라고요. 그러자 수전이 말했죠. '또 다른 이론 없어요?' 그때 제가 웃으면서 살인은 항상 있는 일이라고 말했습니다. 지금 생각하니 정말 기분 나쁜 농담이군요."

초조한 듯 그의 얼굴에 경련이 일었다.

"저베이스 경이 총으로 자살할 거라는 생각은 그 누구도 하지 못했습니까?"

"물론 전혀 못 했습니다."

"그럼 그가 총으로 자살할 이유에 대해서는 전혀 짚이는 게 없나요?"

휴고가 느릿느릿 말했다.

"아, 글쎄. 이런 말씀을 드려도 될지……."

"짚이는 게 있습니까?"

"네, 하지만 설명하기가 어렵군요. 당연히 외삼촌이 자살하실 거라는 예상은 못 했지만 심하게 놀란 건 아닙니다. 사실 외삼촌은 완전히 정신 나간 사람이었지요, 무슈 푸아로. 그건 모두가 다 아는 사실입니다."

"당신으로선 그게 충분한 설명이라고 여겨지십니까?"

"정신이 나간 사람들은 간혹 총으로 자살을 하곤 하지 않습니까."

"단순하기가 아주 일품인 설명이군요."

휴고가 푸아로를 뚫어져라 바라보았다.

푸아로는 다시 자리에서 일어나 별다른 목적 없이 방 안을 이리저리 돌아다니기 시작했다. 가구들은 주로 묵중한 빅토리아 시대의 분위기가 나는 것들로 편안하게 배치되어 있었다. 대형 책장과 커다란 안락의자, 진품으로 보이는 치펀데일 의자가 몇 개 있었다. 장식품은 많지 않았으나, 푸아로는 벽난로 선반 위에 있는 청동 물건 몇 개에 관심을 보이며 감탄을 했다. 그는 그것들을 하나씩 집어 들어 유심히 살펴보고는 조심스럽게 제자리에 놓았다. 그러더니 왼쪽 맨 끝에 있던 장식품에서 손톱으로 뭔가를 떼어냈다.

"그게 뭐죠?"

휴고가 별 관심 없다는 듯한 목소리로 물었다.

"별 거 아닙니다. 작은 거울 조각이에요."

"총알에 맞아 거울이 깨지다니 재미있군요. 거울이 깨지면 재수가 없다던데. 불쌍한 저베이스 외삼촌……. 어쩐지 너무 오랫동안 운이 좋다 싶었죠."

"외삼촌은 운이 좋은 분이셨나요?"

휴고의 입에서 짧게 웃음이 터져 나왔다.

"말하면 무엇합니까. 외삼촌은 운 좋기로 유명한 분이었어요. 외삼촌이 건드리는 건 모두 금덩어리로 변했지요. 경마에서 어림도 없어 보이는 녀석에게 돈을 걸면 그 녀석이 우승을 차지했죠. 불확실한 광산에 투자하면 순식간에 광맥으로 돌변을 하고요. 도저히 빠져나올 수 없는 궁지에서 빠져나온 적도 한두 번이 아닙니다. 기적이 일어나 외삼촌의 목숨을 구한 것도 여러 번이고요. 나름대로 대단한 노인이었어요. 아마 동년배 중 외삼촌만큼 '두루 여행하고 많은 것을 접한' 사람도 없을 겁니다."

푸아로가 격의 없는 태도로 조용히 물었다.

"외삼촌을 좋아하셨습니까, 트렌트 씨?"

이 질문에 휴고 트렌트는 약간 놀라는 듯했다. 그가 약간 모호하게 대답했다.

"아······. 어······ 그럼요, 물론입니다. 그런데 외삼촌은 대하기가 약간 어려운 때도 있었어요. 함께 지내려면 엄청나게 긴장을 해야 했지요. 다행히 전 외삼촌을 그렇게 많이 뵙지 않아도 됐지만."

"외삼촌께서는 당신을 좋아하셨나요?"

"외삼촌이 살아 계셨다면 그렇지 않다는 걸 아셨을 겁니다. 사실 오히려 외삼촌은 저의 존재를 못마땅해하셨지요."

"이유가 뭡니까, 트렌트 씨?"

"아시겠지만 외삼촌은 친아들이 없다는 사실을 아주 뼈아파 하셨어요. 가문을 무엇보다 중요하게 여겼던 분이니 말입니다. 자신이 죽으면 체비닉스고어 가문도 더 이상 존재하지 않는다는 생각에 크게 상심하셨을 겁니다. 체비닉스고어는 노르만 정복 시대 때부터 이어져 온 가문이거든요. 외삼촌이 그런 가문의 마지막 후손이 된 겁니다. 외삼촌 입장에서는 정말 가슴 아픈 일이었겠죠."

"트렌트 씨는 외삼촌의 그런 생각에 공감하지 않았고요?"

휴고는 어깨를 들썩이며 말했다.

"저는 그런 생각을 구닥다리라고 여겼어요."

"재산은 어떻게 될 것 같습니까?"

"잘 모르겠습니다. 제 앞으로 돌아오거나 아니면 루스에게 돌아가겠죠. 살아 계신 동안에는 외숙모가 관리하실 거고요."

"외삼촌이 자신의 뜻을 분명히 밝히지는 않으셨습니까?"

"나름대로 생각이 있기는 하셨어요."

"어떤 생각입니까?"

"외삼촌은 루스와 제가 결혼해야 한다고 생각하셨어요."

"그건 분명 아주 합당한 생각 같습니다만."

"더할 나위 없이 합당한 생각이지요. 하지만 루스는, 뭐랄까 자신의 인생에 대해 아주 확고한 시각을 가지고 있습니다. 루스는 그 누구보다 매력적인 젊은 아가씨이고 또 자신도 그 사실을 알고 있어요. 그래서인지 루스는 서둘러 결혼해서 가정을 꾸릴 생각이 전혀 없어요."

푸아로가 몸을 앞으로 내밀며 말했다.

"그런데 트렌트 씨는 충분히 그럴 의사가 있다는 뜻이군요?"

휴고가 무덤덤한 목소리로 말했다.

"요즘에는 누구와 결혼하느냐가 털끝만큼도 중요하지 않잖습니까. 이혼이 식은 죽 먹기니까요. 잘 안 맞으면 인연 끊고 다시 시작하면 되는 거죠."

그때 문이 열리더니 포브스와 함께 말쑥한 차림의 키 큰 남자가 방으로 들어섰다.

그 남자가 트렌트에게 인사를 건네며 말했다.

"잘 지냈습니까, 휴고. 이런 일이 일어나다니 얼마나 유감인지 모르겠군요. 가족들 다 힘들겠어요."

에르퀼 푸아로가 다가가 말했다.

"안녕하십니까, 리들 소령님? 절 기억하시는지요?"

경찰서장은 푸아로와 악수를 나누었다.

"그럼, 당연하지요. 그런데 어떻게 이 저택엘 다 오셨습니까?"

그가 의미심장한 목소리로 말하며 의아한 눈초리로 푸아로를 바라보았다.

제4장

"그래요?"

리들 소령이 말했다.

20분이 흐른 뒤였다. 무언가 미심쩍은 듯한 경찰서장의 질문은 경찰공의(영국에서 지방 경찰관서와 계약 하에 사망 현장에 참여하여 검시를 돕고 법의 업무를 담당하는 의사 — 옮긴이)를 향한 것이었다. 의사는 호리호리한 체격에 백발이 성성한, 나이 지긋한 노인이었다.

의사가 어깨를 으쓱하며 말했다.

"죽은 지 30분은 넘었지만, 1시간은 안 됐습니다. 세세한 사항은 필요 없으시겠지요. 뭐, 서장님이 알아내실 테니. 남자는 머리에 총을 맞았고, 오른쪽 관자놀이 부근에 대고 쐈습니다. 총알은 뇌를 관통하고 다시 나왔습니다."

"모든 사실이 자살에 부합합니까?"

"완벽하게 부합합니다. 시체는 의자 위에 늘어져 있고, 총이 손에서 떨어져 있었으니까요."

"총알은 챙기셨습니까?"

"네."

의사가 총알을 들어올려 보였다.

"좋습니다. 가지고 있다가 권총과 비교해 봅시다. 애먹을 거 전혀 없는 확실한 사건이라 좋군요."

에르퀼 푸아로가 조용히 물었다.

"의사 선생님, 애먹을 게 전혀 없는 게 정말 확실한가요?"

의사가 느릿느릿 대답했다.

"글쎄요. 약간 이상한 점이 하나 있기는 합니다. 이 경우 총을 쏠 때 몸을 오른쪽으로 약간 기울였던 것이 틀림없습니다. 그러니까 총알이 거울 한가운데에 똑바로 박혔지 안 그랬다면 거울 아래쪽 벽에 박혔을 겁니다."

"자살하기엔 불편한 자세군요."

푸아로가 말하자 의사가 어깨를 으쓱했다.

"뭐, 어차피 인생 끝내려고 하는 일인데 굳이 편안해 봤자……."

의사가 말끝을 흐렸다.

리들 소령이 말했다.

"이제 시체를 치워도 될까요?"

"그럼요. 전 부검할 일만 남았습니다."

"경감, 자네는?"

리들 소령이 사복 차림을 한 채 무표정한 얼굴로 서 있는 키 큰 사내에게 말했다.

"저희도 끝났습니다, 서장님. 필요한 건 다 확보했습니다. 권총에 남은 고인의 지문만 채취하면 됩니다."

"그럼 작업을 시작하게."

저베이스 체비닉스고어가 이승에 남긴 육신이 치워졌다. 그러자 경찰서장과 푸아로만 남았다.

"자, 모든 게 의심할 여지없이 분명하군요. 문은 잠겨 있었고, 창도 닫혀 있었고, 열쇠는 죽은 남자의 주머니 속에 들어 있었고 말입니다. 모든 게 정확합니다. 단 한 가지 상황만 제외하고."

"뭐가 말이죠?"

"바로 당신입니다. 도대체 여기서 뭘 하고 있던 겁니까?"

리들 소령이 퉁명스럽게 말했다.

푸아로는 대답 대신 그에게 일주일 전 받았던 편지와 그를 결국 여기까지 오게 한 전보를 건네주었다.

"흠, 흥미롭군요. 이걸 철저히 조사해 봐야겠습니다. 분명 그의 자살과 직접적인 관련이 있을 겁니다."

경찰서장이 말했다.

"내 생각도 같습니다."

"지금 이 저택에 있는 사람들도 조사해 봐야 합니다."

"내가 이름을 말해 드리죠. 방금 전 트렌트 씨를 조사하고 있던 참이었습니다."

푸아로가 사람들의 이름을 죽 읊었다.

"그런데 리들 소령님, 이 사람들에 대해 아는 게 좀 있으십니까?"

"어느 정도 알기는 합니다. 레이디 체비닉스고어도 늙은 저베이스 경만큼이나 정신이 나가 있어요. 그들은 서로에게 헌신적이었고, 둘 다 정신이 꽤나 온전하지 못했죠. 이제까지 지구상에 그 여자만큼 멍한 존재는 없었을 겁니다. 때로는 오싹할 정도로 예리하게 핵심을 찔러서 사람을 기겁하게 만들기도 하지만. 사람들은 그녀를 많이 비웃곤 하지요. 그녀도 그 사실을 잘 알고 있지만 개의치 않는 것 같아요. 유머 감각은 전혀 찾아볼 수가 없고."

"체비닉스고어 양이 유일하게 입양한 딸이라고 알고 있는데요?"

"그래요."

"아주 멋진 아가씨던데요."

"사악하게 매력적인 아가씨죠. 이 근방 젊은 남자들의 혼을 완전히 빼 놓고 있답니다. 먼저 다가갔다 홱 돌아서서는 비웃고 말이죠. 말을 잘 타고, 손도 아주 곱고."

"그건 지금 중요한 일이 아닌 것 같습니다만."

"어, 아마 그렇겠지요……. 어디, 다른 사람들을 보자. 베리란 노인도 알고 있어요. 그는 대부분의 시간을 여기서 보낸답니다. 거의 이 저택 애완용 고양이인 셈이지요. 레이디 체비닉스고어의 보좌관이라고나 할까. 그는 아주 오래된 친구죠. 체비닉스 부부와 평생지기지. 베리와 저베이스 경 모두 베리가 이사로 있던 어느 회사에 지분을 가지고 있었던 걸로 알고 있어요.

"오스월드 포브스에 대해서는 좀 아는 게 있으신지요?"

"그 사람과는 한 번밖에 만난 적이 없어요."

"링가드 양은?"

"들어본 적이 없습니다."

"수전 카드웰 양은?"

"빨간 머리에 예쁘장하게 생긴 아가씨 말입니까? 지난 며칠 동안 루스 체비닉스고어와 함께 다니는 걸 봤어요."

"버로스 씨는 어떻죠?"

"그 사람에 대해서는 압니다. 체비닉스고어의 비서죠. 우리 사이니까 하는 말이지만 난 그자가 별로예요. 잘생기긴 했지. 자신도 그 사실을 알고 있고. 하지만 결코 일류 가문 출신은 아닙니다."

"저베이스 경 밑에서 일한 지는 오래됐습니까?"

"내 생각에는 한 2년쯤 된 것 같습니다만."

"그리고 또 아시는 분은……?"

푸아로는 말을 멈추어야 했다.

신사복을 입은 금발의 키 큰 사내가 서둘러 방 안으로 들어왔기 때문이었다. 그는 숨이 턱까지 찬 채 심란한 표정을 짓고 있었다.

"안녕하세요, 리들 소령님. 저베이스 경이 총으로 자살했다는 소문을 듣고 이렇게 서둘러 달려오는 길입니다. 스넬에게 들으니 자살이라고 하더군요. 말도 안 됩니다. 도무지 믿어지지가 않아요."

"사실입니다, 레이크. 인사들 나누시지요. 이 사람은 저베이스 경의 재산 관리인인 레이크 대위입니다. 이분은 에르퀼 푸아로 씨입니다. 이야기는 익히 들었겠죠?"

레이크의 얼굴에 기쁨과 함께 반신반의하는 듯한 빛이 역력했다.

"그 에르퀼 푸아로 선생님 말입니까? 이렇게 만나 뵙게 되다니 말할 수 없이 기쁩니다. 그런데……."

순간 그가 말을 멈추었다. 레이크 대위는 매력적인 미소를 싹 걷어내고 심란하고 얼빠진 표정을 지었다.

"이 자살에 뭔가 미심쩍은 점은 없습니까, 선생님?"

"'미심쩍은' 점이 있어야 하는 이유라도 있습니까?"

경찰서장이 날카롭게 질문했다.

"무슈 푸아로께서 여기 계시기에 하는 말입니다. 아, 또 이번 사건이 제게는 도무지 말도 안 되는 일로 보이기도 하고요."

푸아로가 재빨리 나서서 말했다.

"아, 오해하지 마세요. 나는 지금 저베이스 경의 사망 사건 때문에 이곳에 있는 게 아니랍니다. 초대를 받고 손님 자격으로 이 저택에 와 있던 참이지요."

"아, 그렇군요. 흥미로운 사실이네요. 오늘 오후에 저베이스 경과 은행 계좌를 살펴봤을 때만 해도 푸아로 씨가 오신다는 말씀은 일절 없으셨거든요."

푸아로가 조용한 목소리로 말했다.

"레이크 대위, 당신은 '말이 안 되는 일'이라고 벌써 두 번이나 말했습니다. 그건 저베이스 경이 자살했다는 소식에 무척 놀랐다는 이야기인데요?"

"그렇습니다. 물론 저베이스 경은 정말 기이한 분이셨습니다. 모두가 그 점에 대해선 같은 생각일 겁니다. 하지만 그분이 자신이 없어도 세상이 잘 굴러갈 거라고 생각했으리라고는 상상할 수가 없습니다."

"그렇겠지요. 그건 중요한 부분이군요."

푸아로는 이렇게 말하고 솔직하고 총명해 보이는 듯한 젊은이의 얼굴을 하나하나 뜯어보았다.

리들 소령이 헛기침을 했다.

"레이크 대위, 이왕 온 김에 잠시 앉아서 몇 가지 질문에 대답해 주지 않겠습니까?"

"그러겠습니다, 서장님."

레이크는 두 남자 반대편에 놓여 있는 의자에 앉았다.

"저베이스 경을 마지막으로 본 것이 언제였나요?"

"오늘 오후 3시가 되기 직전이었습니다. 확인해야 할 은행 계좌가 몇 개 있었고, 농장 한 곳에 새로 소작을 주는 문제도 있고 해서요."

"저베이스 경과 함께한 시간은 얼마나 됐죠?"

"30분 정도였던 것 같습니다."

"저베이스 경의 태도에서 평소와 달랐던 점은 전혀 없었나요? 잘 생각해 보고 답해요."

레이크는 생각에 잠겼다.

"아니요, 없었던 것 같은데요. 약간 흥분한 상태이시긴 했지만, 평소와 별반 다름없는 모습이었습니다."

"우울해하지는 않았고요?"

"아니요, 기분이 좋아 보이셨습니다. 요즘 저베이스 경은 가문의 역사를 책으로 집필하는 일 때문에 아주 즐거워하셨습니다."

"그 작업을 한 지는 얼마나 되었습니까?"

"6개월 전에 시작했습니다."

"링가드 양이 온 것도 그때인가요?"

"아니요, 링가드 양은 한 두 달 전쯤, 저베이스 경이 책 집필을 하는 데 필요한 조사를 혼자서 하기에는 역부족이라는 생각이 들어 불렀습니다."

"그럼 당신은 저베이스 경이 최근 그 일을 즐겁게 하고 있었다고 생각하는 겁니까?"

"네, 말도 못 하죠. 이 세상에 자신의 가문 말고는 중요한 것이 없다고 생각하셨으니까."

레이크의 목소리에는 신랄함이 묻어났다.

"그렇다면 저베이스 경에게 근심거리는 전혀 없었습니까, 당신이 아는 범위 내에서 말입니다."

레이크 대위는 잠깐, 아주 잠깐 뜸을 들였다가 대답했다.

"없었습니다."

이때 푸아로가 갑자기 끼어들어 질문했다.

"혹시 저베이스 경이 따님에 대해 조금이라도 걱정하는 것 같지 않았습니까?"

"따님이오?"

"그래요."

"제가 아는 한에는 없는데요."

레이크가 경직된 목소리로 말했다.

푸아로가 더 이상 말하지 않자 리들 소령이 말했다.

"그럼, 됐습니다. 고마워요, 레이크. 혹시 뭔가 더 물을 게 있을지 모르니 저택을 떠나지 말아 줘요."

"그러겠습니다, 서장님. 혹시 제가 도울 일이라도?"

레이크가 일어서며 말했다.

"집사를 좀 불러 줘요. 그리고 레이디 체비닉스고어의 상태가 어떤지 좀 알아봐 주고. 지금 이야기를 좀 할 수 있는지, 아니면 완전히 넋이 나가 있는지 말입니다."

레이크는 고개를 끄덕이더니 당당한 걸음걸이로 재빠르게 방을 나섰다.

"매력적인 젊은이군요."

에르퀼 푸아로가 말했다.

"그렇죠, 멋진 친구입니다. 일도 잘하고 말이죠. 다들 좋아하지요."

제5장

"앉아요, 스넬. 당신에겐 물어볼 것이 아주 많습니다. 이번 일로 큰 충격을 받았겠군요."

리들 소령이 친절하게 말했다.

"네, 정말 큰 충격이었습니다. 감사합니다, 서장님."

너무도 조심스럽게 자리에 앉은 터라 그의 모습은 서 있을 때와 다른 점이 거의 없었다.

"여기서 일한 지 오래됐죠, 그렇지 않은가요?"

"16년 됐습니다, 서장님. 그러니까 저베이스 경이 정착하신 이후로 말입니다."

"아, 그래요. 당신 주인은 정말 대단한 여행광이었지요."

"그렇습니다, 서장님. 극지방 탐험도 하셨고, 다른 흥미로운 곳들도 많이 다니셨습니다."

"스넬, 오늘 저녁 당신이 주인을 마지막으로 본 게 언제였습니까?"

"제가 식당에서 상을 제대로 차렸는지 점검하고 있을 때였습니다, 서장님. 홀로 통하는 식당 문이 열려 있었는데 저베이스 경께서 계단을 내려오신 후 홀을 가로질러 복도를 따라 서재로 가시는 걸 봤습니다."

"몇 시였나요?"

"8시가 되기 직전이었으니까. 아마 7시 55분경이 아니었나 싶습니다."

"그게 당신이 저베이스 경을 마지막으로 본 거였습니까?"

"그렇습니다, 서장님."

"총소리를 들었나요?"

"네, 들었습니다. 하지만 당시에는 몰랐습니다. 총소리일 거라고는 상상도 못했습니다."

"그럼 무슨 소리라고 생각했지요?"

"차에서 나는 소리라고 생각했습니다, 소장님. 정원 담장 바로 근처에 도로가 있으니까요. 아니면 숲에서 나는 밀렵꾼의 총소리일 거라고 생각했습니다. 그게 그 소리였을 줄은 꿈에도……."

리들 소령이 그의 말을 잘랐다.

"그게 몇 시였나요?"

"정확히 8시 8분이었습니다, 서장님."

경찰서장이 날카로운 목소리로 말했다.

"어떻게 분까지 그렇게 기억할 수가 있지요?"

"그건 쉬운 일입니다, 서장님. 제가 막 첫 번째 종을 친 시간이었으니까요."

"첫 번째 종이라고요?"

"네, 서장님. 저베이스 경께서는 항상 저녁 식사 종을 치기 7분 전에 종을 한 번 치라고 명을 내리셨습니다. 유별나긴 합니다만, 주인님께서는 두 번째 종을 치기 전에 모든 사람이 응접실에 와서 대기하도록 하셨지요. 전 두 번째 종을 치자마자 응접실로 와서 저녁 식사가 준비되었다고 알려 드렸고 그때 모든 분은 응접실 안에 계셨습니다."

에르퀼 푸아로가 말했다.

"이제야 이해가 가는군요. 오늘 저녁 식사가 준비되었다고 말할 때 당신이 왜 그렇게 놀랐는지 말입니다. 평소에는 저베이스 경도 응접실에 있었던 거죠?"

"지금까지 응접실에 안 계신 적이 단 한 번도 없었습니다, 탐정님. 정말 큰 충격이었죠. 전 추호도……."

리들 소령이 다시 한번 솜씨 좋게 끼어들었다.

"다른 사람들도 보통 응접실에 있었습니까?"

스넬이 헛기침을 하고는 말했다.

"저녁 식사에 늦는 사람은 결코 이 저택에 다시 초대를 받지 못합니다."

"흠, 아주 가혹하군요."

"저베이스 경은 전에 모라비아 황제 밑에서 일했던 요리사를 고용한 적이 있습니다. 주인님은 저녁 식사는 종교적 의식만큼이나 중요하다고 말씀하시곤 하셨습니다, 서장님."

"저베이스 경의 친가족들은 어땠나요?"

"주인마님께서는 저베이스 경의 심기를 불편하게 하지 않으려고 항상 각별히 조심을 하셨고, 루스 양조차도 저녁 식사에 늦는다는 건 엄두도 내지 않았습니다."

"재미있군요."

에르퀼 푸아로가 중얼거렸다.

"알겠습니다. 그렇다면 당신이 평소대로 8시 8분에 종을 쳤으니 식사는 8시 15분에 하기로 되어 있던 거였군요?"

리들 소령이 말했다.

"그렇습니다, 서장님. 하지만 평소에는 저녁을 8시에 먹습니다. 그런데 오늘 저녁은 8시 15분에 준비하라는 분부가 있었습니다. 주인님께서는 연착된 열차를 타고 한 신사분이 오실 것을 염두에 두고 계셨습니다."

스넬은 이렇게 말하며 푸아로를 향해 가볍게 인사를 했다.

"당신 주인이 서재로 갈 때 넋이 나가 있거나 근심스러운 표정을 짓지는 않았습니까?"

"그건 잘 모르겠습니다, 서장님. 주인님의 심중까지 알아차리기엔 너무 먼 거리였습니다. 저는 그 시간에 그저 주인님의 모습을 본 것뿐입니다."

"그는 혼자서 서재로 갔나요?"

"그렇습니다, 서장님."

"그 이후에 서재에 간 사람은 없었고요?"

"그건 잘 모르겠습니다, 서장님. 저는 그 이후에 식기실로 갔다가 8시 8분에 첫 번째 종을 칠 때까지 죽 그곳에 있었습니다."

"총소리를 들었다던 그때 말인가요?"

"네, 서장님."

이때 푸아로가 조용히 끼어들어 질문을 했다.

"다른 사람들도 그 총소리를 들은 것 같습니다만?"

"그렇습니다, 탐정님. 휴고 씨, 카드웰 양, 링가드 양께서 들으셨습니다."

"그 사람들도 당시 홀에 있었나요?"

"링가드 양은 응접실에서 나오고 계셨고, 카드웰 양과 휴고 씨는 계단을 막 내려오고 계셨습니다."

푸아로가 물었다.

"총소리를 두고 대화가 오고가지 않았습니까?"

"휴고 씨께서 저녁 식사에 샴페인이 나오느냐고 물어보셨습니다. 전 셰리와 라인 와인, 부르고뉴 와인이 나올 거라고 말씀 드렸습니다."

"휴고 씨는 그 소리를 샴페인 따는 소리라고 생각했다는 건가요?"

"그렇습니다."

"하지만 총소리를 심각하게 생각한 사람은 아무도 없었지 않은가요?"

"네, 그랬습니다, 탐정님. 모두 웃으며 가볍게 이야기를 나누시면서 응접실 안으로 들어가셨습니다."

"저택의 다른 사람들은 어디 있었나요?"

"그건 잘 모르겠습니다, 탐정님."

"혹시 이 총에 대해 아는 바가 있습니까?"

리들 소령이 총을 들어올리며 물었다.

"아, 네, 서장님. 그 총은 저베이스 경의 총입니다. 항상 이곳 서재에 있는 책상 서랍 속에 보관해 두셨죠."

"보통 때도 실탄이 장전되어 있었습니까?"

"그건 잘 모르겠습니다, 서장님."

리들 소령은 총을 내려놓고 헛기침을 했다.

"그럼, 스넬. 지금 내가 하는 질문은 아주 중요하니 가능한 한 사실대로 대답해 주길 바랍니다. 혹시 당신 주인이 왜 자살했는지 그 이유에 대해서 알고 있는 거 없습니까?"

"없습니다, 서장님. 전혀 없습니다."

"최근 저베이스 경의 행동에 이상한 점은 없었나요? 우울해하거나 근심거리가 있거나?"

스넬이 유감이라는 듯 헛기침을 하며 말했다.

"이런 말씀 드리기 정말 죄송합니다만, 모르는 사람들의 눈에 비친 저베이스 경의 모습은 항상 약간은 이상했습니다. 주인님은 정말로 독특한 분이셨습니다, 서장님."

"그래, 그래. 나도 그 점은 충분히 알고 있어요."

"외부인들은 저베이스 경을 언제나 '이해'하지 못했습니다."

스넬은 '이해'라는 말에 힘을 주어 말했다.

"나도 알지, 알아요. 당신이 보기에는 평소와 다른 점이 없었다는 말인가요?"

집사가 머뭇거리며 말했다.

"저베이스 경께서 무언가를 걱정하고 계신 것 같기는 했습니다."

"걱정이 있어 우울해했었나요?"

"우울해하셨다고까지는 말씀 드리지 못하겠습니다, 서장님. 하지만 걱정이 있으셨던 건 맞습니다."

"그 걱정의 원인이 무엇인지 혹시 짚이는 건 없고요?"

"없습니다, 서장님."

"가령, 어떤 사람과 특별히 관련이 있다거나?"

"그런 건 전혀 모르겠습니다, 서장님. 제 인상일 뿐이라."

푸아로가 다시 입을 열었다.

"주인어른이 자살했다는 소식에 놀랐습니까?"

"무척 놀랐습니다, 탐정님. 엄청난 충격이었습니다. 그런 일이 일어나리라고는 꿈에도 생각 못 했습니다."

푸아로가 고개를 끄덕이며 골똘히 생각에 잠겼다.

리들이 푸아로를 흘긋 쳐다보고 나서 말했다.

"그럼, 스넬, 우리 질문은 이게 다입니다. 우리에게 더 말해 줄 것은 확실히 없는 겁니까? 예를 들면 지난 며칠 동안 평소와 다른 일이 있지는 않았나요?"

집사는 고개를 저으며 자리에서 일어섰다.

"없었습니다, 서장님. 그런 일은 전혀 없었습니다."

"그렇다면 나가도 좋습니다."

"그럼 이만 가 보겠습니다, 서장님."

스넬은 문간을 향해 걸어가다가 뒤로 물러나 옆으로 비켜섰다. 레이디 체비닉스고어가 방 안에 사뿐히 들어왔던 것이다. 그녀는 자주색과 오렌지색이 섞인 몸에 딱 맞는 동양풍 의상을 걸치고 있었다. 얼굴은 평온해 보였고 태도도 침착하고 조용했다.

"레이디 체비닉스고어."

리들 소령이 자리에서 벌떡 일어섰다.

"듣자 하니 당신이 나와 이야기를 나누고 싶다고 하기에 이렇게 왔어요."

"다른 방으로 갈까요? 이곳에 있으면 가슴이 아프실 테니."

레이디 체비닉스고어는 고개를 저으며 치펀데일 의자에 앉았다.

"아니에요. 힘들 게 뭐 있겠어요."

"감정을 그렇게 자제하다니 정말 훌륭하십니다, 레이디 체비닉스고어. 이번 일로 얼마나 큰 충격을 받았을지……."

그녀가 리들 소령의 말을 가로막았다. 레이디 체비닉스고어는 인정한다는 듯 편안하고 나긋나긋하게 말했다.

"처음에는 좀 충격이었어요. 하지만 '죽음'이란 건 존재하지 않아요. 오로지 '변화'만이 있을 뿐이죠. 사실 저베이스는 지금 당신의 왼쪽 어깨 뒤에 서 있어요. 저는 그의 모습을 똑똑히 볼 수가 있어요."

그녀의 말에 리들 소령의 왼쪽 어깨가 약간 움찔했다. 그는 레이디 체비닉스고어를 다소 미심쩍다는 듯 바라보았다.

레이디 체베닉스고어는 그를 보고 미소를 지어보였다. 멍하면서도 행복해 보이는 미소였다.

"물론 제 말을 믿지 못하시겠죠. 그럴 사람은 거의 없을 거예요. 제게는 영혼의 세계가 이 세상만큼이나 현실적이지요. 하지만 원하신다면 뭐든 물어보세요. 제가 마음 아파할 거란 걱정은 마시고요. 제 마음은 조금도 아프지 않아요. 모든 건 운명이죠. 자신의 업을 벗어날 수 있는 사람은 아무도 없어요. 그건 어디에나 적용돼요. 저 거울처럼."

"저 거울을 말씀하시는 겁니까, 부인?"

푸아로가 물었다.

그녀는 거울을 바라보며 멍하게 고개를 끄덕였다.

"네, 보시는 대로 산산조각이 났어요. 상징이지요. 혹시 테니슨의 시를 알고 계시나요? 어릴 적 자주 읽곤 했는데. 그때는 물론 그 시에 신비주의적인 면이 있다는 것은 몰랐어요. '거울이 두 동강이 났네. "내게 저주가 내린 거야!" 샬럿의 아가씨가 소리쳤네.' 저베이스에게도 바로 그런 일이 일어난 거예요. 갑자기 그에게 저주가 내린 거죠. 전통이 아주 오래된 가문들은 대개 저주를 받아요……. 거울이 깨졌어요. 그는 자신이 죽을 운명이라는 걸 알게 된 거예요. 저주가 내렸으니까요."

"하지만 거울을 깨뜨린 건 저주가 아니라 총알입니다."

레이디 체비닉스고어는 여전히 상냥하면서도 넋 나간 듯한 모습 그대로 말했다.

"어차피 마찬가지예요……. 운명이라니까요."

"하지만 부군께서는 총으로 자살을 하셨습니다."

레이디 체비닉스고어는 너그러운 미소를 지어보였다.

"물론 저베이스는 자살을 하면 안 됐죠. 하지만 저베이스는 항상 조바심 많은 사람이었어요. 결코 기다릴 줄을 몰랐죠. 죽을 시간이 다가오자 스스로 나서서 그 시간을 맞은 거예요. 그 편이 아주 간단하니까요."

리들 소령은 치밀어 오르는 화를 참느라 헛기침을 하고는 날카로운 목소리로 말했다.

"그렇다면 당신 남편이 스스로 목숨을 끊은 것이 놀랍지 않다는 뜻입니까? 이런 일이 일어나리라고 예상을 하셨나요?"

그녀가 눈을 휘둥그레 떴다.

"아뇨, 아니에요. 항상 미래를 내다볼 수 있는 건 아니지요. 물론 저베이스는 무척 이상하고 비범한 사람이었어요. 그는 다른 어느 누구와도 달랐죠. 그는 위대한 인물의 환생이에요. 저는 얼마 전부터 그 사실을 알고 있었죠. 제 생각엔 저베이스 자신도 알고 있었던 것 같아요. 그는 일상적인 세계의 어리석고 사소한 기준에 맞추는 것을 아주 힘들어 했거든요."

그녀는 리들 소령의 어깨 너머를 바라보며 말을 이었다.

"지금 그 사람이 미소를 지어 보이네요. 지금 그는 우리 모두가 정말 어리석다고 생각하고 있어요. 정말 그래요. 모두 어린아이나 다름없죠. 인생이 현실이고, 정말 중요한 것이라고 생각하지만……. 인생은 거대한 환상 중 하나에 불과해요."

도무지 이길 기미가 보이지 않는 싸움을 하고 있기라도 하듯 리들 소령이 절망감이 담긴 목소리로 물었다.

"부인께서는 왜 부군께서 스스로 목숨을 끊으셔야만 했는지 그 이유에 대해 저희에게 전혀 도움을 주실 수가 없는 거군요?"

그녀가 가냘픈 어깨를 들썩거렸다.

"우리는 어떤 힘에 이끌려 움직이지요. 그것이 우리를 움직여요……. 당신은 이해를 못하겠지만. 당신은 물질적 차원에서만 움직이니까요."

푸아로가 헛기침을 했다.

"물질적 차원에 대해 말씀하시니 묻겠습니다만, 혹시 부군께서 재산을 어떻게 물려주셨는지 알고 계십니까?"

레이디 체비닉스고어가 푸아로를 빤히 바라보았다.

"재산이오? 전 돈에 관해서는 생각해 본 적이 없어요."

그녀의 말투에는 경멸감이 배어 있었다.

푸아로가 화제를 돌렸다.

"오늘 저녁에 저녁 식사를 하러 아래층에 내려오신 게 몇 시였습니까?"

"시간이오? 시간이 뭘까요? 무한대, 그게 답이에요. 시간은 무한하죠."

푸아로가 낮은 목소리로 말했다.

"하지만 부인, 부군께서는 시간에 각별히 신경을 쓰지 않으셨습니까. 제가 들은 바에 따르면 저녁 시간은 특히 엄수하셨다던데."

그녀가 너그러운 미소를 지어 보였다.

"사랑스러운 저베이스. 그 점에 대해서는 어리석다고 할 정도였어요. 하지만 시간을 엄수하면 그는 행복해했어요. 그래서 우리는 결코 늦는 법이 없었죠."

"첫 번째 종이 울렸을 때 부인은 응접실에 계셨습니까?"

"아니요, 그때 저는 제 방에 있었어요."

"응접실로 내려오셨을 때 방 안에 누가 있었는지 기억나십니까?"

"거의 다 있었던 것 같은데요. 그런데 그게 중요한가요?"

레이디 체비닉스고어가 멍한 목소리로 말했다.

"중요하지 않을 수도 있습니다."

푸아로가 인정한다는 듯 말했다.

"또 한 가지 여쭤볼 게 있습니다. 혹시 부군께서 누군가 자기 재산을 횡령하고 있다고 의심한 적은 없었습니까?"

레이디 체비닉스고어는 이 질문에 그다지 관심이 없는 듯했다.

"횡령이라고요? 아니요, 그런 말을 한 적은 없는 것 같은데요."

"어떤 식으로든 강탈이나 사취를 당하는 일도 언급하신 적이 없으십니까……?"

"아니요, 없어요. 없었던 것 같아요……. 누군가 자기를 상대로 감히 그런 짓을 하려 들었다면 저베이스는 무척 화를 냈을 거예요."

"여하튼 부인께서는 그 문제에 대해 한마디 말씀도 하지 않았다는 거죠?"

"네, 없었어요. 제가 기억을 한다면 말이죠……."

레이디 체비닉스고어는 여전히 별 관심을 보이지 않은 채 고개를 저었다.

"부군께서 살아 계신 걸 마지막으로 본 게 언제입니까?"

"여느 때처럼 저녁 식사를 하러 내려가는 길에 잠시 들렀어요. 제 하녀가 같이 있었어요. 내려가는 길이라고 말하더군요."

"최근 몇 주 동안 부군께서 가장 많이 말씀하신 건 무엇이었습니까?"

"아, 가문의 역사에 대해서요. 그는 작업을 아주 잘 진행하고 있었어요. 그는 재미난 링가드 양이 아주 귀한 존재라는 걸 알게 됐어요. 영국 박물관에서 그를 위해 온갖 자료를 찾아주었죠. 그리고 멀캐스터 경이 저술 작업을 할 때 돕기도 했어요. 아주 약삭빠른 사람이에요. 그러니까 제 말은 엉뚱한 자료는 찾지 않는다는 거예요. 왜, 발견되지 않았으면 하는 조상들도 있는 법이잖아요. 저 베이스는 아주 민감했어요. 그녀는 제게도 도움을 줬어요. 이집트 여왕 하트셉수트에 대해서 많이 알려줬죠. 전 하트셉수트가 환생한 거랍니다. 그 전에는 아틀란티스의 여사제였죠."

레이디 체비닉스고어는 조용한 목소리로 이야기했다.

리들 소령은 의자에서 약간 몸을 틀며 말했다.

"음……, 어……, 무척 흥미롭군요. 그럼 이제 다 된 것 같습니다,

레이디 체비닉스고어. 무척 친절히 답해 주셔서 감사합니다."

레이디 체비닉스고어는 일어서서 동양풍의 겉옷을 몸 둘레에 단단히 감았다.

"안녕히 주무세요."

그리고 나서 그녀의 시선은 리들 소령 뒤쪽의 한 지점으로 향했다. 그녀가 설명하는 듯한 어투로 말을 이었다.

"잘 자요, 사랑스러운 저베이스. 당신이 같이 갈 수 있으면 좋겠지만 여기에 머물러야 한다는 걸 알아요. 당신은 적어도 24시간 동안은 당신이 떠난 그 자리에 머물러야 하니까요. 당신이 자유롭게 움직이고 이야기를 하려면 그 정도 시간이 있어야 하죠."

레이디 체비닉스고어는 옷을 끌며 방을 나갔다.

리들 소령이 눈썹을 문지르며 말했다.

"휴, 생각했던 것보다 훨씬 더 심각하군요. 말도 안 되는 이야기를 진심으로 믿고 있는 걸까요?"

푸아로는 곰곰이 생각에 잠긴 채 고개를 저었다.

"저 방식이 도움이 된다고 생각하는 걸 겁니다. 지금 이 순간 그녀는 자신을 위한 환상의 세계를 만들어낼 필요가 있어요. 남편의 죽음이라는 가슴 아픈 현실에서 빠져나올 수 있도록 말입니다."

"내가 보기엔 거의 정신병원에 가야 할 수준인 것 같은데요. 말도 안 되는 소리만 잔뜩 늘어놓지 않았습니까. 뭔가 의미 있는 말은 단 한마디도 없었어요."

"아니요, 그렇지 않아요. 흥미로운 점은, 휴고 씨가 무심코 제게 말해 준 것처럼 저렇게 부지불식간에 쏟아내는 와중에도 종종 예리한 면모가 보인다는 거지요. 아까 링가드 양에 대해 이야기할 때도 그랬습니다. 바람직하지 않은 조상들 모습은 강조하지 않는다는 이야기 말입니다. 장담하건데 레이디 체비닉스고어는 절대 바보가 아닙니다."

푸아로는 자리에서 일어나 방 안을 왔다 갔다 했다.

"이 사건에서 마음에 들지 않는 부분이 몇 가지 있어요. 아니, 사실 전혀 마음에 들지 않는군요."

리들이 의아한 눈초리로 바라보았다.

"자살 동기를 말씀하시는 겁니까?"

"자살…… 자살이라고요? 장담하건대 절대 아닙니다. 그건 심리적으로도 완전히 잘못된 가정입니다. 체비닉스고어가 자신을 어떻게 생각하던 사람이었습니까? 거인이라도 되는 것처럼 자신을 그 무엇보다 중요하게 생각하고 세상의 중심으로 여겼죠. 그런 사람이 어떻게 자신을 파멸로 몰아갈 수 있겠습니까? 말도 안 되지요. 오히려 다른 누군가를 파멸로 몰아갔을 인물입니다. 비참한 꼴로 들러붙는 개미처럼 감히 자신을 귀찮게 만드는 누군가를……. 물론 그런 조치가 필요하다고 생각될 때, 일종의 정화 차원에서 말이지요. 하지만 자기 파멸이라고요? 그렇게 강한 자아를 파멸시킨다고요?"

"푸아로 당신 말이 백번 옳아요. 하지만 증거가 명확하지 않습니다. 문은 닫혀 있고 열쇠는 그의 주머니에 있었어요. 창문도 모두 닫힌 채 빗장이 채워져 있었고. 소설 속에서는 그런 일들도 일어나지만 현실에서 그런 일이 일어나는 걸 본 적은 한 번도 없습니다. 뭔가 다른 증거라도 있는 겁니까?"

"그래요. 뭔가 다른 게 있어요."

푸아로가 의자에 앉으며 말했다.

"여기 제가 앉아 있습니다. 내가 체비닉스고어라고 생각해 봐요. 나는 지금 내 책상에 앉아 있어요. 자살하기로 마음을 먹은 상태죠. 그 동기는 가문의 명예에 먹칠을 하는 무언가를 발견했기 때문이라고 해 둡시다. 아주 설득력 있는 동기는 아니지만 충분하기는 합니다.

에 비엥(자), 이제 내가 뭘 어떻게 할까요? 종이 위에 '미안하구나'라는 말을 적습니다. 그래요. 그건 충분히 가능한 일입니다. 그러고 나서는 책상 서랍을 열어 보관해 두었던 총을 꺼내지요. 장전하지 않았다면 장전을 한 뒤 총을 쏩니다. 맞나요? 아니요, 먼저 의자를 돌려야 합니다. 그리고 약간 오른쪽으로 몸을 기울이지요. 그러고 나서 관자놀이에 총을 대고 방아쇠를 당깁니다."

푸아로는 의자에서 벌떡 일어나 의자를 돌리고는 따지듯 물었다.

"이게 말이 됩니까? 왜 의자를 돌리지요? 가령 그쪽 벽에 액자라도 걸려 있었다면 설명이 될 수도 있겠죠. 초상화 같은 거라면 죽으려는 사람이 이승에서 마지막으로 눈에 담고 싶은 것일 수도 있으니까 말입니다. 하지만 벽에는 창문과 커튼밖에 없었어요. 아 농(말도 안 되오), 이것들로는 설명이 되지 않아요."

"창밖을 보고 싶어 한 것일 수도 있잖습니까. 저택의 대지를 마지막으로 보려고 말이죠."

"리들 소령님, 그런 말은 꺼내지도 마세요. 말도 안 된다는 것은 소령님도 잘 알잖습니까. 8시 8분이면 벌써 어두워진 때입니다. 그리고 커튼도 쳐져 있었고. 그건 말이 안 됩니다. 뭔가 다른 설명이 필요해요……."

"내가 아는 한에는 한 가지뿐입니다. 저 베이스 체비닉스고어는 미친 사람이었다는 거죠."

푸아로는 성에 차지 않는 듯 고개를 저었다.

리들 소령이 자리에서 일어섰다.

"갑시다. 나머지 사람들을 만나 이야기를 해 보지요. 그러면 뭔가 알아낼 수 있을 겁니다."

제6장

레이디 체비닉스고어에게서 진술을 확보하기가 영 힘들었던 터라 리들 소령은 포브스와 같은 날카로운 변호사를 상대하자 퍽 안심하였다.

포브스 씨는 극도로 신중을 기하며 진술했지만, 그의 대답은 모두 핵심 사항과 직접 연관이 있었다.

그는 저베이스 경의 자살이 큰 충격이었다는 사실은 인정했다. 또 저베이스 경은 스스로 목숨을 끊을 만한 사람이 절대 아니라고도 했다. 그는 저베이스 경이 그러한 행동을 저지를 만한 이유도 전혀 알지 못하고 있었다.

"저베이스 경은 나의 고객일 뿐 아니라 무척 오래된 친구지요. 어릴 적부터 알고 지낸 사이입니다. 그 친구는 항상 삶을 즐기며 살았다는 말씀을 드리고 싶군요."

"포브스 씨, 현재의 사정상 최대한 솔직하게 말씀해 주십사 부탁을 드리는 바입니다. 저베이스 경에게 혹시 생전에 남모를 걱정이나 슬픔이 있었는지 아시는 바가 없습니까?"

"없습니다. 물론 대부분의 사람들과 마찬가지로 사소한 고민거리가 있었습니다만, 심각한 걱정은 전혀 없었습니다."

"병도 없었나요? 저베이스 경과 레이디 체비닉스고어 사이에도 문제가 전혀 없었고요?"

"없었습니다. 저베이스 경과 레이디 체비닉스고어는 서로에게 헌신적이었어요."

리들 소령이 신중하게 말했다.

"레이디 체비닉스고어는 세상을 다소 흥미로운 시각으로 바라보는 것 같습니다만."

포브스 씨가 미소를 지었다. 너그럽고 남자다운 미소였다.

"숙녀분들에게는 자기만의 세상을 가질 자유가 있어야 하는 법이지요."

경찰서장이 말을 이었다.

"저베이스 경의 법률적 문제는 모두 포브스 씨가 처리하셨습니까?"

"그렇습니다. 제 회사 '포브스 오길비 앤드 스펜스'는 체비닉스고어 가문을 위해 벌써 100년도 훨씬 넘게 일하고 있습니다."

"체비닉스고어 가문에 어떤 불명예스러운 일은 없었습니까?"

포브스 씨의 눈썹이 치켜 올라갔다.

"글쎄, 무슨 말씀이신지 전 이해가 안 되는데요?"

"무슈 푸아로, 그 편지를 포브스 씨에게도 보여 주겠습니까?"

푸아로는 말없이 일어나 포브스에게 가볍게 인사를 한 후 편지를 건네주었다.

편지를 읽은 포브스 씨의 눈썹이 더욱 치켜 올라갔다.

"정말 특이한 편지군요. 이제 질문하신 뜻을 알겠습니다. 하지만 제가 아는 한 저베이스가 이런 편지를 쓸 만한 합당한 이유는 전혀 없습니다."

"저베이스 경은 이 문제에 관해 당신에게 일절 언급하지 않으셨다는 말씀이군요?"

"전혀 없었습니다. 만일 무슨 일이 있는데 제게 말을 안 했다면 그건 아주 이상한 일이라고 말씀 드릴 수 있습니다."

"저베이스 경은 당신에게 이야기를 잘 터놓았습니까?"

"그는 제 판단력에 많이 의지했습니다."

"그렇다면 이 편지가 무엇을 가리키는 건지 전혀 모르시겠군요."

"섣부른 추측은 하고 싶지 않습니다."

리들 소령은 포브스 씨의 미묘한 대답이 무엇을 의미하는지 알아차리고 말했다.

"그럼 포브스 씨, 저베이스 경의 유산이 어떻게 상속되는지는 말씀해 주실 수 있겠죠?"

"그럼요. 그 질문을 막을 생각은 전혀 없습니다. 저베이스 경은 아내에게 임대료로 나오는 연 6000파운드의 수입을 남기셨습니다. 그리고 레이디 체비닉스고어는 다우어 저택이나 로운즈 스퀘어 저택

중 마음에 드는 것을 하나 선택할 수 있습니다. 물론 유산은 여러 가지입니다만 특별한 것은 없습니다. 나머지 유산은 입양한 딸 루스에게 돌아갑니다. 여기에는 조건이 있는데 결혼할 때 남편이 체비닉스고어라는 성을 써야 한다는 것입니다.”

"조카인 휴고 트렌트 씨에게는 아무것도 남기지 않았습니까?”

"아니요. 5000파운드를 물려주셨습니다.”

"저베이스 경은 아주 부자였다고 들었는데요?”

"엄청난 부자입니다. 땅 말고도 갖고 있는 개인 재산이 아주 많습니다. 물론 옛날만큼 그렇게 큰 부자는 아니지만. 요즘에는 소득을 투자할 때마다 거의 항상 위험 부담이 따랐습니다. 또 저베이스 경은 한 회사에 꽤 많은 돈을 쏟아 붓기도 했습니다. 패러건 합성고무 회사였는데, 베리 대령의 설득에 넘어가 상당히 많은 돈을 투자했지요.”

"그다지 현명한 충고가 못 되었나 보지요?”

포브스 씨가 한숨을 지었다.

"퇴역한 군인들은 금융에 손을 대면 큰 피해를 보곤 합니다. 제가 발견한 사실인데, 그들은 미망인들보다도 남의 말에 훨씬 더 쉽게 넘어갑니다. 말이 좀 길어졌군요.”

"하지만 그 불운한 투자가 저베이스 경의 수입에 심각한 영향을 미친 건 아니지 않습니까?”

"아, 그렇습니다. 그렇게 심각한 영향을 미치진 않았습니다. 저베이스 경은 여전히 대단한 부자였습니다.”

"유언장을 작성한 건 언제입니까?"

"2년 전입니다."

푸아로가 낮은 목소리로 말했다.

"그런데 이 내용이라면 저베이스 경의 조카인 휴고 트렌트 씨에게 약간 불공평한 것 아닌가요? 어쨌든 그가 저베이스 경의 친가족 중에서는 가장 가까운 사람 아닙니까."

포브스 씨가 어깨를 들썩이며 말했다.

"가문의 역사를 고려하지 않을 수는 없는 거니까요."

"예를 들면……?"

포브스 씨가 이야기하기를 약간 주저하자 리들 소령이 말했다.

"우리가 체비닉스고어 가와 관련된 추문 같은 것을 들추어내려는 부정한 뜻을 가지고 있다고 생각하시면 안 됩니다. 저베이스 경이 왜 무슈 푸아로에게 이 편지를 보냈는지 설명이 되어야 하지 않겠습니까."

포브스 씨가 재빨리 말을 받았다.

"물론 저베이스 경이 조카를 대하는 태도에 대해 이야기한다고 해서 뭔가 험담할 거리가 있는 건 전혀 아닙니다. 다만 저베이스 경은 항상 가문 최고 권위자라는 역할을 아주 진지하게 생각했습니다. 그에게는 남동생과 여동생이 한 명씩 있었습니다. 남동생인 앤서니 체비닉스고어는 전쟁에 나갔다가 목숨을 잃었죠. 그런데 여동생 파멜라가 결혼할 때 저베이스 경이 반대를 했습니다. 그는 여동생이 결혼하기 전에 먼저 자신의 동의와 승낙을 얻어야 한다고 생각했던 거죠. 그는 체비닉스고어 가문과 사돈지간이 되기엔 트렌트 가문의 명성이 부족하다고 생각했습니다. 하지만 여동생은 저베이스 경의 생각을 웃어 넘겼습니다. 그래서 저베이스 경은 자신의 조카를 싫어하는 편이었습니다. 그리고 그 미움 때문에 아이를 입양할 결심을 한 것 같습니다."

"체비닉스고어 부부가 친자식을 가질 수 있는 희망은 전혀 없었습니까?"

"없었습니다. 결혼을 하고 1년 정도 지났을 때 사산된 아이를 낳은 적이 있습니다. 그때 병원에서는 레이디 체비닉스고어에게 아이를 갖지 못할 거라고 말했습니다. 그로부터 2년 정도 지나서 저베이스 경은 루스를 입양했습니다."

"그러면 루스 아가씨의 태생은 어떻습니까? 체비닉스고어 부부는 어떻게 그녀를 입양한 거죠?"

"루스 양은 먼 친척의 자녀인 것 같습니다."

푸아로가 말하며 가족의 초상화가 걸려 있는 벽을 바라보았다.

"예상했던 대로군요. 누가 봐도 루스 양은 체비닉스고어 집안과 같은 혈통이라는 걸 알 수 있어요. 코하며, 턱 선을 보세요. 이 벽에 걸려 있는 초상화들에서 그 모습을 여러 번 볼 수 있죠."

"루스 양은 체비닉스고어 집안의 기질도 물려받았지요."

포브스 씨가 냉담한 어조로 말했다.

"그럴 거라 생각했습니다. 루스 양과 양부 사이는 어땠습니까?"

"생각하시는 대롭니다. 격렬하게 다툰 게 한두 번이 아닙니다. 하지만 갈등이 있기는 했어도 그들 사이에는 공통점이 있었어요."

"그런데 루스 양 때문에 저베이스 경이 크게 근심을 하지는 않았습니까?"

"언제나 근심거리였지요. 하지만 목숨을 끊을 정도는 아니었다고 분명히 말씀드릴 수 있습니다."

푸아로가 수긍한다는 듯 말했다.

"아, 그건 맞는 말씀입니다. 제멋대로인 딸이 있다고 해서 아버지가 총으로 자살하지는 않지요. 그런데 아가씨는 상속을 받게 되어 있지 않습니까. 저베이스 경은 자신의 유언장을 고칠 생각을 전혀 하지 않았습니까?"

포브스 씨가 약간 불편한 마음을 숨기려는 듯 헛기침을 했다.

"으흠. 사실 제가 이 저택에 왔을 때(전 이틀 전에 이곳에 왔지요.) 저베이스 경이 새로운 유언장과 관련해 지시를 내린 것이 있었습니다."

리들 소령이 의자를 약간 앞으로 끌어당기며 물었다.

"그게 뭐였습니까? 그 이야기는 저희에게 하지 않으셨습니다."

포브스가 재빨리 말을 받았다.

"제게 저베이스 경의 유언장이 어떤 내용인지만 물었지 않습니까. 저는 그 질문에 대해 아는 바를 말씀 드렸고요. 새로운 유언장은 제대로 형식을 갖춘 게 아니었습니다. 서명해야 하는 부분이 많이 남아 있죠."

"내용은 무엇입니까? 그 내용으로 저베이스 경의 심경을 헤아려 볼 수도 있습니다."

"주된 내용은 아까 말씀드린 것과 같습니다. 하지만 체비닉스고어 양이 유산을 상속받으려면 반드시 휴고 트렌트 씨와 결혼을 해야 하지요."

"아하, 그렇군요. 아주 분명한 차이가 있는데요."

푸아로가 말했다.

"저는 그 조항에 찬성하지 않았습니다. 그리고 그 조항에 이의를 제기하려고 하면 얼마든지 가능하다는 점을 말해주는 것이 제 의무라는 생각도 들었습니다. 법정에서는 조건부적 유산 상속을 승인하지 않습니다. 하지만 저베이스 경은 결심이 아주 확고했지요."

"만일 체비닉스고어 양이(혹은 트렌트 씨도 함께) 그 조항에 따르지 않겠다고 하면 어떻게 됩니까?"

"트렌트 씨가 체비닉스고어 양과 결혼하지 않겠다고 하면 돈은 무조건 체비닉스고어 양에게 돌아갑니다. 하지만 트렌트 씨는 결혼할 의사가 있는데 체비닉스고어 양이 거절하면 그 돈은 휴고 트렌트 씨에게로 가지요."

"이상한 조항이로군요."

리들 소령이 말했다.

푸아로가 몸을 앞으로 내밀었다. 그는 변호사의 무릎을 손으로 가볍게 두드리며 말했다.

"그 속에 숨은 뜻이 뭡니까? 저베이스 경은 도대체 어떤 의중으로 그런 조항을 만들었을까요? 아주 분명한 무언가가 있는 게 틀림없습니다……. 제 생각에는 어떤 사람을 염두에 둔 것 같아요……. 그가 배제하려고 했던 어떤 사람 말입니다. 포브스 씨, 당신은 그 사람이 누군지 분명 알고 계실 것 같은데요?"

"글쎄요, 무슈 푸아로. 전 전혀 아는 바가 없습니다."

"그렇다면 추측이라도 해 보십시오."

"전 추측 같은 건 하지 않습니다."

포브스 씨가 기분 나쁘다는 투로 말한 후 쓰고 있던 코안경을 벗어 비단 손수건으로 닦으며 물었다.

"더 알고 싶은 게 있으신가요?"

"지금은 없습니다. 지금 제가 아는 한에는 말이지요."

푸아로가 말하자 포브스는 당신이 아는 건 그다지 많지 않을걸 하는 표정을 지었다. 그러고는 경찰서장에게로 시선을 돌렸다.

"감사합니다, 포브스 씨. 질문은 이상입니다. 가능하다면 체비닉스고어 양과 이야기를 나누고 싶은데요."

"그렇게 하시지요. 레이디 체비닉스고어와 함께 위층에 있을 겁니다."

"아, 그런데 그보다 그 사람 이름이 뭐였더라? 아, 버로스라는 신사분과 가문의 역사를 집필하는 그 여자분과도 먼저 이야기를 나누어야겠군요."

"둘 다 도서관에 있습니다. 내가 그들에게 전해 주지요."

제7장

 변호사가 방을 나가자 리들 소령이 말했다.
"이런 구식 법률 전문가들에게서 정보를 얻어내려 하니 조금 힘이 드는군요. 제가 보기엔 모든 사건의 중심에 그 아가씨가 있는 것 같은데요."
"그런 것 같습니다. 네, 그래요."
"아, 버로스가 오는군요."
 고드프리 버로스가 애써 몸에 밴 상냥한 태도를 보이며 방 안으로 들어섰다. 이를 살짝 드러내며 웃는 모습에서 조심스럽게 우울함이 배어났다. 우러나서 짓는 미소가 아니라, 기계적이라는 말이 더 어울리는 미소였다.
"그럼, 버로스 씨. 이제부터 몇 가지 질문을 하겠습니다."
"그러십시오, 리들 소령님. 물어보고 싶은 게 있으면 뭐든 물어보십시오."

"음, 먼저 단도직입적으로 저베이스 경이 자살할 만한 이유가 뭔지 나름대로 생각하는 게 있습니까?"

"전혀 없습니다. 난생 이렇게 충격적인 일은 처음입니다."

"총소리를 들었습니까?"

"아니요. 제 기억이 맞다면 저는 그때 분명 도서관에 있었습니다. 참고 자료가 필요해 아래층으로 좀 일찍 내려와서 도서관으로 갔습니다. 도서관은 서재 정반대편 오른쪽 맨 끝에 있기 때문에 전 아무 소리도 듣지 못했습니다."

"도서관에 또 누군가가 있었습니까?"

푸아로가 물었다.

"다른 사람은 아무도 없었습니다."

"그 당시에 저택의 다른 사람들은 어디에 있었는지 전혀 모르십니까?"

"아마 대부분 위층에서 옷을 입고 있었을 거라고 생각되는데요."

"응접실에 들어간 건 몇 시였나요?"

"무슈 푸아로께서 오시기 바로 직전이었습니다. 그때는 모든 사람이 응접실에 와 있었습니다. 물론 저베이스 경은 빼고요."

"그가 없는 것을 보고 이상하다고 생각했습니까?"

"네, 그랬습니다. 보통 때 같으면 저베이스 경은 첫 번째 종이 치기도 전에 항상 응접실에 와 계셨거든요."

"최근 저베이스 경의 행동에서 뭔가 달라진 점은 없었나요? 걱정거리가 있어 보이거나 우울해 보이지 않았습니까?"

고드프리 버로스가 생각에 잠겼다.

"아니요, 그런 것 같지는 않습니다. 무언가를 골똘히 생각하시는 것 같기는 했습니다."

"하지만 특정한 일로 걱정하는 모습은 아니었다는 건가요?"

"그렇습니다."

"금전과 관련한 걱정도 전혀 없었고요?"

"어떤 회사 때문에 약간 심란해하시기는 했습니다. 정확히 말하면 패러건 합성고무 회사입니다."

"그 회사에 대해 정확히 무슨 말을 했습니까?"

고드프리 버로스는 다시 한번 기계적인 미소를 지었다. 이번에도 그의 미소는 약간 비현실적으로 보였다.

"음, 사실대로 말씀드리면 다음과 같은 내용이었습니다. '베리 그 친구는 바보 아니면 악당이네. 내 생각에는 바보 같아. 하지만 밴다 얼굴을 봐서 봐줘야지.'"

"저베이스 경은 왜 '밴다 얼굴을 봐서'라는 말을 한 것일까요?"

"저, 그건 레이디 체비닉스고어께서 베리 대령님을 무척이나 좋아하시고, 베리 대령님은 레이디 체비닉스고어를 숭배했으니까요. 마치 개처럼 부인 뒤를 따라다녔습니다."

"저베이스 경은 전혀 질투하지 않았습니까?"

버로스가 푸아로를 빤히 쳐다보더니 웃음을 터뜨렸다.

"질투요? 저베이스 경이 질투를요? 그분은 질투라는 걸 어떻게 해야 하는지도 모르셨을 겁니다. 누군가가 자신보다 다른 사람을 더 좋아한다는 것은 그분 머리로는 결코 생각할 수 없었을 겁니다. 아시겠지만 저베이스 경에게 그런 일은 있을 수 없는 일입니다."

푸아로가 부드러운 목소리로 물었다.

"당신은 저베이스 체비닉스고어 경을 그다지 좋아하지 않은 것 같군요?"

버로스의 얼굴이 달아올랐다.

"아, 네. 그랬죠. 적어도, 음, 요즘 시대에 우습게 보이는 그런 종류의 것들에 대해서는 좀 그랬습니다."

"그런 것들이라니?"

푸아로가 물었다.

"글쎄요. 봉건적인 요소라고나 해야 할까요. 조상들을 떠받들고, 그 거만한 모습 같은 것 말입니다. 저베이스 경은 여러 가지 점에서 무척 유능하셨고 아주 흥미로운 삶을 사셨지만, 완전히 자아에 빠져 그렇게 자기 본위로 살지 않았다면 더 재미있는 분이 되셨을 겁니다."

"저베이스 경의 따님도 그 점에서 당신과 생각이 같았나요?"

버로스의 얼굴이 다시 한번 확 붉어졌다. 이번에는 한층 더 홍조를 띠었다.

"체비닉스고어 양은 아주 현대적인 생각을 가진 분 같기는 합니다. 하지만 제가 따님과 그 아버지에 대해 이야기하는 일은 없어야지요."

"하지만 사고방식이 현대적인 사람들은 자기 아버지에 대해 많이 이야기하곤 하죠. 자기 부모를 비판하는 것은 지극히 현대적인 풍조 아닙니까."

푸아로의 말에 버로스가 어깨를 들썩였다.

리들 소령이 물었다.

"아까 말한 것 외에 금전과 관련한 또 다른 걱정은 없었습니까? 저베이스 경이 횡령을 당하거나 하는?"

버로스는 무척 놀란 듯한 목소리로 말했다.

"횡령이오? 아니요, 없습니다."

"당신은 저베이스 경과 사이가 좋았습니까?"

"물론입니다. 안 그럴 이유라도 있습니까?"

"질문은 지금 내가 하고 있습니다, 버로스 씨."

젊은이는 언짢은 듯한 표정을 지었다.

"우리는 그 누구보다도 사이가 좋았습니다."

"당신은 저베이스 경이 무슈 푸아로에게 여기로 와 달라는 편지를 보냈다는 사실을 알고 있었습니까?"

"아니요."

"저베이스 경은 평소에 편지를 직접 씁니까?"

"아니요, 거의 제가 받아썼습니다."

"그런데 이번에는 그러지 않았다?"

"네."

"왜 그랬다고 생각하시죠?"

"통 모르겠는데요."

"왜 저베이스 경이 이 특이한 편지를 직접 썼는지 짚이는 이유가 전혀 없습니까?"

"없는데요."

리들 소령이 부드러운 목소리로 말을 이었다.

"또 궁금한 게 있습니다. 마지막으로 저베이스 경을 본 게 언제였습니까?"

"저녁 식사를 위해 옷을 입으러 가기 직전이었습니다. 서명이 필요한 서신 몇 통을 갖다 드렸죠."

"그때 저베이스 경의 태도는 어땠습니까?"

"지극히 정상적이었습니다. 아니, 사실은 무슨 일 때문인지는 몰라도 약간 기분이 좋으신 것 같았습니다."

푸아로가 의자에 앉은 채 몸을 약간 움직이면서 말했다.

"그랬습니까? 그건 당신이 받은 인상이었죠? 무슨 일 때문인지 기분이 좋아 보였다, 그런데 그로부터 얼마 지나지 않아 그는 총으로 자살을 했군요. 정말 이상한 일 아닙니까."

고드프리 버로스가 어깨를 들썩였다.

"전 단지 제 느낌을 말씀 드린 것뿐입니다."

"알고 있습니다. 그것도 아주 중요하지요. 그런데 살아 있는 저베이스 경을 마지막으로 본 사람은 아무래도 당신인 것 같네요."

"스넬이 마지막으로 본 사람 아닙니까?"

"저베이스 경을 보기는 했지만, 이야기를 나누지는 않았습니다."

버로스는 대답이 없었다.

리들 소령이 말했다.

"저녁을 위해 옷을 입으러 올라간 게 언제였죠?"

"7시 5분쯤입니다."

"저베이스 경은 뭘 하고 있었습니까?"

"계속 서재에 계셨습니다."

"저베이스 경이 옷을 갈아입는 데 보통 얼마나 시간이 걸립니까?"

"보통은 45분 꼬박 걸리셨습니다."

"그렇다면 저녁을 8시 15분에 먹을 예정이었으니까 아무리 늦어도 7시 30분에는 올라갔겠군요."

"아마 분명 그러셨을 겁니다."

"당신은 옷을 갈아입으러 일찍 올라갔네요?"

"네, 옷을 갈아입고 도서관에 가서 필요한 참고 자료를 찾아볼 생각이었습니다."

푸아로는 골똘히 생각에 잠긴 채 고개를 끄덕였다. 리들 소령이 말했다.

"우선은 이상이오. 린……인가 하는 그 여자분을 보내주겠습니까?"

작달막한 체구의 링가드 양이 경쾌한 걸음걸이로 방 안에 들어온 것은 버로스가 나가고 난 후 거의 곧바로였다. 그녀는 목걸이를 몇 개 차고 있었는데 앉을 때 그 목걸이들이 부딪히면서 약간 소리가 났다. 그녀는 궁금하다는 표정으로 두 남자를 번갈아 바라보았다.

"이번 사건으로 무척 상심하셨겠습니다, 링가드 양."

리들 소령이 입을 열었다.

"정말이지 무척 상심했어요."

링가드 양이 예의바르게 대답했다.

"이 저택에 오신 게 언제지요?"

"한두 달 전이오. 저베이스 경이 박물관에 있는 친구분에게 편지를 보냈어요. 포서링게이 대령이라는 분인데, 그분이 저를 추천해 주셨죠. 전 역사 조사 작업을 많이 했거든요."

"저베이스 경 밑에서 일하는 게 힘들지는 않았나요?"

"아, 그렇지 않았어요. 물론 저베이스 경 밑에서 일하려면 그분 비위를 약간 맞춰야 하기는 했지만, 제가 보기엔 남자들과 일하려면 비위를 맞춰야 하는 사람이 하나쯤은 꼭 있는 것 같아요."

리들 소령은 지금 이 순간 링가드 양이 자신의 비위를 맞추고 있는 것은 아닐까 불안해하면서 말을 이었다.

"이 저택에서는 저베이스 경이 책을 집필하도록 돕고 계셨죠?"

"네."

"어떤 일을 하신 거죠?"

잠시 링가드 양의 표정에서 아주 인간적인 모습이 엿보였다. 그녀는 눈을 반짝거리며 대답을 했다.

"뭐라 말씀 드릴까, 말 그대로 책을 집필하는 일이죠. 모든 정보를 찾고 필요한 내용을 적고 그 내용들을 정리하는 작업이에요. 그러고 나서 나중에는 저베이스 경이 쓰신 내용을 교정했죠."

"요령을 아주 많이 발휘하셔야 했겠습니다."

푸아로가 말했다.

"요령과 엄격함이오. 사람에게는 둘 모두가 필요하지요."

"저베이스 경이, 그러니까 당신의 그 엄격함에 화를 내지는 않았습니까?"

"전혀요. 물론 저는 저베이스 경에게 사소한 것들에 일일이 신경 쓰실 필요는 없다고 말씀을 드렸지요."

"아, 그러시군요. 알겠습니다."

"그건 정말 간단한 일이었지요. 제대로 된 방법만 알면 저베이스 경만큼 다루기 쉬운 사람도 없었어요."

"그런데 링가드 양, 이 비극을 해명할 만한 무언가를 알고 있는 것은 없나요?"

링가드 양은 고개를 저었다.

"유감이지만 없는 것 같군요. 그분이 제게 뭔가를 털어놓으실 리가 없잖아요. 저는 이방인이나 다름없으니까요. 설사 그렇지 않았다 해도 그분은 자부심이 너무 강해서 그 누구에게도 집안 문제에 대해 이야기하지 않으셨을 거예요."

"하지만 스스로 목숨을 끊은 이유가 집안 문제라고 생각하시는 것 아닙니까?"

링가드 양은 약간 놀란 표정을 지으며 말했다.

"당연하지요. 어떻게 달리 생각할 수 있겠어요?"

"집안 문제로 저베이스 경이 걱정하고 있다고 확신하셨다는 이야기지요?"

"그분이 마음속에 큰 고민을 안고 있다는 사실은 알고 있었지요."

"아, 그 사실을 아셨습니까?"

"그럼요, 왜 모르겠어요."

"그렇다면 저베이스 경이 당신에게 그 문제에 대해 이야기를 한 겁니까?"

"대놓고 말씀하신 건 아니었어요."

"그럼 뭐라고 했습니까?"

"뭐라고 했더라. 저베이스 경이 제가 하는 말을 듣고 있지 않다는 걸 알아차렸을 때였어요……."

"잠깐만요. 죄송합니다만, 그게 언제였죠?"

"오늘 오후예요. 우리는 보통 3시부터 5시까지 작업을 했죠."

"계속 이야기해 주시지요."

"제가 뭔가 이야기하고 있는데 저베이스 경은 집중하기 어려워하시는 눈치였어요. 아니, 집중이 안 된다고 말씀하시면서 몇 가지 중대한 문제 때문에 마음이 괴롭다고 하셨죠. 그러고는, 가만 뭐랬더라, 아, 이렇게 말씀하셨어요. (물론 정확히 이런 말이었는지는 확실하지 않아요.) '정말 끔찍한 일이오, 링가드 양. 가문이 생겨난 이래로 가장 명성이 높은 이때 그런 불미스러운 일이 생기다니 말이오.'"

"그래서 뭐라 말씀하셨나요?"

"아, 그냥 위로를 좀 해 드렸죠. 어느 세대나 못난 사람은 있기 마련이고, 그건 위대한 사람이 받는 징벌이라고 말한 것 같아요. 하지만 그들이 저지른 실책은 후손들이 기억하는 법이 거의 없다고도 했지요."

"그 말에 저베이스 경이 위로를 받는 것 같았습니까?"

"어느 정도는요. 우리는 다시 로저 체비닉스고어 경에 대한 작업을 했어요. 저는 당대에 남아 있는 기록에서 그에 관해 아주 흥미로운 사실을 발견한 참이었거든요. 하지만 저베이스 경은 다시 뒤숭숭한 모습이었어요. 결국 그분은 오늘 오후에는 더 이상 작업을 못 하겠다고 말씀하셨죠. 충격을 받았다고 하셨어요."

"충격이요?"

"그렇게 말씀하셨어요. 물론 전 아무것도 묻지 않았죠. 그저 '그런 이야기를 들으니 저도 마음이 안 좋네요, 저베이스 경.'이라고 말하자 그는 무슈 푸아로께서 도착하실 예정이라는 걸 스넬에게 전해 달라고 부탁하셨어요. 저녁 식사를 8시 15분으로 미루고 7시 50분 기차에 맞추어 차를 보내라는 이야기도 함께요."

"저베이스 경이 보통 때에도 그런 일들을 부탁하셨습니까?"

"음, 아니요. 사실 그건 버로스 씨가 해야 할 일이었지요. 저는 제가 담당하고 있는 책 작업 이외에는 하지 않았어요. 전 절대 비서가 아니었으니까요."

푸아로가 물었다.

"저베이스 경이 버로스 씨 대신 링가드 양께 그 일을 부탁하신 뚜렷한 이유가 있다고 생각하십니까?"

링가드 양은 곰곰이 생각에 잠겼다.

"글쎄요, 저베이스 경은 아마도…… 그때는 미처 생각을 못 했는데, 그저 그게 편한가 보다 했죠. 그런데 지금 생각해 보니 저베이스 경이 무슈 푸아로께서 오신단 이야기를 그 누구에게도 하지 말아 달라고 부탁하셨어요. 사람들을 놀래 주기 위한 것이라고 말씀하셨죠."

"아! 그런 말씀을 하셨습니까? 아주 이상하고, 또 흥미롭군요. 그래서 혹시 누구에게라도 말씀을 하신 건 아닌지?"

"그런 일은 없었어요, 무슈 푸아로. 스넬에게는 저녁 식사 이야기와 함께 운전기사를 보내 7시 50분 기차를 타고 오시는 신사분을 모셔오라고 이야기했죠."

"저베이스 경이 이 상황과 관련이 될 만한 다른 말씀은 하지 않으셨습니까?"

링가드 양은 생각에 잠겼다.

"네, 없었던 것 같아요. 그분은 신경이 아주 날카로웠어요. 제가 방을 나설 때 이렇게 말씀하셨던 게 기억이 나네요. '그가 지금 온다 해도 아무 소용이 없어. 너무 늦었어.'라고"

"그게 무슨 의미인지는 전혀 모르시겠습니까?"

"예."

링가드 양은 전혀 망설이는 기색 없이 짧게 대답했다.

푸아로는 인상을 찌푸린 채 그녀가 한 말을 되뇌었다.

"'너무 늦었어.'라고 했다? '너무 늦었어.'"

리들 소령이 말했다.

"저베이스 경이 어떤 상황 때문에 그토록 고민을 했는지 짚이는 부분이 전혀 없습니까?"

링가드 양이 느릿느릿 말했다.

"제 생각에는 휴고 트렌트 씨와 어느 정도 관련이 있는 것 같아요."

"휴고 트렌트 씨와요? 왜 그렇게 생각하시죠?"

"글쎄요, 확실한 건 절대 아니지만 어제 오후 휴고 드 체비닉스 경에 대한 내용을 손보고 있었어요.(이런 말씀드리기가 좀 곤란하지만 장미 전쟁이 일어났을 때 그다지 평판이 좋지 않았던 분이지요.) 저베이스 경이 말씀하셨죠. '내 여동생은 휴고라는 이름을 아들에게 붙였소. 우리 가문에서는 항상 별 볼 일 없는 이름이었는데 말이오. 결국에는 휴고라는 이름 때문에 잘되는 법이 없다는 걸 알게 될 거요.'"

"말씀하신 내용이 아주 큰 도움이 되고 있습니다. 정말이지, 덕분에 새로운 생각을 하게 되었습니다."

푸아로가 말했다.

"저베이스 경이 그보다 더 분명하게 말한 것은 없습니까?"

리들 소령이 묻자 링가드 양은 고개를 저었다.

"없었어요. 사실 제가 뭔가 얘기할 수 있는 입장은 못 돼요. 저베이스 경은 그냥 혼잣말을 하신 거니까요. 저에게 하신 이야기가 아니라."

"그러시군요. 당신은 저택 외부 사람으로서 두 달간 이 저택에 머무셨습니다. 마드무아젤. 이곳의 가족과 저택 사람들에 대한 인상을 말씀해 주신다면 무엇보다 귀중한 정보가 될 것 같은데요."

푸아로의 말에 링가드 양은 코안경을 벗고 눈을 깜박거리며 기억을 더듬었다.

"글쎄요, 정말 솔직히 말하면 처음에는 정신병원에라도 걸어 들어온 듯한 느낌이었어요. 레이디 체비닉스고어는 계속 있지도 않는 것들이 보인다고 하질 않나, 저베이스 경은 자신이 무슨 왕이라도 되는 양 행동하고 그 누구도 생각 못 할 유별난 방식으로 자신을 미화시키곤 했어요. 정말이지 내 평생 이렇게 괴상한 사람들은 처음 보았어요. 물론 체비닉스고어 양은 지극히 정상이었어요. 그리고 얼마 지나지 않아 레이디 체비닉스고어도 실제로는 친절하고 훌륭한 여자라는 걸 알게 되었지요. 이제까지 레이디 체비닉스고어만큼 제게 친절과 호의를 베풀어 준 사람은 없을 정도예요. 하지만 저베이스 경은, 글쎄요, 제 생각엔 정말로 미친 것 같아요. 병적으로 자기중심적이죠. 그렇게 말할 수 있지 않겠어요? 그 성향은 날이 갈수록 심해졌죠."

"다른 사람들은 어땠습니까?"

"제 생각에 버로스 씨는 분명히 저베이스 경 때문에 한동안은 힘들었을 거예요. 책 작업 때문에 조금이나마 숨통이 트여서 기뻐했던 것 같아요. 베리 대령님은 언제나 멋진 모습을 보여 줬어요. 그분은 레이디 체비닉스고어에게 헌신적이었고 저베이스 경을 아주 잘 다뤘지요. 트렌트 씨와 포브스 씨, 카드웰 양은 여기 온 지 불과 며칠밖에 되지 않아서 그들에 대해서는 별로 아는 게 없네요."

"감사합니다. 재산 관리인이라는 레이크 대위는 어떤 사람입니까?"

"아, 아주 훌륭한 사람이에요. 모두들 그를 좋아하지요."

"저베이스 경도 말입니까?"

"네, 그랬어요. 저베이스 경이 레이크 씨를 두고 자신이 만난 재산 관리인 중 최고라고 이야기하는 걸 들은 적이 있어요. 물론 레이크 대위님 역시 저베이스 경 때문에 애를 먹기는 했죠. 하지만 그는 대체적으로 잘 해나갔어요. 쉬운 일은 아니었지만."

푸아로는 골똘히 생각에 잠긴 채 고개를 끄덕였다. 그가 중얼거렸다.

"뭔가, 뭔가가 있는데……. 링가드 양께 물어보려고 생각해 뒀던 게 있었습니다. 다소 사소한 것이긴 했지만……. 도대체 그게 뭐였지?"

링가드 양은 느긋한 얼굴로 푸아로를 바라보았다.

푸아로가 애타는 듯한 몸짓으로 고개를 가로저었다.

"이런! 혀끝에서 맴돌기만 하는군."

리들 소령은 잠시 기다렸다가 푸아로가 계속 난처한 표정으로 인상을 쓰고 있자 다시 한 번 심문에 들어갔다.

"저베이스 경을 마지막으로 본 것이 언제였습니까?"

"티타임 때요. 이 방에 있었죠."

"그때 저베이스 경의 태도는 어땠습니까? 정상이었나요?"

"평소와 별다른 점이 없었어요."

"모여 있던 사람들 사이에서 긴장감 같은 것은 느껴지지 않았나요?"

"네, 제가 보기엔 사람들 모두 지극히 정상이었어요."

"차를 마신 뒤 저베이스 경은 어디로 갔습니까?"

"보통 때처럼 버로스 씨를 데리고 서재로 갔어요."

"그게 당신이 본 저베이스 경의 마지막 모습이었나요?"

"네, 저는 제가 작업을 하는 조그만 거실로 가서 저베이스 경과 함께 자료로 검토했던 책 일부를 저녁 7시까지 타이핑했어요. 그러고 나서 위층으로 올라가 잠깐 쉬고 저녁 식사를 위해 옷을 갈아입었죠."

"제가 알기로는 총소리를 실제로 들으셨다고 하던데?"

"네, 이 방에 있을 때였어요. 총소리 같은 것이 들리기에 홀로 나왔는데, 트렌트 씨와 카드웰 양이 있더군요. 트렌트 씨는 스넬에게 저녁 식사 때 샴페인이 나오느냐고 물어보면서 농담을 몇 마디 했어요. 안타깝게도 그때 우리는 그 소리를 결코 심각하게 받아들이지 않았어요. 차 엔진이 역화하는 소리인 게 분명하다고 생각했죠."

"트렌트 씨가 '살인은 항상 있는 일이지.'라고 말하는 걸 들었습니까?" 푸아로가 물었다.

"그 비슷한 말을 들은 것 같아요. 물론 농담이었지요."

"그 다음에는 어떻게 됐죠?"

"우리 모두 이 방으로 들어왔어요."

"다른 사람들이 저녁 식사를 하러 내려 온 순서를 혹시 기억하십니까?"

"체비닉스고어 양이 제일 먼저 왔던 것 같아요. 그리고 나서 포브스 씨가 들어왔죠. 베리 대령님과 레이디 체비닉스고어가 함께 들어오고 그들 다음에 곧바로 버로스 씨가 들어왔어요. 순서가 그랬던 것 같은데 확실하지는 않아요. 거의 한꺼번에 들어온 거나 다름없었거든요."

"첫 번째 종소리를 듣고 모인 건가요?"

"네, 사람들은 다 종소리를 들으면 서두르곤 했지요. 저베이스 경은 저녁 식사 시간을 지키는 문제에 대해서 지나치게 까다로운 사람이었으니까요."

"보통 저베이스 경은 언제 내려왔습니까?"

"그분은 첫 번째 종이 치기도 전에 거의 항상 이 방에 와 계세요."

"그럼 오늘 사건이 일어났을 당시 그가 내려와 있지 않은 걸 보고 놀라셨겠습니다?"

"아주 많이 놀랐어요."

"아, 생각났다!"

푸아로가 소리쳤다.

두 사람이 호기심 어린 눈초리로 푸아로를 바라보았다.

"여쭤보고 싶었던 것이 방금 기억났습니다. 오늘 저녁 문이 잠겨 있다는 스넬의 이야기를 듣고 우리 모두 서재 쪽으로 갈 때 말입니다. 그때 당신은 웅크리고 앉아서 무언가를 주웠습니다."

"제가 그랬나요?"

링가드 양은 무척 놀라는 것처럼 보였다.

"네, 우리가 서재로 통하는 일직선의 복도에 막 들어섰을 때였습니다. 뭔가 작고 반짝이는 것이었는데요."

"정말 대단하시군요. 전 기억이 나지 않는데 말이에요. 잠깐만요, 아, 그래요. 미처 생각을 못했네요. 어디 보자, 분명 여기 있을 텐데."

그녀는 가지고 있던 검정색 공단 가방을 열어 안에 들어 있는 것을 탁자 위로 쏟아냈다.

푸아로와 리들 소령은 흥미있게 가방 안에 들어 있던 것들을 살펴보았다. 손수건 두 장과 파우더 콤팩트 하나, 작은 열쇠 꾸러미, 안경집 하나와 함께 그 물건이 들어 있었다. 푸아로는 그것을 움켜쥐었다.

"세상에, 총알이로군!"

리들 소령이 말했다.

하지만 그 물건은 알고 보니 작은 연필이었다.

"그게 바로 제가 주운 물건이에요. 완전히 잊고 있었어요."

링가드 양이 말했다.

"이 물건이 누구 것인지 아십니까, 링가드 양?"

"네, 베리 대령님이 가지고 있던 거예요. 남아프리카 전쟁에서 자신을 명중시킨(엄밀히 말하면 명중한 건 아니겠지요.) 총알로 만든 거라더군요."

"베리 대령이 이걸 마지막으로 갖고 있던 때가 언제인지 아십니까?"

"글쎄요, 오늘 오후에 브리지게임을 하고 있을 때엔 가지고 있었어요. 제가 차를 마시러 왔을 때 베리 대령님이 이걸 가지고 점수를 적는 것을 봤거든요."

"브리지게임을 한 건 누구누구입니까?"

"베리 대령님과 레이디 체비닉스고어, 트렌트 씨 그리고 카드웰 양이오."

"이걸 우리가 직접 대령님께 돌려줘도 될까요?"

푸아로가 부드러운 목소리로 말했다.

"아, 그렇게 해 주세요. 전 워낙 건망증이 심해서 잊어버리고 돌려주지 못할 거예요."

"그럼 링가드 양, 저희를 위해 호의를 베푸셔서 베리 대령님을 지금 여기로 불러 주시겠습니까?"

"기꺼이 그렇게 하지요. 지금 당장 나가서 그를 찾아볼게요."

그녀는 서둘러 방을 나갔다. 푸아로는 자리에서 일어나 방을 배회하기 시작했다.

"이제 오늘 오후 상황을 재구성해 봅시다. 흥미로울 겁니다. 2시 30분에 저베이스 경은 레이크 대위와 함께 은행 계좌를 검토했습니다. 그때 그는 어딘가에 약간 정신이 팔려 있었지요. 3시에는 링가드 양과 함께 자신이 집필하고 있는 책에 대해 이야기를 나눴고, 이때 그는 뭔가 큰 고민을 안고 있었습니다. 링가드 양은 저베이스 경이 지나가듯 한 말에서 그 고민이 휴고 트렌트와 연관이 있다고 했지요. 티타임 때 그의 행동은 정상적이었습니다. 그리고 고드프리 버로스의 말에 따르면 차를 마시고 난 후 저베이스 경은 무슨 일인지는 몰라도 기분이 좋았어요. 8시 5분 전, 그는 아래층으로 내려와 자신의 서재로 가서는 종이에 '미안하구나'라는 말을 휘갈겨 쓰고는 총으로 자살을 했습니다."

리들이 느릿느릿 말했다.

"당신 말이 무슨 뜻인지 알겠습니다. 앞뒤가 맞지 않는군요."

"저베이스 경의 심경 변화가 이상하지 않습니까? 어딘가에 정신이 팔려 있다가, 완전히 낙담했다가, 정상이었다가, 기분이 좋아진 것 말입니다. 이 부분에 아주 이상한 점이 있어요. 그리고 그가 '너무 늦었어.'라는 말을 한 것도 그렇고요. 그 말은 내가 여기 '너무 늦게 왔다'는 의미일 겁니다. 그 말이 사실이긴 하죠. 난 너무 늦게 도착했어요. 살아 있는 그를 보지 못했으니."

"알겠군요. 혹시……?"

"이제 보니 저베이스 경이 날 부른 이유를 결코 알 수가 없겠군요! 그건 분명 확실해요."

푸아로는 계속 방 안을 배회했다. 그는 난로 선반 위에 놓아 물건 한두 개를 매만지고, 벽을 등지고 있는 카드 탁자를 면밀히 조사했다. 그는 탁자 서랍을 열어 브리지게임 점수판을 꺼내어 보았다. 그러더니 책상 쪽으로 걸어가 쓰레기통 안을 들여다보았다. 쓰레기통 속에는 종이봉투 하나 외에는 아무것도 없었다. 푸아로는 그것을 꺼내들더니 냄새를 맡으며 "오렌지군."이라고 중얼거렸다. 그러고는 봉투를 잘 펴서 봉투에 써 있는 이름을 읽었다.

"카펜터 앤드 선스, 과일 가게, 햄버러 세인트 메리."

푸아로가 봉투를 네모반듯하게 접고 있는 순간 베리 대령이 방 안으로 들어섰다.

제8장

베리 대령은 의자에 털썩 주저앉아 고개를 가로저으며 한숨을 짓더니 말했다.

"리들, 이건 정말 끔찍한 일입니다. 그런데도 레이디 체비닉스고어는 정말 멋진 모습을 보여 주고 있어요. 대단한 여자예요. 용기가 정말 엄청나지 않은가요."

푸아로가 조용히 의자로 돌아오며 말했다.

"레이디 체비닉스고어와 알고 지낸 지는 오래되셨습니까?"

"그렇습니다. 사교계 데뷔 파티에서 만났지요. 그녀는 머리에 장미꽃 봉오리를 꽂고 나풀거리는 새하얀 드레스를 입고 있었지요……. 방 안의 그 누구도 그녀에게 손대지 못했습니다."

그는 감격에 겨운 목소리로 말했다. 푸아로는 베리 대령에게 연필을 내밀어 보였다.

"이건 대령님의 물건 같은데요?"

"어? 뭐요? 아, 감사합니다. 오늘 오후 브리지게임을 할 때 썼었죠. 세상에, 그런데 오늘 세 번 연속이나 스페이드 패가 잘 들어와서 아녀 보너스를 받았지 뭡니까. 전에는 한 번도 없던 일인데 말입니다."

"차를 드시기 전에 브리지게임을 하신 걸로 아는데, 차를 마시러 들어왔을 때 저베이스 경의 심경은 어떤 상태였습니까?"

"평소와 전혀 다를 바 없었습니다. 그가 스스로 목숨을 끊을 생각을 하고 있었다는 건 꿈에도 몰랐어요. 지금 생각해 보니 평소보다 약간 들떠 있던 것 같기도 하군요."

"그를 마지막으로 본 것이 언제입니까?"

"바로 그때입니다. 티타임 말입니다. 그 이후로는 그 불쌍한 녀석이 살아 있는 모습을 두 번 다시 보지 못했죠."

"차를 마신 후 서재에 간 일은 전혀 없었습니까?"

"없었습니다. 그를 두 번 다시는 보지 못했다니까요."

"저녁 식사를 하기 위해 내려 온 게 몇 시였죠?"

"첫 번째 종이 울린 후였습니다."

"당신은 레이디 체비닉스고어와 함께 내려왔습니까?"

"아닙니다. 우리는, 그러니까 홀에서 만났습니다. 그녀는 꽃이나 뭐 그런 것들을 살펴보려고 식당에 들어갔던 것 같습니다."

리들 소령이 말했다.

"베리 대령님, 괜찮으시다면 다소 개인적인 질문을 하나 하겠습니다. 패러건 합성고무 회사 문제 때문에 당신과 저베이스 경 사이에 어떤 문제는 없었습니까?"

베리 대령이 얼굴을 갑자기 붉혔다. 그는 약간 침까지 튀기며 말했다.

"그런 일은 전혀, 전혀 없었습니다. 저베이스 그 친구는 상식이 도무지 없는 사람이었습니다. 그 점을 유념하셔야 합니다. 항상 자신이 손대는 것은 뭐든 대박이 나길 기대했어요. 어떤 세상이든 고난의 시기가 있다는 사실을 깨닫지 못했습니다. 주식이나 지분도 상황이 나쁠 때가 있는 법입니다."

"그렇다면 당신과 저베이스 경 사이에 어느 정도 불화가 존재했다는 뜻이군요?"

"불화 같은 건 없었습니다. 단지 저베이스 그 친구에게 상식이 전혀 없었다는 이야기일 뿐입니다."

"저베이스 경이 손실을 입은 것 때문에 당신을 책망한 적이 있습니까?"

"저베이스는 정상이 아닌 사람입니다! 밴다는 그 점을 잘 알고 있지요. 하지만 그녀는 저베이스를 항상 능란하게 다뤄 왔습니다. 그저 모든 것을 그녀에게 맡기기만 하면 되었습니다."

푸아로가 헛기침을 하자 리들 소령이 그를 흘긋 바라보더니 화제를 돌렸다.

"베리 대령님, 당신은 이 저택의 가족과 아주 오랜 친구 사이라고 들었습니다. 저베이스 경이 자신의 돈을 어떤 식으로 물려줄 예정인지 아는 바가 있으십니까?"

"글쎄요, 아마도 재산 상당 부분은 루스에게 돌아갈 겁니다. 저베이스가 무심결에 흘린 말들을 종합해 보면 말입니다."

"그것이 휴고 트렌트에게는 너무 불공평한 처사라고 생각지 않으십니까?"

"저베이스는 휴고를 좋아하지 않았습니다. 휴고라면 딱 질색을 했죠."

"하지만 그는 가문을 끔찍하게 생각한 사람이었습니다. 그런 면에서 볼 때 체비닉스고어 양은 입양한 딸일 뿐이지 않습니까."

베리 대령은 잠시 머뭇거리더니 말했다.

"당신들에게 이야기를 하나 해 주는 게 좋을 것 같습니다. 하지만 철저히 비밀에 부쳐야 합니다."

"물론 그러겠습니다. 염려 마십시오."

"루스는 사생아이긴 하지만 체비닉스고어 가문 사람입니다. 전쟁에 나갔다가 죽은 남동생 앤서니의 딸이지요. 어떤 타이피스트와 연애를 했던 모양입니다. 앤서니가 죽었을 때 그 여자가 밴다에게 편지를 보냈습니다. 밴다가 그 여자를 만나러 갔는데, 임신 중이었지요. 밴다는 그 문제를 저베이스와 상의했습니다. 마침 그때 밴다는 의사에게서 다시는 아이를 갖지 못할 거라는 이야기를 들은 터였습니다. 그래서 그들은 아이가 태어나자 데리고 와서 정식으로 입양을 했습니다. 아이 엄마는 모든 권리를 포기했습니다. 그들은 루스를 데려와서 친딸처럼 키웠고 사실상 친딸이나 다름없습니다. 루스 생긴 것만 봐도 그애가 체비닉스고어 집안사람이라는 건 바로 알 수 있지요."

"아하, 그렇군요. 그 이야기를 들으니 저베이스 경이 왜 그런 태도를 보였는지 훨씬 더 분명해지는군요. 하지만 저베이스 경이 휴고 트렌트를 좋아하지 않았다면 왜 휴고 트렌트 씨와 마드무아젤 루스를 결혼시키지 못해 안달했을까요?"

푸아로가 물었다.

"가계도를 제대로 세우기 위해서였을 겁니다. 그것이 모양새를 중시하는 그의 성에 차는 일이었지요."

"저베이스 경이 그 젊은이를 좋아하지 않거나 혹은 믿지 않는다 해도 말입니까?"

베리 대령이 콧방귀를 뀌며 말했다.

"당신은 저베이스 그 친구가 어떤 사람인지 전혀 모르고 있습니다. 그는 사람들을 사람답게 대하지 않았어요. 왕실 사람이라도 되는 것처럼 혼인 관계를 정하곤 했죠. 저베이스는 루스와 휴고가 결혼을 해서 휴고가 체비닉스고어라는 이름을 쓰는 것이 맞다고 생각했습니다. 휴고와 루스가 어떻게 생각하는지는 중요한 게 아니었지요."

"루스 아가씨는 그런 아버지의 뜻에 따를 의향이 있었습니까?"

베리 대령이 킬킬거리며 웃었다.

"그럴 리가요. 루스가 얼마나 드센 아이인데."

"저베이스 경이 죽기 직전에 체비닉스고어 양이 트렌트 씨와 결혼을 해야만 유산을 상속받을 수 있다는 새로운 내용의 유언장을 작성하려 했다는 사실을 알고 계셨습니까?"

베리 대령이 휘파람을 불더니 말했다.

"정말로 루스와 버로스의 관계를 끝내려는 심산이었군……."

그는 이 말을 하기가 무섭게 말끝을 흐렸으나 이미 엎질러진 물이었다. 푸아로가 그의 입에서 나온 말을 물고 늘어졌다.

"루스 아가씨와 버로스라는 그 젊은 친구 사이에 뭔가가 있나요?"

"그런 일은 아마도 없을 겁니다. 아니, 그런 일은 전혀 없어요."

리들 소령이 헛기침을 하더니 말했다.

"베리 대령님, 알고 계시는 것은 모두 털어놓으시는 게 좋을 것 같습니다. 저베이스 경의 심경이 어땠는지 직접 관련이 있을 수 있으니까요."

베리 대령이 미심쩍다는 듯 입을 열었다.

"그럴 수도 있겠군요. 글쎄요, 사실 버로스라는 젊은이가 그렇게 못난 친구는 아니지요. 적어도 여자들은 그렇게 생각하는 모양입니다. 그 젊은이와 루스가 요새 사이가 특히 좋아 보였어요. 저베이스는 그것을 탐탁치 않게 여겼고, 사실 아주 싫어했지요. 하지만 버로스를 해고하면 오히려 일을 그르칠까 봐 염려했습니다. 저베이스는 루스 성격을 잘 알고 있었죠. 루스는 어떤 식으로든 명령에는 따르려고 하지 않았어요. 내 생각에는 저베이스가 그런 계획을 짜낸 것 같습니다. 루스는 사랑을 위해 모든 것을 포기할 그런 아이는 아니에요. 호화로운 생활도 즐길뿐더러 돈도 좋아하지요."

"대령님은 버로스 씨를 좋아하시나요?"

대령은 고드프리 버로스는 태생이 약간 천하다고 말했다. 푸아로는 이 발언에 할 말을 완전히 잃었고, 리들 소령은 콧수염 아래로 미소를 지어 보일 뿐이었다.

몇 가지 질문이 더 오고 간 뒤 베리 대령이 자리를 떠났다.

리들은 생각에 빠진 채 앉아 있는 푸아로를 흘긋 보더니 말했다.

"뭘 좀 건졌습니까, 무슈 푸아로?"

작달막한 체구의 사내는 두 손을 들어올리며 말했다.

"패턴이 보이는 것 같습니다. 의도적인 모양새 말입니다."

"어려운 말이군요."

"그래요, 어렵습니다. 하지만 가볍게 이야기한 그 한마디가 점점 더 중요한 것처럼 보이고 있어요."

"어떤 말 말입니까?"

"휴고 트렌트가 웃으며 했다던 그 말 말입니다. '살인은 항상 있는 일이지.'"

리들이 예리한 표정으로 말했다.

"그렇군요, 당신이 죽 그 방향으로 가고 있다는 걸 알 수 있었습니다."

"그렇게 생각하지 않습니까? 사실을 점점 더 알아갈수록 자살 동기는 더욱 찾아볼 수가 없지 않습니까. 하지만 살인 동기는 의외로 많이 보이기 시작했습니다."

"하지만 사실을 유념해야 합니다. 문은 닫혀 있었고, 열쇠는 죽은 자의 주머니에 들어 있었다는 사실 말이죠. 아, 물론 방법이 있다는 것은 나도 압니다. 구부러진 핀이나 끈 같은 것을 사용하는 방법 말이지요. 그런 방법들이 가능할 것 같기는 해요……. 하지만 그 방법이 실제로도 통합니까? 나는 그 점이 심히 의심스럽습니다."

"어하튼 자살의 관점이 아니라 살인의 관점에서 한번 잘 생각해 보지요."

"좋습니다. 당신이 현장에 있었다는 사실을 보면, 살인일 가능성도 있기는 하지요."

잠시 푸아로가 미소를 지어 보였다.

"그다지 듣기 좋은 말씀은 아니군요."

푸아로는 다시 엄숙한 얼굴이 되었다.

"그럼 살인이라는 관점에서 사건을 자세히 들여다보기로 합시다. 총소리가 들렸을 때 홀에는 링가드 양, 휴고 트렌트, 카드웰 양 그리고 스넬 네 사람이 있었습니다. 다른 사람들은 어디 있었지요?"

"버로스는 자기 말로는 도서관에 있었다고 했습니다. 하지만 그 말을 확인해 줄 사람은 없지요. 다른 사람들은 아마 각자 자기 방에 있었을 테지만 정말 거기 있었는지도 알 방법이 없고요. 사람들은 모두 따로 아래층에 내려 온 것 같아요. 심지어 레이디 체비닉스고어와 베리도 홀에서 만났죠. 레이디 체비닉스고어는 식당에서 나왔고 말입니다. 그런데 베리는 어디서 오는 길이었을까요? 혹시 위층이 아니라 서재에서 나오는 길이 아니었을까요? 거기에 그 연필이 있었으니까요."

"그 연필은 분명 흥미로운 물건입니다. 내가 연필을 꺼냈을 때 베리 대령이 어떤 감정을 보이진 않았지만, 그건 내가 연필을 어디서 발견했는지· 모르거나 자신이 연필을 떨어뜨렸다는 사실조차 몰랐기 때문일 수 있어요. 그런데 그 연필을 사용할 때 함께 브리지게임을 했던 사람들이 또 누구였지요? 휴고 트렌트와 카드웰 양. 하지만 이들은 용의자 선상에서 제외되지요. 링가드 양과 집사가 이들의 알리바이를 증명해 줄 수 있기 때문이지요. 그럼 남은 한 사람은 레이디 체비닉스고어입니다.”

“그녀에게 혐의를 둘 근거는 별로 없습니다.”

“왜 안 됩니까? 난 모든 사람에게 혐의를 둘 수 있습니다. 겉으로는 남편에게 헌신하는 것 같아도 진심으로 사랑하는 건 충직한 베리일 수도 있지 않겠습니까?”

“흠, 몇 년 동안 일종의 삼각관계로 지내왔다?”

리들이 말했다.

“그리고 그 회사 때문에 저베이스 경과 베리 대령 사이에 불화가 있었지요.”

“저베이스 경이 정말 비열한 방책을 썼을 수도 있습니다. 그와 관련한 정황은 속속들이 알 수가 없지요. 혹시 당신을 부른 것과 연관이 있을지도 모르죠. 가령 베리가 자신의 돈을 횡령한다는 의심이 가긴 하는데, 그걸 사람들에게 알리기는 싫었던 겁니다. 아내도 연루되어 있을지 모른다는 의심이 들었기 때문이지요. 이건 충분히 가능한 시나리오입니다. 그런 시나리오라면 그 두 사람의 동기가 모두 그럴듯하게 설명이 되지 않습니까? 그리고 레이디 체비닉스고어가 남편의 죽음을 그토록 침착하게 받아들이는 것도 약간은 이상하고 말입니다. 영혼 운운했던 것은 모두 연극일 수도 있어요."

"하지만 그럴 경우에도 한 가지 복잡한 문제가 남습니다. 체비닉스고어 양과 버로스 말입니다. 저베이스 경이 새 유언장에 서명을 하지 않는 편이 그들에게는 훨씬 좋지요. 지금처럼 남편이 가문의 성을 따른다는 조건에서 모든 것을 물려받는 게 말입니다······."

"그렇죠. 그리고 버로스가 오늘 저녁 저베이스 경의 태도를 설명할 때 약간 미심쩍은 부분이 있었습니다. '어떤 일인지는 몰라도 기분이 아주 좋아 보였다.' 그것은 우리가 들은 다른 이야기와 일치하지가 않아요."

"또 포브스 씨도 그렇습니다. 그 사람은 전통이 오래되고 기반이 확실한 회사를 가지고 있는 빈틈없는 인물입니다. 하지만 변호사들은 그 누구보다 존경을 받는 사람들이라 해도 자신이 궁지에 빠지면 고객의 돈을 착복하기로 유명하지요."

"푸아로 씨, 너무 감정적으로 접근하는 것 아닙니까?"

"제 생각이 너무 영화 같다고 생각하시는 겁니까? 하지만 리들 소령님, 삶은 영화와 놀라울 정도로 비슷할 때가 많답니다."

"하지만 이곳 웨스트셔에서는 이제까지 그런 적이 없었어요. 자, 이제 나머지 사람들 심문을 마저 하는 게 어떻겠습니까? 시간도 늦었으니 말입니다. 우리는 아직 루스 체비닉스고어도 못 만나 봤어요. 아무래도 그 아가씨가 이 사건의 핵심인 것 같은데 말입니다."

경찰서장이 말했다.

"맞아요. 그리고 카드웰 양도 남았지요. 오래 걸리지 않을 것 같으니 카드웰 양을 먼저 만나 봅시다. 체비닉스고어 양은 맨 나중에 보도록 하지요."

"아주 좋은 생각입니다."

제9장

그날 저녁 푸아로는 수전 카드웰을 얼핏 보기만 했던 터였다. 이제 그는 좀 더 세심하게 그녀를 살펴보았다. 딱히 예쁘다고는 할 수 없었지만 총명해 보였고, 단순히 예쁘기만 한 여자들이 부러워할 만한 묘한 매력이 있는 아가씨였다. 머리칼은 유난히 멋졌고, 화장 솜씨도 훌륭했다. 푸아로는 그녀의 눈에 경계하는 빛이 보인다고 생각했다.

몇 가지 형식적인 질문을 던진 뒤에 리들 소령이 말했다.

"카드웰 양, 당신이 이 가족과 얼마나 가까운 친구인지 잘 모르겠군요."

"전 이 집 가족은 전혀 몰라요. 휴고가 이 저택에 초대를 받을 수 있도록 주선해 주었어요."

"그러면 아가씨는 휴고 트렌트 씨의 친구입니까?"

"네, 그렇게 말해야겠지요. 휴고의 여자친구요."

수전은 늘어지게 말하면서 미소를 지어 보였다.

"그를 알고 지낸 지는 오래 됐습니까?"

그녀는 잠시 뜸을 들였다.

"아니요, 한 한 달 정도. 그와 약혼한 사이라고 할 수 있어요."

"그러면 당신을 친척들에게 소개시키려고 여기 데려온 건가요?"

"아, 그런 건 전혀 아니에요. 우리는 그 일은 될 수 있으면 밝히지 않으려고 아주 조심하고 있어요. 전 그냥 형세가 어떤지 한번 엿보러 온 거예요. 휴고는 이 집이 정신병원 같다고 했거든요. 저는 직접 가서 한번 보는 게 좋겠다고 생각했어요. 우리 휴고는 정말 더없이 사랑스러운 사람이지만 머리는 지독히 나쁘거든요. 아시겠지만 우리 처지가 다소 곤란해졌어요. 휴고도 저도 돈은 한 푼도 없는데 휴고의 가장 큰 희망인 저베이스 경이 휴고와 루스를 짝짓겠다고 마음을 먹었잖아요. 휴고는 약간 우유부단해요. 그 사람은 그 결혼에 동의했다가 나중에 정리할 수 있다고 생각할지도 몰라요."

"그런데 그 생각이 아가씨에게는 그렇게 바람직해 보이지 않는 모양이군요?"

푸아로가 부드러운 목소리로 물었다.

"말도 안 돼요. 루스가 이상한 생각을 먹고 이혼을 거절할지 모르잖아요. 저는 한 발짝도 물러서지 않을 거예요. 백합 꽃다발을 들고 행복에 겨워 어쩔 줄 몰라 할 때까지는 나이츠브릿지의 세인트폴 교회엔 발도 안 들일 거라고요."

"그러면 아가씨의 상황이 어떤지 보기 위해 여기 온 거란 이야기입니까?"

"그래요."

"에 비엥(그렇군요)!"

푸아로가 말했다.

"그런데 휴고 말이 맞았어요. 여기 가족은 전부 정신이 나갔어요. 루스만 빼고요. 루스는 지극히 멀쩡한 것 같아요. 루스도 남자 친구가 있지만 저만큼이나 결혼에 대한 지각이 있으니까."

"혹시 버로스 씨를 말하는 거요?"

"버로스요? 말도 안 돼요. 루스가 그런 별 볼 일 없는 사람을 좋아할 리가."

"그렇다면 루스 양이 좋아하는 사람은 누구입니까?"

수전 카드웰은 잠시 말을 멈추었다. 그녀는 손을 뻗어 담배를 하나 집더니 불을 붙이고는 말했다.

"루스한테 물어보시는 게 좋겠어요. 제가 상관할 문제가 아니니까요."

리들 소령이 물었다.

"저베이스 경을 마지막으로 본 것이 언제였습니까?"

"티타임 때요."

"그의 행동에 특별히 이상한 점은 없었나요?"

그녀는 어깨를 으쓱하더니 말했다.

"평소와 그다지 다를 바 없었어요."

"차를 마신 다음에는 뭘 했습니까?"

"휴고와 당구를 쳤어요."

"저베이스 경을 다시 보지는 못했고요?"

"네."

"총소리는 들었죠?"

"그게 좀 이상했어요. 첫 번째 종이 울렸을 때인 것 같아요. 서둘러 옷을 입고 헐레벌떡 제 방에서 나왔는데 두 번째 종소리가 들리는 것 같기에 계단을 거의 달리다시피 했지요. 처음 이 집에 온 날 저녁 식사 시간에 1분 늦은 일이 있었는데, 휴고가 그 노인네 눈밖에 나버린다고 말한 적이 있어서 그렇게 달려 내려왔던 거예요. 휴고는 제 바로 앞에 있었는데 무언가 팡 터지는 듯한 이상한 소리가 들렸어요. 휴고가 샴페인 마개를 따는 거냐고 묻자 스넬이 아니라고 했죠. 어쨌든 제 생각에 식당에서 나는 소리는 아니었어요. 링가드 양은 위층에서 나는 소리 같다고 했고, 우리는 차 엔진이 역화하는 소리라는 데 의견을 모았어요. 그리고 함께 응접실로 들어가고 나서는 그 일은 까맣게 잊어버렸어요."

"잠시라도 저베이스 경이 총으로 자살했을지도 모른다는 생각은 하지 못했나요?"

푸아로가 물었다.

"제가 묻겠는데요, 그런 생각을 제가 할 수나 있었을 것 같으세요? 자기 존재를 과시하는 걸 그렇게 즐기는 노인네가 말이에요. 그 분이 그런 짓을 할 거라곤 생각도 못했어요. 왜 그랬는지도 도통 모르겠고요. 그냥 미쳐서 그런 것 같다는 생각이 들어요."

"안타까운 일입니다."

"휴고나 저에게는 무척 안타까운 일이죠. 제가 알아낸 바에 따르면 그는 휴고한테는 한 푼도 안 남겼대요. 남겼다고 해도 얼마 되지 않을 거예요."

"그런 이야기는 누가 해 줬습니까?"

"휴고가 포브스 씨에게서 알아냈어요."

"그럼, 카드웰 양."

리들 소령이 잠시 뜸을 들였다가 말했다.

"이제 다 된 것 같습니다. 혹시 체비닉스고어 양이 여기 내려와서 우리와 이야기할 기분인지 모르겠군요?"

"괜찮을 거 같은데요. 제가 전할게요."

이때 푸아로가 끼어들어 말했다.

"잠깐만요, 아가씨. 혹시 전에 이 물건 본 적 있습니까?"

푸아로는 총알 모양의 연필을 보여 주었다.

"아, 네. 오늘 오후에 브리지게임을 할 때 썼던 거예요. 베리 대령님 거였던 것 같은데요."

"게임이 끝났을 때 베리 대령님이 가져갔나요?"

"그 점은 전혀 모르겠어요."

"고맙습니다, 아가씨. 이상입니다."

"네, 그럼 루스에게 전할게요."

루스 체비닉스고어는 여왕이라도 되는 양 방 안에 들어섰다. 혈

색은 좋아 보였고 고개는 높이 쳐들고 있었다. 하지만 그녀의 눈에는 수전 카드웰과 마찬가지로 경계심이 서려 있었다. 루스는 푸아로가 도착했을 때 입고 있던 옷을 그대로 입고 있었다. 연한 살구빛의 원피스였다. 그녀의 어깨에는 진한 분홍색 장미꽃 한 송이가 꽂혀 있었다. 한 시간 전만 해도 싱싱하게 활짝 피어 있었을 그 꽃은 지금은 시든 상태였다.

"부르셨나요?"

"귀찮게 해서 정말 미안하군요."

리들 소령이 말하자 루스가 말을 가로막으며 말했다.

"당연히 저를 귀찮게 하셔야지요. 두 분은 모두를 귀찮게 하실 임무가 있잖아요. 그러니 당연히 시간을 내어 드릴 수 있어요. 물론 그 '노인네'가 왜 자살을 했는지는 도무지 감을 못 잡겠지만. 다만 제가 말씀 드릴 수 있는 건 그건 전혀 아버지답지 않은 행동이었다는 거예요."

"오늘 아버님의 행동에서 좀 이상하다 싶은 점이 있지는 않았습니까? 우울하다거나 지나치게 들떠 있다거나 평소와는 전혀 다른 모습을 보이지 않던가요?"

"없었던 것 같은데요. 그렇게 주의 깊게 보지도 않았고요······."

"그를 마지막으로 본 게 언제입니까?"

"티타임 때요."

"마드무아젤께서는 서재로 가지 않았습니까? 그 이후에 말입니다."

푸아로가 말했다.

"네, 가지 않았어요. 아버지를 마지막으로 본 건 이 방에서였어요. 저 자리에 앉아 있었어요."

루스는 의자 하나를 가리키며 말했다.

"알겠습니다. 그런데 이 연필에 대해서는 잘 알고 있죠, 마드무아젤?"

"그건 베리 대령님 건데요."

"최근에 본 적이 있습니까?"

"잘 기억이 안 나는데요."

"혹시 저베이스 경과 베리 대령님 사이에 의견 충돌이 있었다는 사실에 대해 아는 바가 있나요?"

"패러건 고무회사를 두고 일어났던 갈등을 말씀하시는 건가요?"

"그렇습니다."

"그런 것 같네요. '노인네'는 그 회사라면 아주 질색을 했으니까요."

"혹시 누군가 자신의 재산을 횡령한다고 생각했던 건 아닐까요?"

루스는 어깨를 으쓱해 보였다.

"아버지는 금융에 관해서는 하나도 몰랐는걸요."

"마드무아젤, 약간 주제넘은 질문을 해도 되겠습니까?"

푸아로가 말했다.

"하세요. 원하신다면."

"다름이 아니라 아버지가 돌아가신 사실에 마음이 아픈가요?"

루스가 푸아로를 뚫어저라 바라보았다.

"물론 마음이 아파요. 울고 짜는 성격이 아니라서 그렇죠. 하지만 아버지가 그립기는 할 거예요……. 전 '노인네'를 좋아했어요. 휴고와 전 아버지를 항상 그렇게 불렀어요. 가부장적 사고가 머리에 박힌 완전 원시 시대 사람이었으니까요. 무례한 말처럼 들리지만 그 속에는 호의도 많이 담겨 있어요. 물론 아버지만큼 바보같이 세상을 산 사람도 없지만 말이죠."

"마드무아젤 말씀은 아주 흥미롭군요."

"그 '노인네'는 기생충만큼이나 머리가 나빴어요. 이렇게 말하는 건 좀 그렇지만 사실인 걸요. 머리로 하는 일에는 도무지 재간이 없었어요. 물론 대단한 사람이기는 해요. 용감한 걸로는 그 누구도 따를 자가 없죠. 극지방 탐험도 하고, 검으로 대결도 하고 말이죠. 하지만 아버지가 그렇게 허세를 부린 것도 다 알고 보면 자기 머리가 그렇게 좋지 않다는 걸 알았기 때문이에요. 아버지보다 머리가 좋은 사람은 널려 있었던 거죠."

푸아로는 주머니에서 그 편지를 꺼냈다.

"마드무아젤, 이걸 한번 읽어 보시겠습니까."

루스는 편지를 읽어 보고는 다시 푸아로에게 건네주었다.

"이 편지 때문에 여기에 오신 거군요."

"이 편지를 보고 드는 생각이 없나요?"

루스는 고개를 저었다.

"없는데요. 하지만 그 내용은 충분히 사실일 수 있어요. 누구라도 그 불쌍한 노인네의 돈을 갈취했을 수 있다는 이야기죠. 존이 그러는데 전에 일했던 재산 관리인은 아버지를 완전히 속였대요. 아시겠지만 그 노인네는 누구보다 자부심이 대단하고 또 거만해서 세세한 것까지 챙기지는 못했어요. 아버지는 사기꾼들에게는 밥이나 다름없었어요."

"마드무아젤께서는 아버지를 세간에 알려진 것과는 전혀 다른 모습으로 그리고 있군요."

"아, 뭐랄까. 아버지는 위장을 해서 자기 본모습을 가리는 데 아주 능했죠. 엄마는 아버지를 도와주기 위해 최대한 노력했어요. 아버지는 자신이 마치 전능한 신이라도 되는 체하며 돌아다니는 걸 아주 좋아하셨죠. 바로 그것 때문에 전 아버지가 돌아가신 게 기뻐요. 돌아가시는 게 아버지를 위해서는 최선이니까요."

"마드무아젤 말씀은 잘 이해가 가지 않는군요."

루스는 곰곰이 생각에 잠겼다가 말했다.

"아버지 증상이 점점 심각해졌단 이야기예요. 최근에는 가둬 두어야 할 정도였죠······. 사람들은 있는 그대로 사실을 이야기해 주기 시작했고요."

"혹시 마드무아젤께서 트렌트 씨와 결혼해야만 재산을 물려준다는 유언장을 아버지가 작성하려고 했다는 사실을 알고 있었습니까?"

루스가 소리를 질렀다.

"정말 멍청한 짓이에요. 그건 분명 법이 용납하지 않을 거예요······. 누구와 결혼하라고 명령할 수는 없는 일이에요."

"만일 아버지께서 그 유언장에 실제로 서명을 했더라면 마드무아젤께서는 그 규정에 따랐을 겁니까?"

그녀는 푸아로를 뚫어지게 바라보았다.

"전……. 저는……."

그녀는 말을 잇지 못했다. 잠시 동안 그녀는 발끝에 매달려 있는 신발만 바라본 채 아무 말도 하지 않았다. 그때 신발 뒤축에 묻어 있던 작은 흙덩이가 카펫 위로 떨어졌다.

불쑥 루스 체비닉스고어가 말했다.

"잠깐만 기다리세요!"

그녀는 자리에서 일어나 방을 달려 나갔다. 그러더니 나가기가 무섭게 곧장 레이크 대위를 데리고 다시 방으로 들어왔다.

체비닉스고어가 숨을 헐떡거리며 말했다.

"이제는 밝힐 때가 됐어요. 두 분도 이제 아시는 게 좋겠어요. 존과 저는 3주 전에 런던에서 결혼식을 올렸어요."

제10장

루스보다도 레이크 대위가 훨씬 더 당황한 모습이었다.

"정말 놀랍군요, 체비닉스고어 양. 아니, 이제 레이크 부인이라고 해야겠습니다. 두 분이 결혼했다는 사실은 아무도 모르나요?"

리들 소령이 물었다.

"네, 우리는 철저히 비밀에 부쳤어요. 존은 그 점을 별로 내켜하지 않았지만."

레이크가 약간 더듬거리며 말했다.

"저, 이런 식으로 시작하는 게 약간 부도덕해 보인다는 건 잘 알고 있습니다. 저베이스 경에게 사실대로 이야기했어야 하는 건데……."

루스가 끼어들어 말했다.

"나랑 결혼하고 싶다고 했으면 아마 당신 머리로 발이 날아왔을 걸요. 이 지옥 같은 집에서 자란 내게는 한 푼도 물려주지 않으려 했을 거고요. 그러고도 우리가 참 잘 처신했다고 말할 수 있겠어요? 날 믿어요, 내 방식이 더 나았다고요. 일단 해치우면 되는 거예요. 그래도 난리가 나는 건 마찬가지였겠지만 결국에는 받아들이셨을 거예요."

레이크의 표정은 여전히 어두웠다.

"저베이스 경에게는 언제 결혼 소식을 알릴 작정이었습니까?"

푸아로가 묻자 루스가 대답했다.

"기회를 보고 있던 참이었어요. 저와 존 사이를 의심하시기에, 고드프리에게 관심을 돌리는 척했죠. 당연히 아버지는 그걸 보고 노발대발하셨죠. 저는 그때 제가 존과 결혼했다는 소식을 들려 드리면 오히려 아버지에게 위안이 되지 않을까 생각했어요."

"이 결혼에 대해 아는 사람이 전혀 없습니까?"

"아뇨, 엄마에게는 털어놨어요. 제 편으로 만들고 싶었거든요."

"그래서 그렇게 됐나요?"

"아시겠지만, 엄마는 제가 휴고랑 결혼하는 걸 그다지 반기지 않으셨어요. 아마도 사촌이라서 그런 것 같아요. 엄마나 가족이 벌써 한참 이상한데, 우리가 결혼하면 완전히 제정신이 아닌 아이가 나올 거라고 생각하신 것 같아요. 물론 그것도 말도 안 되는 이야기이지만요. 어차피 저는 입양된 딸일 뿐이니까요. 저는 제가 먼 친척의 아이라고 알고 있어요."

"저베이스 경이 당신 둘이 결혼한 사실을 의심하지 않은 건 분명한가요?"

"그럼요."

루스가 말했다.

"정말입니까, 레이크 대위? 오늘 오후 저베이스 경과 이야기를 나눴을 때 분명히 그 일을 말하지 않았습니까?"

"네, 탐정님. 그런 일은 없었습니다."

"레이크 대위, 내가 이런 질문을 하는 건 저베이스 경이 당신과 시간을 보낸 뒤에 무척 흥분했다는 확실한 증거가 있기 때문입니다. 또 그가 가문의 불명예라는 말을 한두 번 언급하기도 했고 말이지요."

"저는 그 일을 얘기하지 않았습니다."

레이크가 재차 확인해 주었지만 얼굴은 새하얗게 질려 있었다.

"저베이스 경을 본 것은 그때가 마지막이었습니까?"

"네, 아까도 말씀 드렸지 않습니까."

"오늘 저녁 8시 8분에는 어디에 있었습니까?"

"어디 있었냐고요? 마을 외곽에 있는 제 집에 있었습니다. 여기서 800미터 정도 떨어져 있지요."

"그 시각에 햄버러 클로스 저택 근처에는 오지 않았습니까?"

"안 왔는데요."

푸아로가 루스를 보고 물었다.

"그럼 아가씨는 어디 있었습니까? 당신 아버지가 총으로 자살하셨을 때 말입니다."

"정원에요."

"정원? 총 소리를 들었습니까?"

"아, 네. 하지만 특별히 신경 쓰지는 않았어요. 누가 토끼 사냥을 하나 보다 했어요. 그런데 지금 와서 기억을 더듬어 보니 아주 가까이서 들렸던 것 같네요."

"저택으로 돌아올 때는 어떤 길을 이용했죠?"

"저 유리문을 통해 들어왔는데요."

루스는 고개를 돌려 뒤쪽에 있는 유리문을 가리켰다.

"이곳에 또 다른 누군가 있었나요?"

"아니요. 하지만 제가 들어오고 나서 거의 곧바로 휴고, 수전, 링가드 양이 홀에서 방으로 들어왔어요. 총소리니 살인이니 하는 이야기를 하면서요."

"알겠습니다. 그래, 이제는 알 것 같군요……."

푸아로가 말하자 리들 소령이 약간 미심쩍다는 듯한 목소리로 말했다.

"음, 그럼 됐습니다. 우선은 이걸로 마치지요."

루스와 그녀의 남편은 발걸음을 돌려 방을 나갔다.

"도대체……."

이렇게 운을 뗀 리들 소령은 다소 절망적이라는 듯 말을 맺었다.

"사건이 갈수록 더 꼬이는군요."

푸아로가 고개를 끄덕였다. 그는 루스의 신발에서 떨어졌던 흙덩이를 손으로 집어 들고는 유심히 살펴보았다.

"벽에 걸린 채 산산조각 나버린 그 거울 같아요. 죽은 자의 그 거울 말입니다. 만나는 사실마다 전부 그를 다른 각도에서 비추고 있어요. 그를 비출 수 있는 관점이란 관점은 모두 나오는 것 같군요. 조만간 완전한 상(像)을 얻게 될 테지만 말입니다……."

푸아로는 그렇게 말한 후 자리에서 일어나 작은 흙덩이를 조심스레 쓰레기통에 집어넣었다.

"제가 한 가지 말씀드리지요, 리들 소령님. 이 모든 미스터리를 풀 수 있는 실마리는 바로 그 거울입니다. 제 말이 믿어지지 않거든 서재로 가서 직접 살펴보세요."

그러자 리들 소령이 단호한 목소리로 말했다.

"만일 이 사건을 살인이라고 생각한다면 푸아로 씨가 증명을 해야 합니다. 내게 묻는다면 난 분명히 자살이라고 이야기할 테니까 말입니다. 전에 일하던 재산 관리인이 저베이스를 완전히 농락했다는 루스 양 이야기를 듣지 않았습니까? 내 생각에 레이크가 그 이야기를 한 건 다 속셈이 있어서요. 아마 자기도 조금은 돈을 유용하고 있었을 겁니다. 저베이스 경은 그것을 의심했지만 레이크와 루스의 관계가 얼마나 진척된지 몰라 당신을 부른 거고요. 그런데 오늘 오후 레이크가 저베이스 경에게 루스와 결혼을 했다고 털어놓은 거죠. 그 말에 저베이스는 완전히 낙담해 버렸어요. 뭔가 손을 쓰기엔 '너무 늦어 버린' 거지요. 그는 모든 걸 포기하기로 마음을 먹었어요. 결국은 평소에도 감정을 제대로 추스르지 못하던 그였으니 이 뜻밖의 상황을 만나 마음을 가다듬지 못하고 그만 자신의 머리를 날려버리고 만 거죠. 내가 보기에 이 사건은 이렇게 된 겁니다. 내 시나리오에 반박할 거리라도 있습니까?"

푸아로는 방 한가운데에 잠자코 서 있었다.

"어떻게 말해야 할지, 이렇게 말하지요. 소령님의 이론에 반박할 거리는 없지만 그 이론은 충분하지가 않습니다. 설명이 필요한 부분이 있다는 뜻이죠."

"예를 들면요?"

"오늘 저베이스 경의 심경 변화가 심했다는 사실, 베리 대령의 연필이 발견된 점, 카드웰 양의 증언(이것은 아주 중요합니다.), 저녁 식사를 하러 사람들이 내려왔던 순서에 대한 링가드 양의 증언, 시체로 발견되었을 당시 저베이스 경의 의자가 놓여 있던 위치, 오렌지가 들어 있던 종이봉투, 마지막으로 무엇보다 중요한 깨진 거울이라는 단서까지."

리들 소령이 푸아로를 뚫어져라 바라보았다.

"지금 그 횡설수설이 이 사건을 해결하는 데 의미가 있다고 말할 작정인 겁니까?"

그가 묻자 에르퀼 푸아로가 조용한 목소리로 대꾸했다.

"내일이 되면 그렇게 되기를 바랍니다."

제11장

 침실이 저택 오른편에 위치하고 있던 터라 다음 날 아침 에르퀼 푸아로는 동이 트고 나서 바로 눈을 떴다. 침대에서 나온 푸아로는 창문에 쳐 있는 블라인드를 걷고 이제 막 떠오른 해와 화창한 아침을 마음껏 즐겼다.
 그는 평소의 까다로운 습관대로 나갈 채비를 하기 시작했다. 단장을 마친 후 두꺼운 코트를 껴입고 목에는 목도리를 둘렀다. 그러고 나서는 살금살금 방에서 나와 고요한 저택 응접실로 내려갔다. 그리고 소리가 나지 않도록 조심스럽게 유리문을 열고 정원으로 빠져나왔다.
 막 햇살이 비치기 시작한 참이었다. 화창한 아침 안개가 피어올라 대기가 뿌옇게 보였다. 에르퀼 푸아로는 저택 옆에 계단식으로 만든 보도를 따라 저베이스 경의 서재 창 쪽으로 갔다. 그는 이곳에 멈추어 서서 주변 광경을 살폈다.

창 바로 바깥에는 저택을 따라 기다란 띠 모양의 잔디밭이 있었고, 그 앞에는 넓은 화단이 있었다. 화단에는 과꽃이 아직도 아름답게 피어 있었다. 푸아로가 서 있는 판석으로 된 보도는 화단 앞에 나 있었다. 한 줄기 잔디가 갈라져 나와 화단을 가로질러 보도와 잔디밭을 연결해 주었다. 푸아로는 그 부분을 유심히 살펴보더니 고개를 저었다. 그리고 잔디밭 양편에 있는 화단으로 눈을 돌렸다.

아주 천천히 푸아로가 고개를 끄덕였다. 오른편 풀밭의 부드러운 흙 위에 발자국 몇 개가 선명하게 나 있었던 것이다.

그가 인상을 찌푸린 채 발자국들을 뚫어져라 바라보고 있을 때 무언가 소리가 들려와 그는 재빨리 고개를 들었다.

푸아로 위쪽에 있은 창문 하나가 열리며 빨간 머리칼이 눈에 들어왔다. 붉은 황금빛 후광을 드리운 듯한 수전 카드웰의 총명한 얼굴이 보였다.

"도대체 이 시간에 뭘 하고 계신 거예요, 무슈 푸아로? 범인을 추적하는 현장인가요?"

푸아로가 깍듯한 자세로 인사를 건넸다.

"안녕하십니까, 마드무아젤. 네, 말한 대로요. 이렇게 말하기 송구스럽지만 아가씨께서는 지금 훌륭한 탐정이 현장을 조사하는 장면을 보고 계십니다."

그가 한껏 멋을 부려 말하자 수전이 머리를 갸우뚱하며 말했다.

"그렇다면 이 장면을 꼭 기억해 두었다가 자서전에 써야겠는 걸요. 제가 내려가서 도와 드릴까요?"

"그래 준다면 더할 나위 없이 기쁘겠지요."

"처음엔 도둑인 줄 알았지 뭐예요. 그런데 어떻게 나가죠?"

"응접실 유리문으로 나오면 됩니다."

"잠깐만 기다리세요. 곧 갈게요."

수전은 실없는 소리를 하는 사람은 아니었다. 수전이 도착했을 때 푸아로는 처음 발견했을 때의 모습 그대로였다.

"아주 일찍 일어나시는군요, 마드무아젤?"

"잠을 제대로 못 잤어요. 정말 새벽 5시에 일어나는 사람이 있구나 하며 절망감을 느끼던 차였어요."

"5시면 사실 그렇게 이른 것도 아닙니다."

"그런 것 같기도 하네요. 그런데 지금 우리는 엄청난 추적 현장을 보고 있는 거잖아요. 뭔가요?"

"한번 잘 보세요, 마드무아젤. 발자국입니다."

"그러네요."

"네 개가 나 있어요."

푸아로가 이어서 말했다.

"보세요. 발자국 두 개는 창문을 향해 나 있고, 다른 두 개는 창문에서 나오고 있지요."

"누구 발자국일까요? 정원사 발자국인가?"

"마드무아젤도 참, 발자국 모양이 자그마한 여성용 하이힐이잖습니까. 자, 직접 확인해 보세요. 여기 이 발자국 옆에 발을 놔 봐요."

수전은 잠시 망설이다가 푸아로가 가리키는 곳에 조심스럽게 발을 가져다 놓았다. 그녀는 진한 갈색 가죽으로 만든 조그만 하이힐을 신고 있었다.

"봐요, 발 크기가 거의 같군요. 거의 같아요. 하지만 똑같지는 않아요. 이 발자국들이 아가씨 발보다 약간 더 커요. 아마 체비닉스고어 양이나 링가드 양 혹은 레이디 체비닉스고어의 발자국일 거예요."

"레이디 체비닉스고어는 아니에요. 부인의 발은 정말 작거든요. 옛날 사람들은 애써 발을 조그맣게 만들려고 했잖아요. 그런 발이에요. 그리고 링가드 양은 이상하게 생긴 굽 없는 신발을 신던데."

"그렇다면 이것들은 체비닉스고어 양의 발자국이군요. 아, 그러고 보니 어제 저녁에 정원에 나왔었다고 한 이야기가 기억나는군요."

푸아로가 앞장을 서서 다시 응접실로 들어왔다.

"우리는 아직도 추적 중인 건가요?"

수전이 물었다.

"그렇습니다. 우리는 지금 저베이스 경의 서재로 가고 있는 중이랍니다."

이번에도 푸아로가 앞장을 섰고 수전 카드웰이 그 뒤를 따랐다.

문은 아직도 흉물스러운 몰골로 매달려 있었다. 방 안의 모습은 어젯밤 그대로였다. 푸아로가 커튼을 열자 햇빛이 들어왔다.

그는 잠시 서서 화단을 바라보며 말했다.

"내 생각에 아가씨는 도둑들과 그다지 친분이 있을 것 같지는 않은데?"

수전 카드웰이 안타깝다는 듯 붉은 머리를 흔들며 말했다.

"유감이게도 그래요, 푸아로 탐정님."

"경찰서장님도 도둑들과 친하게 지내뒀을 때 얻는 덕을 보지 못한 것 같더군요. 그는 항상 범죄자들과 공식적인 관계를 엄격하게 지키지요. 하지만 나는 그렇지 않아요. 언젠가 한 도둑과 아주 즐거운 잡담을 나눈 적이 있어요. 그때 프랑스 창에 대해 재미난 사실을 하나 알게 되었죠. 빗장이 느슨할 때 가끔 써먹을 수 있는 요령 말입니다."

그는 이렇게 말하며 왼쪽 창문 손잡이를 돌렸다. 그러자 가운데 봉이 바닥의 구멍에서 빠져 창문 두 쪽을 안쪽으로 열 수 있었다. 활짝 열어젖혔던 창을 푸아로는 손잡이를 돌리지 않은 채로 다시 닫았다. 손잡이를 돌리지 않으니 가운데 봉이 구멍으로 들어가지 않았다. 푸아로가 잠시 후 손잡이를 그대로 든 채 잽싸게 봉 한 가운데를 때리자 끼익하는 소리가 났다. 그 요란한 일격에 봉이 구멍으로 들어가면서 손잡이가 저절로 돌아가 빗장이 채워졌다.

"아시겠습니까, 아가씨?"

"그런 것 같아요."

수전의 얼굴은 약간 창백해져 있었다.

"이제 창문은 닫혔습니다. 창문이 닫혀 있을 때 방에 들어오는 것은 불가능하지만 방을 나가는 것은 가능하지요. 바깥으로 나가서 창문을 닫고 방금 내가 한 것처럼 때리면 빗장이 바닥으로 내려가고 손잡이가 돌아가지요. 그러면 창문은 굳게 닫히게 됩니다. 누구라도 그 모습을 보면 안에서 잠긴 것이라고 말하겠지요."

"그럼…… 어젯밤에도 그런 방법을 썼던 건가요?"

수전이 약간 떨리는 목소리로 물었다.

"그런 것 같습니다, 마드무아젤."

수전이 격분해서 말했다.

"전 하나도 믿어지지가 않아요."

푸아로는 아무 대답도 하지 않은 채 벽난로 선반 쪽으로 걸어가더니 휙 몸을 돌렸다.

"마드무아젤께서 증인이 돼 주세요. 증인이 벌써 한 사람 있지만 말입니다. 트렌트 씨죠. 트렌트 씨는 어젯밤 내가 이 자그마한 거울 조각을 찾아내는 걸 봤으니까. 거울 조각이 있다고 말해 주기도 했고요. 나는 이걸 원래 자리에 놓아두어 경찰이 살펴볼 수 있도록 했습니다. 심지어 경찰서장에게 깨진 유리 조각이 아주 중요한 단서라는 이야기까지 해 주었어요. 하지만 그는 내 힌트를 이용하지 못했죠. 이제 아가씨는 내가 이 은빛 거울 조각을 작은 봉투 속에 넣는 것을 본 증인이 되는 겁니다. (내가 이미 트렌트 씨에게 이 거울 조각에 대해 일러주었다는 사실도 기억하십시오.) 자, 이렇게요."

그는 말을 그대로 행동에 옮겼다.

"그리고 봉투 위에 이렇게 적고, 봉할 겁니다. 마드무아젤은 이제 증인이 된 겁니다."

"알겠어요. 하지만 전, 저는 그게 무슨 의미가 있는지 잘 모르겠는데요."

푸아로는 방의 다른 쪽으로 걸어갔다. 그러고는 책상 앞에 서서 앞쪽 벽에 걸린 채 산산조각이 난 거울을 뚫어져라 바라보았다.

"곧 그게 무슨 의미가 있는지 말해 드리죠, 마드무아젤. 어젯밤 아가씨가 여기 서서 이 거울을 들여다봤다면 살인이 일어나는 장면을 볼 수 있었을 겁니다."

제12장

I

 루스 체비닉스고어(아니, 이제는 결혼을 했으니 루스 레이크)는 난생 처음 아침 식사 시간에 맞춰 아래층으로 내려왔다. 에르퀼 푸아로는 홀에 있다가 식당으로 들어가려는 그녀를 한쪽으로 데려왔다.
 "물어볼 게 있습니다, 마담."
 "뭔가요?"
 "어제 저녁 마담께서는 정원에 가셨죠. 저베이스 경의 서재 창 바깥에 있는 화단에 들어간 일이 있지요?"
 루스가 그를 뚫어져라 바라보았다.
 "네, 두 번이오."
 "아, 두 번. 왜 두 번 들어가셨죠?"

"처음에는 과꽃을 꺾으러 간 거였어요. 7시쯤에요."

"꽃을 꺾기엔 다소 이상한 시각 아닌가요?"

"네, 사실 그렇긴 해요. 어제 아침에 꽃을 꺾었는데, 엄마가 차를 마신 뒤에 저녁 식탁에 놓을 꽃이 충분하지 않다고 말씀하셨어요. 저는 그 정도면 됐다고 생각해서 그때는 새로 꽃을 꺾지 않았죠."

"하지만 어머니께서 아가씨에게 꽃을 꺾어오라고 시키신 거군요. 맞지요?"

"네, 그래서 7시가 되기 직전에 나갔던 거예요. 그쪽 화단에서 꽃을 꺾은 건 사람들이 그 주위에는 거의 가는 일이 없어서 화단 모양이 좀 망가져도 별 상관이 없기 때문이죠."

"그렇군요. 알겠습니다. 그런데 두 번째 말입니다. 그 화단에 두 번 갔다고 했지요?"

"저녁을 먹기 바로 직전에요. 드레스에 머릿기름이 떨어져서 얼룩이 졌어요. 어깨 바로 옆이었죠. 옷을 갈아입기도 귀찮고 또 제가 가지고 있던 조화(造花) 중에는 드레스의 노란색에 어울리는 게 없었어요. 과꽃을 꺾으러 갔을 때 뒤늦게 피어 있던 장미꽃 한 송이를 본 기억이 나서 서둘러 밖에 나가 꺾어서 어깨에 꽂았어요."

푸아로는 천천히 고개를 끄덕였다.

"그랬군요. 어젯밤에 마담께서 꽃을 한 송이 꽂고 있던 기억이 납니다. 그런데 그 장미를 꺾은 것이 언제였습니까, 마담?"

"잘 모르겠는데요."

"이건 아주 중요한 문제입니다, 마담. 잘 생각해 보세요, 기억을 떠올려야 합니다."

루스는 인상을 찌푸리며 잠시 푸아로의 얼굴을 바라봤다가 다시 고개를 돌렸다.

"아무래도 정확한 시간은 잘 모르겠지만, 그 시간은 분명……, 당연히, 8시 5분쯤이었을 거예요. 저택 안으로 다시 돌아오는 길에 첫 번째 종소리를 들었거든요. 그리고 그때 펑 하는 이상한 소리가 들렸어요. 저는 그게 두 번째 종소리인 줄만 알고 서둘렀죠."

"아, 그렇다면 부인은 화단에 있을 때 서재의 프랑스 창을 열고 들어가야겠다는 생각은 하지 않았습니까?"

"사실 그 생각을 했어요. 열려 있을 거라고 생각했고, 그 쪽으로 들어가는 편이 더 빠르겠다는 생각이 들어서였죠. 하지만 문은 잠겨 있었어요."

"이렇게 해서 모든 게 설명되었습니다. 잘 했습니다, 부인."

루스가 그를 뚫어지게 바라보았다.

"도대체 무슨 말씀이세요?"

"부인은 모든 정황을 설명할 수 있다는 뜻입니다. 부인의 신발에 묻어 있던 흙, 화단에 난 발자국, 서재의 프랑스 창 바깥에 묻어 있는 부인의 지문에 대해서 말입니다. 아주 적절한 설명입니다."

루스가 미처 대답을 하기도 전에 링가드 양이 급하게 계단을 내려왔다. 그녀의 뺨은 이상하게도 새빨갛게 상기되어 있었다. 그녀는 푸아로와 루스가 함께 서 있는 걸 보고 약간 놀란 것 같았다.

"죄송한데, 뭐 중요한 일이라도 있나요?"

링가드 양의 말에 루스가 화가 난 목소리로 푸아로에게 말했다.

"푸아로 씨가 제정신이 아닌 것 같아요!"

루스는 그들을 홱 지나쳐 식당으로 들어갔다. 링가드 양은 놀란 얼굴로 푸아로를 바라보았다.

푸아로가 고개를 저으며 말했다.

"아침을 드신 후에 설명 드리겠습니다. 10시 정각에 모두 저 베이스 경의 서재에 모였으면 좋겠군요."

그는 식당으로 들어가 자신의 이와 같은 바람을 전달했다.

수전 카드웰은 푸아로를 한번 흘긋 쳐다보고 난 후 루스에게 시선을 돌렸다. 그때 휴고가 말했다.

"네? 도대체 무슨 생각을 하고 계신 겁니까?"

하지만 옆에서 수전이 팔꿈치로 쿡 찌르자 그는 순순히 입을 다물었다.

푸아로는 아침 식사를 마친 후 자리에서 일어나 문으로 걸어갔다. 그는 돌아서서 옛날풍의 커다란 회중시계를 꺼내어 보더니 말했다.

"10시 5분 전입니다. 5분 안에 서재로 와 주십시오."

II

푸아로는 주위 사람들을 둘러보았다. 사람들은 그를 빙 둘러싼 채 호기심에 찬 표정으로 푸아로를 바라보고 있었다. 한 사람만 빼고 모두 왔다고 생각하는 순간 그 사람이 방 안으로 들어서는 것이 보였다. 레이디 체비닉스고어는 미끄러지듯 조용한 걸음걸이로 다가왔다. 수척한 게 아파 보였다.

푸아로가 커다란 의자 하나를 내어주자 레이디 체비닉스고어는 그 자리에 앉았다.

그녀는 산산조각이 난 거울을 보고 몸을 부르르 떨더니 의자를 약간 옆으로 돌리며 말했다.

"저베이스가 아직도 여기에 있어요. 가여운 저베이스……. 조금만 있으면 자유로워질 거야."

마치 사실을 이야기하는 듯했다.

푸아로가 헛기침을 한 후 말을 하기 시작했다.

"여러분 모두 여기로 와 달라고 부탁한 것은 저베이스 경의 자살에 관한 진상을 들려 드리기 위해서입니다."

"그건 운명이었어요. 저베이스는 강한 사람이었어. 하지만 운명의 힘이 더 셌지."

레이디 체비닉스고어가 말하자 베리 대령이 조금 앞으로 나오며 말했다.

"밴다."

그녀가 베리 대령을 보고 미소를 지으며 손을 내밀자 베리 대령이 그 손을 쥐었다. 레이디 체비닉스고어가 부드러운 목소리로 말했다.

"당신 덕분에 정말 큰 위안이 돼, 네드."

루스가 날카로운 목소리로 말했다.

"그럼 무슈 푸아로, 탐정님께서 아버지가 왜 자살하셨는지 그 이유를 분명히 밝혀내셨다고 이해하면 되는 건가요?"

푸아로가 고개를 저으며 말했다.

"아닙니다, 부인."

"그럼 지금 말씀하신 건 다 뭔가요?"

푸아로가 조용한 목소리로 말했다.

"저는 저베이스 체비닉스고어 경이 자살한 이유는 모릅니다. 왜냐하면 저베이스 경은 자살하지 않았기 때문입니다. 저베이스는 스스로 목숨을 끊은 것이 아닙니다. 이건 살인 사건입니다."

"살인이라고?"

여기저기서 똑같은 말이 들렸다. 사람들은 놀란 얼굴로 푸아로를 바라보았다. 레이디 체비닉스고어는 고개를 들고는 "살인이라고? 아, 말도 안 돼!" 하며 조용히 고개를 가로저었다.

이번엔 휴고가 말했다.

"살인이라고 하셨습니까? 그건 불가능합니다. 우리가 방문을 부수고 들어갔을 때 아무도 없었지 않습니까. 창도 닫혀 있었고 말입니다. 문은 안에서 잠겨 있었고 열쇠는 외삼촌의 주머니 속에 들어 있었습니다. 그런데 어떻게 살해당할 수 있죠?"

"그렇긴 하지만 저베이스 경은 살해당한 겁니다."

"그렇다면 살인범은 열쇠 구멍으로 빠져나간 모양이죠? 아니면 날아서 굴뚝으로 나가셨나?"

베리 대령이 빈정대며 말했다.

"살인자는 창으로 나갔습니다. 어떻게 했는지 보여 드리지요."

푸아로는 창문을 조작할 수 있는 방법을 다시 보여 주었다.

"아시겠습니까? 살인범은 바로 이 방법을 쓴 겁니다. 처음부터 저는 저베이스 경이 자살했을 거라는 생각이 들지 않았습니다. 저베이스 경은 자의식이 병적으로 강했습니다. 그런 사람들은 자살 같은 것은 하지 않습니다.

그뿐만이 아닙니다. 죽기 직전 저베이스 경이 책상에 앉아 종이에 '미안하구나'라는 말을 휘갈겨 쓰고 총으로 자살했다고 칩시다. 그런데 총으로 자신을 쏘는 이 마지막 행동을 하기 전에 그는 어떤 이유에선지 의자 측면이 책상으로 향하도록 옆으로 돌렸습니다. 왜 그랬을까요? 이유가 분명 있어야 한다고 생각했습니다. 그런데 청동으로 만든 무거운 작은 장식품 밑에 은빛의 작은 거울 조각이 붙어 있는 것을 보고 저는 감을 잡기 시작했습니다…….

저는 제 자신에게 물어보았습니다. 어떻게 깨진 은빛 유리 조각이 여기에 와 있는 걸까? 답이 떠올랐죠. 거울은 총알을 맞고 깨진 것이 아니라 그 무거운 청동 장식품에 맞고 깨진 것입니다. 거울을 누군가 일부러 깨뜨린 것이지요.

그런데 도대체 이유가 뭘까요? 저는 책상으로 되돌아가 의자를 살펴봤습니다. 그때야 알겠더군요. 모든 가정이 잘못되어 있었던 겁니다. 자살이었다면 의자를 돌리고 몸을 한쪽으로 약간 기울인 채 총을 쏠 리가 절대 없습니다. 모든 건 조작된 것이었습니다. 자살은 속임수였던 것이죠.

이후 저는 아주 중요한 것을 알았습니다. 바로 카드웰 양의 증언 때문이었지요. 카드웰 양은 어제 저녁 두 번째 종소리가 들리는 것 같아 서둘러 아래층으로 내려왔다고 했습니다. 즉 카드웰 양은 첫 번째 종소리를 벌써 들었다고 생각한 겁니다.

그럼 이제 한번 잘 살펴보십시오. 저베이스 경이 평소에 앉던 자세에서 총을 맞았다면 총알은 어디로 갔을까요? 총알은 일직선으로 날아가 문을 관통했을 겁니다. 문이 열려 있었다면 마지막에는 바로 그 종에 맞았겠지요.

이제는 카드웰 양의 증언이 얼마나 중요한 건지 아시겠지요? 하지만 다른 사람들은 그 첫 번째 종소리를 듣지 못했습니다. 카드웰 양의 방이 이 서재 바로 위에 있던 터라 그 소리는 카드웰 양에게 가장 잘 들렸던 겁니다. 아마도 그 종소리는 짧게 한 번만 났겠지요.

이제는 저베이스 경이 총으로 자신을 쏘지 않았을까 하는 생각은 더 이상 할 수 없게 되었습니다. 죽은 사람이 일어나서 문을 닫아 잠근 후, 자기 스스로 상황에 맞게 자세를 취할 수는 없는 노릇이니 말입니다. 이는 누군가 이 죽음과 관련이 있다는 뜻이고 따라서 이 사건은 자살이 아니라 살인인 것입니다. 저베이스 경이 흔쾌히 함께 있을 것을 허락하는 누군가가 이야기를 나누며 옆에 서 있었던 것이죠. 아마 저베이스 경은 집필 작업을 하느라 정신이 없었을 겁니다. 그 틈을 이용해 살인범은 권총으로 그의 오른쪽 머리에 대고 방아쇠를 당겼습니다. 살인을 저지른 것이지요. 그리고 나서는 재빨리 일을 처리했습니다. 살인범은 손에 장갑을 끼고 문을 잠근 후 저베이스 경의 주머니에 열쇠를 넣었습니다. 하지만 누군가 커다란 종소리를 들었으면 어쩌나 하는 생각이 들었습니다. 그러면 총을 쐈을 때 문이 닫힌 게 아니라 열려 있었다는 사실이 밝혀지기 때문입니다. 그래서 의자를 돌려놓고 시체의 자세를 바꾼 다음 죽은 자의 손에 권총을 쥐어주고 거울을 일부러 깨뜨린 겁니다. 그런 후에 살인범은 창을 통해 밖으로 나갔습니다. 아까처럼 창을 쳐서 빗장이 잠기게 한 후 잔디밭이 아닌 화단을 통해 걸어갔습니다. 화단에 난 발자국은 나중에 지울 수 있기 때문이지요. 그런 다음 저택 옆을 돌아 응접실로 들어왔지요.

……총알이 발사되었을 때 정원에 나가 있던 사람은 한 사람뿐입니다. 바로 그 사람이 화단과 창문 바깥면에 지문을 남겼고 말입니다."

푸아로는 루스에게 다가갔다.

"분명 동기가 있었겠죠? 아버지가 당신이 비밀리에 결혼식을 올렸다는 사실을 알았던 것입니다. 당신에게 유산을 물려주지 않으려고 작정을 하고 있었겠죠."

루스가 당당하면서도 비웃음이 섞인 목소리로 말했다.

"거짓말이에요! 당신의 이야기에 진실이라곤 털끝만큼도 없어요. 처음부터 끝까지 다 거짓말이라고요."

"당신이 범인이라는 증거들은 매우 타당합니다, 부인. 과연 배심원들이 부인 말을 믿어 줄까요? 아마 그렇지 않을 겁니다."

"루스는 배심원을 만날 필요가 없습니다."

다른 사람들이 모두 놀라 그쪽을 바라보았다. 링가드 양이 일어서 있었다. 그녀의 안색은 완전히 변해 있었고, 온몸을 벌벌 떨고 있었다.

"그 사람을 쏜 건 접니다. 이렇게 시인한다고요. 다 이유가 있었습니다. 저……, 저는 때가 오기를 기다리고 있었어요. 무슈 푸아로 말이 다 맞습니다. 제가 저베이스 경을 따라 이 방에 들어왔어요. 총은 서랍에서 미리 꺼내서 가지고 있었죠. 전 그의 옆에 서서 책에 대해 이야기를 하다가 그를 쐈습니다. 8시가 막 지났을 때였어요. 총알은 종에 맞았죠. 전 총알이 그의 머리를 그렇게 관통할 줄은 꿈에도 몰랐어요. 나가서 총알을 찾을 시간 같은 건 없었습니다. 전 문을 잠그고 열쇠를 저베이스의 주머니에 넣었습니다. 그리고는 의자를 돌리고 거울을 깨뜨렸습니다. 그리고 종이에 '미안하구나'라는 말을 휘갈겨 쓴 뒤 창을 통해 나가 아까 푸아로 씨가 한 대로 빗장을 잠갔죠. 전 화단을 밟고 지나갔지만 미리 준비해 둔 작은 갈퀴로 발자국을 지웠습니다. 그리고 나서 저택을 돌아 응접실로 갔습니다. 응접실에 나 있는 프랑스 창은 미리 열어 두었었죠. 루스가 그 창을 통해 나갔었다는 사실은 전혀 몰랐습니다. 루스는 제가 갈퀴를 눈에 띄지 않게 버리느라 저택 뒤쪽으로 돌았을 때 저택 앞쪽에 있었던 게 분명합니다. 저는 응접실에서 기다리고 있다가 누군가 내려오는 소리와 스넬이 종을 치러 가는 소리를 듣고는 그때……."

링가드 양이 푸아로를 쳐다보며 말했다.

"그때 제가 뭘 했는지는 모르시지요?"

"아니요, 압니다. 쓰레기통에서 종이봉투를 발견했습니다. 그런 생각을 해내다니 정말 놀랍습니다. 아이들이 즐겨하는 행동을 하셨죠. 종이봉투에 바람을 가득 넣어서 터뜨린 겁니다. 그것은 펑 하고 터지며 링가드 양께서 바라던 커다란 소리를 냈습니다. 당신은 그 종이봉투를 쓰레기통에 버리고는 서둘러 홀로 나갔죠. 그런 식으로 자살 시간을 꾸며서 자신의 알리바이를 만든 겁니다. 하지만 당신에게는 아직 걱정이 남아 있었습니다. 총알을 주울 시간이 없었던 거죠. 그 총알은 종 근처 어딘가에 있었습니다. 하지만 총알은 반드시 서재에 있는 거울 근처에서 발견되어야만 했습니다. 베리 대령의 연필을 슬쩍할 생각을 언제 한 건지는 모르겠습니다만······."

"우리가 홀에 있다가 응접실로 들어왔던 바로 그때였어요. 저는 루스가 그 방에 있는 걸 보고 깜짝 놀랐지요. 창을 통해 정원에 갔다 왔다는 것을 알았어요. 그때 브리지게임 탁자 위에 있는 베리 대령의 연필이 눈에 띄었어요. 전 그걸 슬며시 제 가방 속에 넣었죠. 만에 하나 누군가 제가 총알을 줍는 것을 봤다면 연필을 주운 척할 수 있을 테니까요. 사실 전 누구도 제가 총알을 줍는 건 못 봤을 거라 생각했어요. 저는 당신이 시체를 살피고 있는 사이 거울 옆에 그 총알을 떨어뜨렸어요. 당신이 내게 그 문제를 걸고넘어질 때, 전 연필 생각을 했던 게 정말 다행이라고 생각했죠."

"네, 그 부분에서도 기지가 번득였습니다. 그것 때문에 전 완전히 갈피를 못 잡았죠."

"전 누군가 진짜 총소리를 들었을까 겁이 났어요. 물론 사람들은 다 저녁 식사를 위해 문을 닫고 옷을 입고 있을 거라는 사실은 알고 있었어요. 하인들은 자기들 숙소에 있었고요. 카드웰 양이 유일하게 그 소리를 들었을 가능성이 컸지만, 차에서 난 소리라고 생각하겠지 했어요. 하지만 사실 카드웰 양이 들었던 소리는 종소리였어요. 전 정말이지, 모든 일이 순조롭게 풀려가는 줄로만 알았는데……."

포브스 씨가 특유의 딱딱한 어조로 느릿느릿 입을 떼었다.

"이처럼 황당한 일이 있다니. 동기도 전혀 없는 것 같은데……."

링가드 양은 분명한 목소리로 말했다.

"동기는 있었습니다."

그녀는 격분해서 말을 이었다.

"어서 경찰에 연락하세요. 뭘 기다리고 계신 거죠?"

푸아로가 조용한 목소리로 말했다.

"모두 방에서 나가 주시겠습니까? 포브스 씨, 리들 소령님에게 연락을 부탁 드립니다. 저는 소령님이 올 때까지 이 방에 있겠습니다."

사람들은 열을 지어 하나둘 방을 빠져 나갔다. 그들은 도무지 이해가 가지 않는다는 듯 링가드 양을 당혹스러운 표정으로 바라보았다. 반백의 머리를 가르마를 타서 단정히 빗어 넘긴 그녀는 입을 꼭 다문 채 꼿꼿이 서 있었다.

마지막으로 방을 나서던 루스가 문간에 이르러 잠시 머뭇거리더니 화가 난 듯한 목소리로 푸아로를 탓했다.

"전 이해가 가지 않아요. 방금 전까지만 해도 제가 그런 거라고 생각하시지 않았나요?"

"아니요, 아닙니다. 난 절대 그렇게 생각한 적이 없답니다."

푸아로가 고개를 저으며 말하자 루스는 천천히 방을 빠져 나갔다.

이제 푸아로는 치밀하게 계획하여 냉혹하게 살인을 저질렀다고 털어놓은 채 침착한 모습으로 서 있는 중년 여인과 단둘이 남았다.

"맞아요. 당신은 루스가 살인을 저질렀다고 생각하지 않았어요. 당신이 루스를 몰아세운 건 그저 제 입을 열기 위해서였죠. 제 말이 맞지요?"

링가드 양이 말하자 푸아로는 그저 머리를 숙일 뿐이었다.

"그럼 기다리는 동안…… 어떻게 절 의심하셨는지 이야기 좀 들어볼까요?"

링가드 양이 평소의 나긋나긋한 목소리로 말했다.

"여러 가지를 통해서입니다. 먼저 저베이스 경에 대한 링가드 양의 설명입니다. 저베이스 경같이 자부심이 강한 사람은 외부인에게 자신의 조카를 험담하거나 하지 않습니다. 링가드 양과 같은 위치에 있는 사람들에게는 더욱 그렇지요. 당신은 자살이라는 이론을 강화시키고 싶었던 겁니다. 자살 이유를 가문의 명예와 관련하여 휴고 트렌트와 불화가 있었다는 것으로 돌리려 한 것도 조리에 맞지 않았습니다. 그것 역시 저베이스 경 같은 인물이라면 낯선 사람에게 전혀 터놓지 않을 내용이기 때문입니다. 그리고 당신이 홀에서 무언가를 주웠다는 것도 그렇고, 응접실에 들어온 이야기를 할 때 루스가 정원에서 왔다는 이야기를 하지 않은 것이 아주 중요한 사실이었습니다. 그러고 나서 저는 그 종이봉투를 발견했지요. 그건 햄버러 클로스 같은 저택의 응접실 쓰레기통에 들어 있을 물건이 결코 아니었습니다. 그 '이상한 소리'가 났을 때 응접실에 있었던 사람은 당신뿐이었습니다. 저는 종이봉투를 보고 범인이 여자라는 것을 알았어요. 손으로 직접 세심하게 만든 물건이었기 때문입니다. 그렇게 해서 모든 것이 맞아 들어간 겁니다. 휴고에게 혐의를 씌우고 루스는 이 일에서 멀어지게 노력한 것도 그렇고 말입니다. 살인이 일어난 방식, 그리고 그 동기가 다 드러났죠."

반백의 머리에 작달막한 그 여인이 움찔했다.

"동기를 아신다고요?"

"그렇습니다. 루스의 행복. 그게 바로 동기지요. 저는 존 레이크와 함께 있는 루스를 당신이 지켜보는 상상을 해 봤습니다. 당신은 그들의 관계를 알고 있었던 겁니다. 그러다 우연히 새로운 유언장 초고를 발견하게 됩니다. 휴고 트렌트와 결혼하지 않으면 유산을 상속받을 수 없다는 내용이었지요. 그래서 당신은 자신의 손으로 심판을 내리기로 결심을 합니다. 저베이스 경이 그 전에 제게 편지를 보냈다는 사실을 이용해서 말이지요. 아마 당신은 편지 사본을 봤었겠지요. 애초에 저베이스 경이 어떤 어리석은 의심이나 두려움을 품고 제게 편지를 썼는지는 알지 못합니다. 아마 버로스나 레이크가 주도면밀하게 자신의 재산을 빼가고 있다고 의심했던 게 틀림없습니다. 하지만 루스의 마음을 확실히 알 수 없어서 그는 사립 탐정에게 도움을 구하기로 마음을 먹은 겁니다. 한편 당신은 그 사실을 이용해 용의주도하게 자살 현장을 꾸몄습니다. 그리고 휴고 트렌트와 얽힌 문제로 그가 큰 고민을 하고 있다는 설명으로 자살을 뒷받침했지요. 제게 전보를 보낸 것도 바로 당신이었기에 저베이스 경이 '너무 늦었다'는 말을 한 것처럼 이야기할 수 있었던 것이지요."

링가드 양이 격분해서 말했다.

"저베이스 체비닉스고어는 악당에다, 속물에다, 허풍쟁이였어요! 전 그가 루스의 행복을 망치도록 놔둘 수가 없었던 거라고요!"

푸아로가 조용한 목소리로 말했다.

"루스는 링가드 양의 딸이지요?"

"맞아요. 루스는 제 딸이에요. 전 자주 그 아이를 생각했지요. 저베이스 체비닉스고어 경이 가문의 역사를 쓰는 일을 도와 줄 사람을 찾는다기에 전 재빨리 그 기회를 잡았어요. 딸이 어떻게 자랐을지 궁금했어요. 레이디 체비닉스고어가 절 알아보지 못할 거라는 사실을 알고 있었어요. 세월이 많이 지났으니까요. 그때 저는 젊고 예뻤어요. 이름도 바꿨지요. 또 레이디 체비닉스고어는 너무 멍해서 어떤 사실을 분명하게 알지 못해요. 전 체비닉스고어 부인은 좋아했지만 체비닉스고어 가문은 싫었어요. 그들은 저를 벌레 취급했지요. 그리고 바로 이곳에서 저베이스는 자존심과 속물 근성을 내세우며 루스의 인생을 망치려고 했어요. 하지만 루스는 반드시 행복해야 한다고 마음을 굳게 먹었죠. 그 아이는 행복할 거예요. 제 존재를 아는 일만 없다면 말이죠."

그녀의 마지막 말은 간절한 부탁이었다.

푸아로는 조용히 머리를 숙이고 말했다.
"제 입에서 이야기가 나가는 일은 없을 겁니다."
링가드 양이 조용한 목소리로 말했다.
"고마워요."

III

나중에 경찰이 왔다 간 후 푸아로는 정원에서 남편과 함께 있는 루스 레이크를 발견했다.
그녀가 따지듯 물었다.
"사실은 제가 그랬다고 생각하신 거죠, 무슈 푸아로?"
"마담, 나는 마담께서 살인을 저지르지 않았다는 사실을 알고 있었습니다. 바로 과꽃 때문이지요."
"과꽃이오? 그게 무슨 말씀인지."
"마담, 발자국은 네 개가 있었는데 모두 화단에 나 있었습니다. 하지만 마담께서 꽃을 꺾으러 갔었다면 발자국은 더 많이 있었겠지요. 그 말은 곧 마담께서 처음 정원에 갔다가 다시 정원에 갔던 사이 누군가가 발자국을 전부 지웠다는 이야기입니다. 그건 바로 죄를 지은 사람의 소행이지요. 그런데 마담의 발자국이 지워져 있지 않았다는 사실은 마담이 범인이 아니라는 것을 말해 주는 겁니다. 자동적으로 용의자 선상에서 제외된 것이지요."
루스의 얼굴이 밝아졌다.

"아, 그렇군요. 꺼림칙하긴 하지만, 그 가여운 여자분 때문에 마음이 좀 아파요. 결국 제가 잡혀가는 것을 보지 못해 죄를 털어놓은 셈이니까요. 그런 생각을 한 게 맞겠죠. 그런 걸 보면 품성이 나쁜 분은 아니에요. 그분이 살인죄로 재판을 받게 된다고 생각하니 언짢네요."

푸아로가 조용히 말했다.

"상심하지 마세요, 부인. 그렇게까지 되지는 않을 겁니다. 의사 말을 들으니 심장병이 심각하다더군요. 몇 주 살지 못할 거예요."

"그렇다면 다행이고요."

루스는 사프란 한 송이를 꺾어 무심코 볼에 대고 말했다.

"가여운 분이야. 도대체 왜 그러셨을까……."

로도스 섬의 삼각형

제1장

에르퀼 푸아로는 백사장에 앉아 부서지는 푸른 바다를 바라보았다. 새하얀 플란넬 옷과 얼굴을 가려 주는 파나마모자로 멋을 부렸는데 나름대로 신경을 쓴 옷차림이었다. 에르퀼 푸아로는 되도록 태양빛을 가려야 한다는 철칙을 지닌 구세대에 속했다. 한편 푸아로 옆에서 쉴 새 없이 재잘대고 있는 파멜라 리올 양은 신세대 사고를 대변하듯 햇볕에 까맣게 그을린 몸에 거의 아무것도 걸치지 않고 있었다.

그녀는 이따금 오일을 덧바르기 위해 수다를 멈추었다.

파멜라 리올 양 옆에는 그녀의 멋진 친구 사라 블레이크 양이 선명한 줄무늬 타월 위에 엎드려 있었다. 파멜라 리올 양은 완벽하게 선탠된 블레이크 양의 몸을 향해 몇 번이나 성에 차지 않는 눈길을 보냈다.

그녀가 애석하다는 듯 말했다.

"내 피부는 아직도 고르게 타려면 멀었어. 무슈 푸아로, 괜찮으시다면 오른쪽 어깨뼈 바로 밑에 좀 발라 주시겠어요? 그 부분은 손이 닿질 않아서 제대로 바를 수가 없어요."

무슈 푸아로는 그녀의 청을 들어준 뒤 오일이 묻은 손을 손수건으로 꼼꼼히 닦았다. 주변 사람들을 관찰하거나 자신의 목소리를 듣는 것이 삶의 주된 낙인 리올 양이 계속해서 떠들었다.

"그 여자 말이에요, 제가 제대로 알아봤어요. 샤넬 모델이었던 밸런타인 대크리스, 그러니까 챈트리가 맞았어요. 전 보자마자 챈트리인 줄 알았다니까요. 그 여자 정말 멋지지 않아요? 사람들이 왜 그 여자에게 정신을 못 차리는지 알 것 같아요. 그 여자도 사람들이 그러는 걸 당연하게 여기고요. 그럼 게임은 반은 끝난 거죠, 뭐. 어젯밤에 온 또 다른 일행은 골드 부부라고 하는 것 같던데, 남자가 끝내주게 잘생겼어요."

"신혼여행 온 부부?"

사라가 숨쉬기 어려운 목소리로 물었다.

리올 양은 전문가라도 되는 듯 고개를 저으며 말했다.

"아니지, 아니지. 여자의 옷이 새 옷이 아니었잖아. 신부들은 확 티가 난다고. 무슈 푸아로, 겉모습을 관찰하는 것만으로 사람들에 대해 뭔가 알아내는 게 세상에서 가장 멋진 일이라고 생각하지 않으세요?"

"자기는 관찰만 하는 게 아니잖아. 질문도 많이 하지."

사라가 나긋나긋한 목소리로 말했다.

리올 양이 짐짓 품위 있는 척하며 말했다.

"골드 부부와는 아직 이야기 안 해 봤어. 그리고 말이야, 도대체 왜 우리와 같은 인간한테 관심을 가지면 안 되는 건데? 인간의 본성을 아는 게 얼마나 재미있는데. 그렇게 생각하지 않으세요, 무슈 푸아로?"

그녀는 상대방이 대답할 수 있도록 입을 다물고 기다렸다.

무슈 푸아로는 푸른 파도에서 눈을 떼지 않은 채 대답했다.

"사 데팡(사람에 따라 다르겠지요)."

파멜라는 놀란 눈치였다.

"무슈 푸아로, 전 인간만큼 흥미롭고 또 예측할 수 없는 존재는 없다고 생각하는데요."

"예측할 수 없다고요? 그렇지는 않습니다."

"아니에요. 그렇지 않아요. 사람들 마음을 완전히 꿰뚫었다고 생각한 순간에 그들은 전혀 예상 밖의 행동을 하거든요."

에르퀼 푸아로는 고개를 저었다.

"아니요, 아니요. 그렇지 않아요. 사람들이 당 송 카락테르(본성)를 벗어난 행동을 하는 경우는 지극히 찾아보기 어렵답니다. 알고 보면 사람들의 행동은 모두 단조롭답니다."

"전 선생님 생각에 전혀 동의할 수 없어요."

파멜라 리올 양이 말했다.

그녀는 잠시 입을 다무는가 싶더니 금세 공격 태세로 돌아와 말했다.

"전 사람들을 보는 순간 그들이 어떤 사람이고, 서로의 관계는 어떠한지, 무슨 생각이나 감정을 품고 있는지 궁금해져요. 아, 그건 정말 스릴 있다니까요."

"자연은 거의 똑같은 모습을 반복하지 않지요. 그건 우리의 상상을 뛰어넘지. 저 바다가……."

푸아로가 곰곰이 생각에 잠긴 채 말을 이었다.

"무한히 다양한 모습을 보여 주는 것처럼 말입니다."

사라가 고개를 옆으로 돌리고 물었다.

"그렇다면 인간은 특정 패턴을 따른다는 말씀인가요? 판에 박힌 패턴 말이에요."

"프레시제망(바로 그렇습니다)."

푸아로는 모래에 도형 하나를 그렸다.

"뭘 그리고 계신 거예요?"

파멜라가 궁금하다는 듯 물었다.

"삼각형입니다."

하지만 파멜라의 관심은 이미 다른 곳으로 쏠린 후였다.

"저기 챈트리 부부가 와요."

한 여인이 해변으로 내려오고 있었다. 키가 훤칠한 여자는 자신을 무척 의식하고 있었다. 그녀는 웃으며 가볍게 인사를 한 후 물가에서 좀 떨어진 곳에 자리를 잡고 앉았다. 몸을 감싸고 있는 주황색과 금색이 섞인 비단천이 어깨에서 흘러내리자 새하얀 수영복이 드러났다.

파멜라가 한숨을 내쉬며 말했다.

"저 여자 몸매 정말 예쁘지 않아요?"

하지만 푸아로는 그녀의 얼굴을 바라보고 있었다. 열여섯 살 때부터 미인으로 이름을 날려 오다 이제는 서른아홉이 된 한 여자의 얼굴을 말이다.

세간에 알려진 밸런타인 챈트리에 관한 이야기는 푸아로도 잘 알고 있는 터였다. 그녀를 유명하게 만든 것은 여러 가지였다. 제멋대로 행동하는 버릇, 재산, 커다란 사파이어블루 빛 눈동자, 다사다난한 결혼 생활 등. 그녀는 남편만 다섯이었고 애인은 수도 없이 많았다. 그러다 보니 그녀는 이탈리아 백작, 미국인 철강 제왕, 프로 테니스 선수, 자동차 레이서를 남편으로 둔 전력이 있었다. 이들 네 명 중 미국인은 세상을 떠났고, 나머지는 이혼 법정에서 가차 없이 이혼을 당했다. 그리고 여섯 달 전 그녀는 해군에서 복무하는 한 중령과 다섯 번째 결혼을 한 참이었다.

그녀를 따라 해변으로 성큼성큼 걸어 내려오고 있는 사내가 바로 그였다. 말이 없고 무뚝뚝해 보이며 까만 피부에 턱이 호전적으로 보였다. 원시 시대 유인원 같은 분위기가 풍겼다.

"여보 토니, 내 담뱃갑……."

챈트리가 말하자 그는 담뱃갑을 찾아서 담배에 불까지 붙여 주었다. 그러고는 새하얀 수영복에 달린 끈을 어깨에서 내려주었다. 그녀는 두 팔을 쫙 벌린 채 태양빛 속에 누웠고, 토니는 먹잇감을 지키는 야수처럼 곁에 앉았다.

파멜라가 목소리를 한껏 낮추고 말했다.

"저 사람들에게 엄청 관심이 가요……. 저 남자는 완전 짐승 같지 않아요? 오만상을 찌푸린 채 저렇게 아무 말이 없잖아요. 챈트리 같은 여자는 저런 남자를 좋아하나 봐요. 호랑이를 키우는 기분이겠죠. 하지만 과연 얼마나 갈지 의문이네요. 챈트리는 금세 싫증을 내잖아요. 요새는 특히 더한 것 같던데. 챈트리가 저 남자를 버리겠다 마음을 먹으면 저 남자 처지가 곤란해질 텐데."

다른 부부 한 쌍이 다소 쑥스러운 표정으로 해변으로 내려왔다. 전날 밤 새로 도착한 그 부부였다. 리올 양은 호텔 방문객 명단을 보고서 그들이 더글러스 골드 부부라는 걸 알아냈다. 거기다 그들의 세례명과 나이까지 알아냈다. 이탈리아에서는 여권을 참조해 해당 정보를 투숙객 명단에 기재하는 규정이 있었다.

더글러스 캐머론 골드는 서른하나였고, 마저리 엠마 골드는 서른다섯이었다.

이미 말한 것처럼 리올 양은 인간을 연구하는 것이 취미였다. 그녀는 대부분의 영국인들과 다르게 낯선 사람들에게도 바로 말을 걸었다. 처음 만나 조심스럽게 다가가는 데 적어도 나흘에서 일주일은 걸리는 것이 보통 영국인들의 습성임에도 불구하고 말이다. 골드 부인이 약간 부끄러움을 타며 쭈뼛쭈뼛 다가오는 것을 보고 리올 양이 소리쳤다.

"안녕하세요, 오늘 날씨 정말 좋죠?"

골드 부인은 체구가 작아 생쥐가 연상됐다. 사실 그녀는 못생긴 편은 아니었다. 몸매도 보통이었고 피부도 고왔지만 어딘가 모르게 자신감이 없고 촌스러워 보여 그렇게 눈에 띄지는 않았다. 반면 그의 남편은 배우처럼 잘생겼다. 탐스럽게 곱슬대는 아름다운 금발, 푸른 눈동자, 떡 벌어진 어깨, 탄탄한 엉덩이. 그는 마치 연극 무대에서나 볼 수 있을 법한 모습이었지만 입을 여는 순간 그런 인상은 희미해지고 말았다. 그는 아주 순진하고 소박했으며, 약간 아둔한 구석도 있는 듯했다.

골드 부인은 고맙다는 표정을 지으며 파멜라 곁에 앉았다.

"정말 잘 그을리셨네요. 전 한참 멀었는데."

"골고루 태우려면 엄청난 고초를 겪어야 하지요."

리올 양이 한숨을 지으며 말했다.

그녀는 잠시 입을 다물었다가 다시 말했다.

"도착하신 지 얼마 안 되셨죠?"

"네, 어젯밤에 바포 드 이탈리아 호를 타고 왔어요."

"전에도 로도스 섬에 와 본 적이 있으세요?"

"아니요. 그런데 정말 멋져요. 그렇죠?"

"하지만 오는 데 너무 오래 걸리는 게 흠이야."

그녀의 남편이 말했다.

"맞아. 영국에서 조금만 더 가까우면……."

그러자 들릴 듯 말 듯한 목소리로 사라가 말했다.

"그래요. 하지만 그것도 끔찍할 걸요. 널빤지 위에 쌓인 물고기처럼 사람들이 득실댈 테니까요. 주변이 온통 사람들 천지가 될 거예요."

"그 말씀도 맞긴 하네요. 지금 이탈리아 환율이 지독하게 높은 것도 골칫덩이입니다."

더글러스 골드가 말했다.

"그것도 정말 중요하긴 해요, 그렇죠?"

대화는 지극히 판에 박힌 듯한 내용으로 이어졌다. 재기가 넘치는 부분이라고는 도무지 찾을 수 없었다.

물가에서 좀 떨어진 곳에 자리 잡고 있던 밸런타인 챈트리가 몸을 뒤척이더니 일어나 앉았다. 수영복이 흘러내리지 않도록 한 손은 가슴 부근에 갖다 대고 있었다. 입을 벌리고 하품을 크게 했지만 고양이처럼 우아해 보였다. 그녀는 무심결에 물가를 내려다보았다. 시선은 비스듬히 마저리 골드 쪽을 향해 있다가 더글러스 골드의 탐스러운 금발 머리에 머물더니 무언가 생각에 잠기는 듯했다.

잠시 후 어깨를 이리저리 움직이고는 굳이 그렇게까지 하지 않아도 되는데도 약간 목소리를 높여 말했다.

"여보, 토니……. 저 태양 너무 멋지지 않아? 난 아무래도 전생에 태양 숭배자였나 봐. 그렇지?"

그녀의 남편이 툴툴거리며 뭐라고 대답을 했지만, 다른 사람들에게는 들리지 않았다. 밸런타인 챈트리는 특유의 높고 늘어지는 듯한 목소리로 말을 이어갔다.

"여보, 타월 좀 잘 펴 줄래?"

그녀는 갖은 공을 들여 아름다운 자세를 다시 잡았다.

더글러스 골드가 그녀를 바라보고 있었다. 눈에는 호기심이 역력히 드러나 있었다.

골드 부인이 목소리를 낮추어 리올 양에게 유쾌하게 재잘거렸다.

"저 여자 정말 예쁘네요."

정보를 얻는 것만큼이나 주는 것도 좋아하는 파멜라는 목소리를 더욱 낮추어 대꾸했다.

"저 사람 밸런타인 챈트리예요. 밸런타인 대크리스라는 이름을 썼던 그 여자요. 정말 끝내 주지 않아요? 저 남자는 챈트리 때문에 아주 정신이 나간 것 같지요. 챈트리가 눈앞에서 사라지는 꼴은 아마 못 볼걸요."

골드 부인은 해변가를 한 번 더 죽 훑어보더니 말했다.

"바다가 정말 아름다워. 저토록 푸른빛이라니. 지금 들어가 봐야 할 것 같은데. 안 그래, 더글러스?"

그는 아직도 밸런타인 챈트리를 바라보고 있던 터라 대답하는 데 약간 시간이 걸렸다.

"들어간다고? 아, 그래. 난 좀 있다가."

그가 약간 멍한 목소리로 말했다.

마저리 골드는 일어나 물가로 유유히 걸어 내려갔다.

밸런타인 챈트리가 몸을 옆으로 약간 굴렸다. 시선은 더글러스 골드 쪽을 향해 있었다. 주홍빛 입술 위에 희미하게 미소가 번졌다.

더글러스 골드의 목이 약간 붉어졌다.

밸런타인 챈트리가 말했다.

"여보, 토니……. 나 부탁 하나만. 페이스 크림 통 작은 게 필요한데. 화장대 위에 있거든. 가지고 나온다고 생각하고는 두고 나왔네. 좀 가져다줄래. 제발 부탁이야."

중령은 고분고분히 자리에서 일어서더니 성큼성큼 걸어가 호텔로 들어갔다.

마저리 골드는 바다 속으로 뛰어들어가 외쳤다.

"너무 좋아, 더글러스. 너무 따뜻해. 얼른 와."

파멜라 리올이 그에게 말했다.

"안 들어가실 거예요?"

더글러스는 우물거리며 대답했다.

"먼저 몸을 좀 데우고 나서요."

밸런타인 챈트리가 몸을 뒤척였다. 그녀는 남편을 다시 부르려는 듯 잠시 고개를 들었다. 하지만 그는 벌써 호텔 정원의 담장 안쪽으로 들어가고 있었다.

"수영은 맨 나중에 하려고요."

골드가 해명을 했다.

챈트리 부인은 다시 일어나 앉더니 일광욕 오일 병을 집어 들었다. 그런데 뭔가 문제가 있어 뚜껑이 열리지 않는 모양이었다.

그녀가 큰 목소리로 안달하며 말했다.

"아, 이런. 뚜껑이 안 열리네!"

그러더니 다른 사람들 쪽을 바라보았다.

"혹시……."

언제나 기사도를 발휘하는 푸아로가 자리에서 일어섰지만 젊은 더글라스의 몸놀림이 더 빨랐다. 그는 순식간에 챈트리 곁으로 갔다.

"제가 도와 드릴까요?"

그녀는 또다시 애교를 부리듯 늘어지는 목소리로 말했다.

"어머, 감사해요……. 친절하기도 하셔라. 전 뭔가를 여는 데는 영 재간이 없어요. 항상 엉뚱한 방향으로 돌리나 봐. 어머, 열렸네요! 이렇게 고마울 수가……."

에르퀼 푸아로는 혼자 미소를 지으며 자리에서 일어나 반대 방향으로 해변을 따라 걸었다. 느긋하게 해변을 거닐다 다시 제자리로 오는 길에 바다에서 수영을 하고 나온 골드 부인을 만나 함께 걸었다. 특이한 모양의 수영 모자가 어울리지 않았지만 얼굴에서는 빛이 나는 듯했다.

그녀가 숨을 헐떡이며 말했다.

"전 바다가 정말 좋아요. 이곳 바다는 너무 따뜻하고 예쁘네요."

푸아로는 그녀가 수영을 무척 좋아한다는 사실을 알 수 있었다.

"더글러스와 저는 수영이라면 사족을 못 써요. 더글러스는 몇 시간씩이나 물 속에 있고는 해요."

그렇게 말하는 순간 마저리의 어깨 너머로 수영을 유난히 좋아한다는 더글러스 골드가 해변가에 있는 모습이 눈에 들어왔다. 그는 앉아서 밸런타인 챈트리와 이야기를 나누고 있었다.

"도대체 왜 안 들어오는지 모르겠네……."

그녀가 어린아이처럼 의아해하는 듯한 목소리로 말했다.

푸아로는 생각에 잠긴 채 밸런타인 챈트리를 바라보고 있었다. 푸아로는 옛날에도 저런 식으로 주목을 받는 여자들이 있었다는 생각을 했다.

옆에 있던 골드 부인이 갑자기 숨을 훅 들이쉬더니 차갑게 말했다.

"저 여자는 자기가 아주 매력적이라고 생각하나 봐요. 하지만 더글러스는 저런 타입을 안 좋아하는 걸요."

에르퀼 푸아로는 아무 대꾸도 하지 않았다.

골드 부인은 다시 바다 속으로 뛰어들었다.

그녀는 일정한 속도로 천천히 팔을 저으며 해변에서 멀어져 갔다. 그녀가 물을 사랑한다는 것은 누구라도 알 수 있었다.

푸아로는 발걸음을 돌려 해변에 있는 사람들에게로 갔다. 노신사 반스 대령이 합세해 일행은 더 늘어나 있었다. 그는 젊은이들과 즐겨 어울리는 퇴역 군인이었다. 파멜라와 사라 사이에 앉아 이야기를 나누고 있었는데, 파멜라와 각종 스캔들을 적절히 꾸며가며 신나게 이야기하느라 정신이 없었다.

챈트리 중령은 심부름을 마치고 돌아와 있었다. 그와 더글러스 골드가 밸런타인의 양옆에 나란히 앉아 있었다.

밸런타인은 두 남자 사이에서 아주 꼿꼿한 자세로 앉아 양옆에 앉은 두 남자를 번갈아 쳐다보며 특유의 애교가 섞인 목소리로 거리낌 없이 이야기했다.

그녀는 자신이 겪은 한 가지 일화를 막 마친 참이었다.

"……그래서 그 바보 같은 남자가 뭐라고 했게요? '비록 1분밖에 안 되는 시간이었지만 어디에서든 당신을 기억하겠습니다. 아무도 모르게요.' 그랬지, 토니? 전 참 사랑스러운 남자라고 생각했어요. 세상은 정말 친절한 것 같아요. 그러니까 제 말은 모든 사람이 항상 제게 엄청 잘해 준다는 뜻이죠. 왜 그런지는 모르겠어요. 그냥 그러는 것 같아요. 하지만 전 토니에게 말했죠. 자기, 기억하지? '토니, 혹시 털끝만큼이라도 질투가 나면 저 수위를 질투해도 좋아.' 그 수위는 정말이지 너무 사랑스러웠거든요 ……."

잠시 침묵이 흐른 후 더글러스 골드가 말했다.

"정말 좋은 친구들이네요. 수위들 중에도 그런 사람이 있군요."

"그러게요. 하지만 엄청나게 고생을 했죠. 그런데도 저를 도와줄 수 있다는 사실에 그저 즐거운 것처럼 보였어요."

더글러스 골드가 말했다.

"이상할 것 전혀 없습니다. 당신을 도울 수 있다면 분명 누구라도 그럴 거예요."

그녀가 즐겁다는 듯 소리쳤다.

"정말 멋지세요! 토니, 들었어?"

챈트리 중령이 무언가 투덜거리자 그의 아내가 한숨을 내쉬며 말했다.

"토니는 결코 말을 예쁘게 하는 법이 없어요. 그렇지, 자기?"

그녀는 길게 자란 손톱에 빨간 매니큐어를 칠한 손으로 그의 검은 머리카락을 헝클어뜨리며 말했다.

챈트리 중령이 갑자기 그녀를 곁눈으로 바라보았다. 그녀가 낮은 목소리로 말했다.

"이 사람이 어떻게 나를 참아주는지 정말 모르겠어요. 이 사람은 엄청 똑똑한 사람이거든요. 머리가 말도 못 하게 좋아요. 그리고 저는 항상 말도 안 되는 이야기만 하는데, 이 사람은 전혀 개의치 않는 것 같아요. 사실 모든 사람이 제 말을 개의치 않아요. 사람들이 제 버릇을 잘못 들이고 있다니까요. 정말 저한텐 엄청 나쁜 것 같아요."

챈트리 중령이 건너편에 있는 사내를 보고 말했다.

"바다에 들어가 있는 사람이 당신 아내입니까?"

"네, 이제 아내한테 가 봐야겠군요."

그러자 밸런타인이 중얼거렸다.

"하지만 이곳은 태양이 너무 멋진데. 아직 바다에 들어가지 마세요. 여보, 토니. 난 오늘은 수영 안 할까 봐. 첫날이잖아. 감기 같은 거 걸리면 어떡해. 자기는 한번 들어가 보지 그래? 자기가 들어가 있는 동안 골드 씨가 내 옆에 계셔 줄 거야."

챈트리 중령이 약간 무서운 목소리로 말했다.

"아니, 됐어. 아직 안 들어갈 거야. 골드 씨, 당신 아내가 당신에게 손을 흔드는 것 같습니다."

밸런타인이 말했다.

"부인이 수영을 정말 잘하시네요. 분명 뭐든지 잘하는 엄청 똑똑한 여자분일 거예요. 저는 그런 여자분들을 보면 항상 겁나요. 꼭 저를 경멸하는 것 같거든요. 전 뭐를 하든 엄청 서툴러서. 정말 완전 바보라니까요. 안 그래, 토니?"

하지만 이번에도 챈트리 중령은 툴툴대기만 했다.

그의 아내가 다정하게 소곤거렸다.

"자기 날 너무 사랑해서 인정하지 못하는구나. 남자들은 정말 너무 충직하다니까요. 저는 남자들의 바로 그런 점이 좋지만요. 제 생각에 남자들이 여자들보다 훨씬 더 충직한 거 같아요. 남자들은 절대 험한 말도 안 하거든요. 하지만 항상 생각해 온 건데 여자들은 좀 소심해요."

사라 블레이크가 몸을 돌려 푸아로를 바라보며 소리를 죽여 말했다.

"친애하는 우리 챈트리 부인이 바로 소심함의 완벽한 전형 아니겠어요. 어쩜 저토록 머리가 텅 빈 여자가 있을 수 있죠? 아무래도 제가 이제까지 만난 사람 중에서 밸런타인 챈트리가 최고로 바보 같네요. 저 여자는 '여보, 토니.'라는 말이랑 이리저리 눈을 굴리는 것밖에 할 줄 몰라요. 머릿속에 뇌 대신 이불솜이라도 들었나."

푸아로가 표현력이 풍부한 눈썹을 치켜올리며 말했다.

"엉 프 세베르(그건 좀 심하시군요)!"

"그런가요. 그럼 순종 '고양이'쯤으로 해 둘까요. 도대체 무슨 수로 살아가는 걸까? 남자가 혼자 있는 꼴은 못 보나 봐요. 남편은 폭발하기 일보 직전인 것 같은데."

푸아로가 바다 쪽을 내다보며 말했다.

"골드 부인은 수영을 잘하는군요."

"그러네요. 우리랑 다르게 물에 젖는 것쯤은 아무렇지도 않은가 봐요. 챈트리 부인은 이곳에 와 있는 동안 물 속에 한 번이라도 들어갈려나."

"그런 일은 없을 겁니다. 화장이 지워지는 위험을 감수하려 들지 않을 테니까. 어느 정도 나이가 들었을 텐데도 저 정도면 충분히 아름다운 건데도."

반스 장군이 쉰 목소리로 말하자 사라가 짓궂게 놀렸다.

"챈트리가 장군님 쪽을 보고 있어요. 그리고 화장 이야기는 틀리셨어요. 요즘 우리가 쓰는 화장품은 다 방수가 되고 키스를 해도 안 묻어난다고요."

파멜라가 중계했다.

"골드 부인이 나옵니다."

사라가 흥얼거리듯 말했다.

"재미있는 광경이 벌어지겠는데요. 부인이 남편을 데리러 오시네. 데려간다. 데려간다."

골드 부인은 해변 쪽으로 바로 올라왔다. 그녀의 몸매는 꽤 예뻤지만 평범한 방수 수영모는 멋지다고 하기엔 너무 투박했다. 그녀가 안달을 하며 말했다.

"안 올 거야, 더글러스? 바다가 정말 멋지고 따뜻하단 말이야."

"가야지."

더글러스 골드는 서둘러 자리에서 일어섰다. 그가 잠시 주춤하자 밸런타인 챈트리가 그를 올려다보며 달콤한 미소를 지어 보였다.

"오 르부아르(또 봐요)."

그녀가 말했다.

골드와 그의 아내는 물가로 내려갔다.

그들에게 말소리가 들리지 않을 정도가 되자 파멜라가 비난조로 말했다.

"저런 행동은 현명하지 못해요. 다른 여자와 함께 있을 때 남편을 얼른 채가는 것은 언제고 좋은 방책이 아니죠. 너무 집착하는 것처럼 보이거든요. 남편들은 그걸 싫어하고요."

"파멜라 양, 아가씨는 남편에 대해 아주 많이 아는 것 같습니다."

반스 장군이 물었다.

"다른 사람들 남편에 대해서는요. 제 남편에 대해서는 몰라요."

"아! 또 그런 차이가 있었군요."

"하지만 적어도 '하지 말아야 할 것'들은 많이 안다고 봐야죠."

"글쎄, 자기. 나 같으면 무엇보다 저런 모자는 쓰지 않을 거야."

사라가 말했다.

"내가 보기엔 아주 실용적이고 좋아 보이는데. 전반적으로 멋지고 분별이 있는 아담한 여자분인 것 같습니다."

반스 장군이 말했다.

"제대로 보셨어요, 장군님. 하지만 분별 있는 여자에게는 한계가 있다는 거 아시잖아요. 아까 밸런타인 챈트리를 상대할 때는 그런 분별을 제대로 발휘하지 못한 것 같은데."

사라가 말했다. 그녀는 고개를 돌려 낮으면서도 흥분한 목소리로 속삭였다.

"지금 저 남자 표정을 한번 보세요. 폭발하기 직전이에요. 저 남자는 정말 성격이 끔찍할 것 같이 생겼어……."

골드 부부가 함께 물러간 이후 챈트리 중령은 정말 유난히 기분이 나쁘다는 듯 오만상을 찌푸리고 있었다.

사라가 푸아로를 올려다보고 말했다.

"선생님, 이 모든 상황을 어떻게 보세요?"

에르퀼 푸아로는 아무 대꾸도 않은 채 검지로 다시 모래에 도형을 하나 그렸다. 아까와 똑같은 삼각형 모형이었다.

사라가 생각에 잠기며 말했다.

"끝나지 않는 삼각관계. 아마 선생님이 맞을 거예요. 만일 그렇다면 앞으로 몇 주간이 재밌어지겠는데요."

제2장

무슈 에르퀼 푸아로는 로도스 섬이 실망스러웠다. 그는 심신을 쉬고 휴일을 즐기기 위해 이 섬에 온 것이었다. 특히 범죄가 없는 휴일을 기대했다. 10월 말에는 로도스 섬에 인적이 거의 없어서 세상에서 동떨어진 아주 평화로운 곳이라는 이야기를 들은 터였다.

그 말 자체는 충분히 사실이었다. 로도스 섬을 방문한 사람은 챈트리 부부, 골드 부부, 파멜라와 사라, 반스 장군 그리고 푸아로 자신이 전부였기 때문이다. 하지만 이 제한된 사람들 속에서 무슈 푸아로의 총명한 두뇌는 앞으로 전개될, 필연적인 사건의 양상을 감지하고 있었다.

그가 자책하듯이 말했다.

"내 머리가 범죄를 위주로 돌아가서 그런 거야. 신경성이야, 신경성! 별 상상을 다 하는군."

하지만 푸아로는 여전히 염려스러웠다.

어느 날 아침 그는 아래층에 내려갔다가 골드 부인이 테라스에 앉아 자수를 놓는 것을 보았다.

푸아로가 다가가자 골드 부인은 케임브릭 천으로 된 손수건 한 장을 재빨리 감추는 것 같았다.

골드 부인의 눈동자는 무미건조하면서도 어딘가 미심쩍게 밝았다. 태도 역시 너무 활기차서 오히려 그늘이 엿보인다고 생각될 정도였다.

"안녕하세요, 무슈 푸아로."

푸아로는 속으로 골드 부인이 그토록 자신을 반기는 것이 이상하다고 생각했다. 골드 부인은 푸아로와 잘 모르는 사이였기 때문이다. 그리고 에르퀼 푸아로는 일에서라면 자부심이 강한 사람이었지만, 자신이 가진 개인적 매력에 대해서는 겸허하게 평가를 내릴 줄 알았다.

"안녕하십니까, 부인. 오늘도 날씨가 참 좋군요."

"네, 정말 다행이지 않아요? 물론 더글러스와 저는 날씨에 관한 한은 항상 운이 좋아요."

"그러십니까?"

"그래도 우린 제법 운이 좋은 편이에요. 푸아로 선생님도 잘 아시겠지만, 불행하고 어렵게 사는 부부가 어디 좀 많은가요. 이혼이니 뭐니 하는 것들을 하는 부부도 부지기수지요. 제가 가진 것에 감사할 줄 알아야지요."

"그렇다니 정말 다행이군요, 부인."

"네, 더글러스와 저는 정말 너무 행복해요. 결혼한 지 이제 5년인데, 사실 요즘 5년이면 정말 오래 산 거잖아요."

"그 시간이 영원처럼 느껴지는 부부도 분명 있겠지요."

푸아로가 냉담한 목소리로 말했다.

"……그런데 저희는 처음 결혼했을 때보다 지금이 더 행복한 거 같아요. 저희는 정말 서로에게 딱 맞는 부부예요."

"그렇다면 부족할 게 없지요."

"그래서 행복하지 못한 사람들을 보면 마음이 너무 안쓰러워요."

"그 말은……."

"아, 저는 그냥 일반적인 이야기를 하고 있는 거예요, 무슈 푸아로."

"그렇군요. 그러시겠죠."

골드 부인은 비단실 한 가닥을 들어올려 햇빛에 비추어 보고는 맘에 든다는 표정을 지었다. 그리고 말을 이었다.

"가령, 챈트리 부인은……."

"챈트리 부인이오?"

"절대 좋은 여자가 아닌 것 같아요."

"그럴 수도 있겠지요."

골드 부인은 손가락이 떨려 바느질을 제대로 하지 못했다.

"사실 솔직히 말하면 좋은 여자가 아닌 게 분명해요. 물론 동정심을 들게 하는 부분이 있기는 하지만. 왜냐하면 말이죠, 그렇게 돈도 많고 예쁜데도 남자들이 계속 머물지를 못하거든요. 제가 보기엔 남자들이 아주 쉽게 싫증을 내는 타입인 것 같아요. 그런 것 같지 않나요?"

"저부터도 그녀와 나누는 대화가 싫증나는 데 그다지 장대한 시간이 걸리지 않을 것 같군요."

푸아로가 조심스럽게 말했다.

"네, 제 말이 바로 그 말이에요. 물론 매력적인 부분이 있기는 해요."

골드 부인은 여기서 멈칫거리고는 입술을 부르르 떨었다. 그녀의 바느질이 영 불안했다. 에르퀼 푸아로보다 관찰력이 예리하지 못한 사람일지라도 그녀가 심란한 상태라는 것은 충분히 알 수 있을 터였다. 그녀가 뜬금없이 말을 이었다.

"남자들은 정말 어린아이 같아요. 뭐든지 다 믿는……."

그녀가 자수 쪽으로 몸을 구부렸다. 그때 자그마한 케임브릭 천 조각이 얼핏 다시 한 번 보였다.

에르퀼 푸아로는 화제를 돌리는 편이 좋겠다고 생각했다.

"오늘 오전에는 수영을 안 하십니까? 남편분은 해변으로 내려가셨나요?"

골드 부인은 푸아로의 얼굴을 올려다보고 눈을 깜박거리며 다시 거부감이 들 정도로 밝은 모습을 보였다.

"오늘 아침에는 안 하려고요. 저희 부부는 고대 도시의 성벽을 보기로 했어요. 그런데 어쩌다 보니 엇갈려 버렸네요. 사람들이 저를 빼고 출발했어요."

그들이 누구를 말하는 것인지 알 만했지만, 푸아로가 미처 대답도 하기 전에 반스 장군이 아래쪽 해변에서 올라와 그들 옆에 놓인 의자에 털썩 주저앉았다.

"안녕하십니까, 골드 부인. 안녕하십니까, 푸아로 씨. 오늘 아침엔 두 분 다 바다에서 도망치기로 하신 겁니까? 빠진 사람들이 많군요. 두 분에, 골드 부인의 남편, 그리고 챈트리 부인까지."

"챈트리 중령님도 같이 간 것 아닌가요?"

푸아로가 무심결에 묻자 장군이 킬킬 웃으며 말했다.

"아니요, 그는 아래 해변에 있습니다. 파멜라에게 잡혔지요. 그 때문에 한참 애를 먹고 있답니다. 책에나 나올 법한 고집 세고 말없는 사내를 만나서 말이죠."

마저리 골드가 몸을 약간 떨면서 말했다.

"전 그 남자가 좀 무서워요. 어떨 때는 너무 음울해 보이고요. 꼭 무슨 일이라도 저지를 것만 같아요."

반스 장군이 유쾌한 목소리로 말했다.

"신경성 소화불량 때문에 그럴 겁니다. 사실 상사병이나 주체할 수 없는 분노 같은 것들이 알고 보면 다 소화불량 때문이라니까."

마저리 골드는 희미하게 공손한 미소를 지어 보였다.

"그런데 부인의 멋진 남편분은 어딜 가셨습니까?"

장군이 묻자 마저리 골드는 망설이지도 않고 자연스럽고 유쾌한 목소리로 대답했다.

"더글러스요? 아, 챈트리 부인이랑 시내에 나갔어요. 아마 고대 도시의 성곽을 보러 갔을 거예요."

"하, 그렇군요. 무척 재미있겠네. 기사들이 살던 시대의 것 아닙니까. 부인도 가셨어야지."

"안타깝게도 제가 좀 늦게 내려와서요."

그녀는 갑자기 자리에서 일어나더니 우물우물 실례하겠다는 말을 하고는 호텔 안으로 들어가 버렸다.

반스 대령이 걱정스럽다는 듯 마저리의 뒷모습을 바라보다가 부드럽게 고개를 저었다.

"작지만 멋진 여잡니다. 굳이 이름을 입에 올리지 않아도 알겠지만 얼굴에 떡칠한 매춘부 같은 여자 한 트럭보다도 나을 겁니다. 하, 남편이란 작자들은 어찌나 바보 같은지. 자기가 얼마나 복 많은 놈인지도 모르고 말이지요."

그는 다시 한 번 고개를 저었다. 그러더니 자리에서 일어나 안으로 들어갔다.

사라 블레이크는 막 해변에서 올라와 장군이 한 마지막 말을 들었다.

그녀는 자리를 뜨는 전사의 뒤에 대고 얼굴을 찌푸리더니 의자에 풀썩 앉았다.

"작지만 멋진 여자, 작지만 멋진 여자라고요! 남자들은 언제나 촌스러운 여자들에게 후한 점수를 줘요. 하지만 현실에서는 그 떡칠한 매춘부들이 이기거든요. 슬프지만 그게 현실이에요."

"마드무아젤, 난 이 모든 상황이 맘에 들지가 않습니다."

푸아로가 퉁명스럽게 말했다.

"그러세요? 저도요. 아니, 솔직히 말씀 드리면 사실 전 좋은데요. 사람들에겐 사악한 면이 있잖아요. 사건이나 대형 재난, 혹은 친구들에게 나쁜 일이 생기면 좋아하는."

"챈트리 중령님은 어디 있습니까?"

"해변에서 파멜라에게 붙들려 완전 분석을 당하고 있어요. (어떻게 보실지는 모르겠지만 혼자 아주 신이 났죠.) 하지만 그 와중에도 기분은 여전히 나아지지 않고 있어요. 제가 갔을 때는 금방 천둥이라도 울릴 듯 험악한 표정이었어요. 곧 돌풍이 몰아칠 거예요. 제가 장담하지요."

"이해가 안 되는 무언가가 있습니다."

푸아로가 중얼거렸다.

"이해는 원래 쉽지 않은 거예요. 중요한 것은 앞으로 무슨 일이 일어날 것인가 하는 점이지요."

사라가 말하자 푸아로가 고개를 가로저으며 중얼거렸다.

"마드무아젤 말씀마따나 마음의 동요를 일으키는 건 바로 미래지요."

"그 말씀 정말 멋지네요."

사라는 이렇게 말하고는 호텔 안으로 들어갔다.

문간에 이르렀을 때 그녀는 그만 더글러스 골드와 부딪힐 뻔했다. 문에서 나오는 그 젊은 남자의 표정은 다소 신난 듯했지만, 그와 함께 약간의 죄책감도 묻어났다.

"안녕하십니까, 푸아로 씨."

그러고는 이목을 의식한 듯 덧붙였다.

"챈트리 부인에게 십자군 원정대가 사용했던 성벽을 보여 주고 오는 길입니다. 마저리는 가고 싶지 않다고 해서요."

푸아로의 눈썹이 약간 치켜 올라갔다. 그는 뭐라 한마디 해 주고 싶은 심정이었으나 밸런타인 챈트리가 당당히 걸어와 들뜬 목소리로 크게 말하는 바람에 기회를 놓치고 말았다.

"더글러스, 나 핑크진. 지금 내게는 핑크진이 꼭 필요해요."

더글러스 골드는 술을 시키러 나갔다. 밸런타인은 푸아로 옆에 놓인 의자에 주저앉았다. 오늘 아침 그녀에게서는 빛이 나는 듯했다. 그녀는 남편과 파멜라가 함께 걸어 올라오는 것을 보고는 한 손을 흔들며 소리쳤다.

"여보, 토니, 수영 잘했어? 오늘 아침은 정말 너무 멋지지 않아?"

챈트리 중령은 아무 대꾸도 하지 않았다. 그는 성큼성큼 걸어와 그녀를 쳐다보지도 않은 채 단 한 마디 말도 없이 휙 지나치더니 바 안으로 사라졌다. 두 손을 양편에 불끈 쥐고 있어 고릴라와 더욱 흡사한 모습이었다.

완벽하면서도 다소 멍청해 보이는 밸런타인 챈트리의 입술이 벌어졌다.

그녀는 약간 멍한 얼굴로 "아." 하고 말했다.

파멜라 리올은 이 상황이 너무도 재미있다는 표정이었다. 하지만 특유의 천진난만함을 이용해 그 표정을 최대한 가린 채 밸런타인 챈트리 옆에 앉아 물었다.

"오늘 아침은 즐거우셨어요?"

"황홀 그 자체였어요. 우리는······."

밸런타인이 그렇게 말했을 때 푸아로는 자리에서 일어났다. 이번에는 그가 유유히 바로 향했다. 더글라스 골드가 빨갛게 상기된 얼굴로 핑크진이 나오길 기다리고 있는 게 보였다. 그는 화가 나 어쩔 줄 몰라 하는 표정이었다.

그가 푸아로에게 말했다. 그러고는 챈트리 중령이 나가고 있는 방향을 바라보며 고개를 끄덕였다.

"저 작자는 완전 짐승이에요."

"그럴 수도 있죠. 충분히 그럴 수 있습니다. 하지만 레 팜므(여자들)는 짐승 같은 남자를 좋아한다는 걸 기억해야 합니다."

푸아로가 말하자 더글러스가 낮은 목소리로 중얼거렸다.

"저자가 그녀를 학대한다 해도 전혀 놀랍지 않을 겁니다."

"그녀는 그것까지도 좋아할 겁니다."

더글러스 골드는 곤혹스럽다는 표정으로 푸아로를 바라보다가 핑크진 잔을 들고 바를 나갔다.

에르퀼 푸아로는 등받이가 없는 의자에 걸터앉아 시로 드 카시스(카시스 시럽) 한 잔을 주문했다. 푸아로가 즐거움의 탄식을 길게 내뱉으며 시로 드 카시스를 천천히 마시고 있는데 챈트리 중령이 들어오더니 핑크진 몇 잔을 빠른 속도로 연거푸 들이켰다.

그러더니 돌연 거친 목소리로 말했다. 그 말은 푸아로에게 하는 말이라기보다는 세상 사람들에게 대고 하는 말 같았다.

"밸런타인이 예전에 그 바보 같은 놈들에게 그랬던 것처럼 나 하나쯤 간단히 처리할 수 있다고 생각한다면 그건 완전히 오산이야! 그녀를 반드시 손에 넣고 내 곁에 두고 말겠어. 다른 놈이 그녀를 차지하려면 내가 죽는 걸 봐야 할 거다."

그는 돈 몇 푼을 내던지더니 발길을 돌려 바를 나갔다.

제3장

 에르퀼 푸아로가 예언자의 산으로 간 것은 그로부터 3일이 지난 뒤였다. 황금빛 녹색으로 물든 전나무 사이에 난 드라이브 길은 상쾌하고 쾌적했다. 구불구불한 길을 따라 점점 더 높이 올라가니 인간들 사이에서 벌어지는 시시한 다툼과 불화 따위는 싹 잊혀지는 듯했다. 차는 식당 앞에 멈추어 섰다. 푸아로는 차에서 내려 숲 속 길을 따라 걸었다. 그러자 마침내 정말로 세상의 꼭대기인 것만 같은 장소가 나타났다. 저 멀리 아래로 눈부시게 빛나는 푸르른 바다가 보였다.
 그는 마침내 이곳에 와서야 세상의 온갖 시름에서 벗어나 평화를 느낄 수 있었다. 에르퀼 푸아로는 나무 그루터기 위에 잘 갠 외투를 조심스럽게 놓고는 자리를 잡고 앉았다.
 '분명히 르 봉 디유(하느님)는 자신이 하는 일을 잘 알고 계신다.

그런데 도대체 왜 그런 인간 족속들을 다 만드신 것인가. 에 비엥(아), 여기 있는 동안만이라도 머리 아픈 문제들일랑은 다 잊자.'

이렇게 생각하던 푸아로는 순간 깜짝 놀라 고개를 들었다. 갈색 코트에 치마를 입은 키 작은 여성이 서둘러 그를 향해 오고 있었던 것이다. 마저리 골드였다. 지금의 그녀에게서는 밝은 모습을 전혀 찾을 수 없었다. 얼굴은 눈물로 범벅이 되어 있었다.

푸아로는 그녀를 피할 방도가 없었다. 마저리 골드가 그에게로 달려들었던 것이다.

"무슈 푸아로, 저 좀 도와주세요. 너무 비참한 기분이어서 뭘 어떻게 해야 할지 도무지 모르겠어요. 제가 어찌해야 할까요? 어떻게 해야 할까요?"

그녀는 넋이 나간 얼굴로 푸아로를 바라보며 그의 웃옷 소매를 꽉 잡았다. 그러더니 푸아로의 얼굴에 나타난 무언가에 소스라치게 놀라 움찔하며 약간 뒤로 물러났다.

"그…… 그 표정은 뭐죠?"

그녀가 더듬거리며 물었다.

"제 충고가 필요하십니까, 부인? 충고를 부탁하시는 겁니까?"

그녀가 우물쭈물하며 말했다.

"네……. 네……."

그는 퉁명스러운 말투로 가차 없이 말했다.

"에 비엥(그럼), 말씀 드리지. 당장 이곳을 떠나요. 너무 늦기 전에."

"뭐라고요?"

마저리는 푸아로를 뚫어져라 바라보았다.

"똑똑히 들었잖습니까. 이 섬을 떠나란 말입니다."

"섬을 떠나라고요?"

그녀는 멍한 얼굴로 푸아로를 바라볼 뿐이었다.

"그렇게 하라고 말했습니다."

"하지만 왜요……. 왜 그래야 하죠?"

"그게 부인에게 드리는 내 충고입니다. 삶을 소중히 여긴다면 그렇게 해요."

그녀는 숨도 제대로 쉬지 못했다.

"아니, 도대체 그게 무슨 말씀이시죠? 지금 절 겁주시는 거죠? 절 겁주시는 거예요."

"맞습니다. 그럴 작정입니다."

푸아로가 근엄한 목소리로 말했다.

마저리는 얼굴을 양손에 파묻고는 풀썩 주저앉았다.

"하지만 전 그럴 수가 없어요. 그가 가지 않으려 할 거예요. 더글러스 말이에요. 챈트리가 놔주려 하지 않을 거예요. 그녀는 지금 더글러스를 완전히 지배하고 있어요. 몸과 마음 모두를요. 더글러스는 그녀에 대한 나쁜 말은 들으려고 하지를 않아요. 더글러스는 지금 그녀에게 미쳐 있어요. 그녀가 하는 말이라면 뭐든 믿고요. 그 여자 남편이 자기를 학대한다는 말이며, 자기는 무고한 피해자라는 말, 아무도 자기를 이해해 준 적이 없다는 말들을요. 더글러스는 더 이상 제 생각은 하지도 않아요. 전 이제 아무것도 아닌 거예요. 전 그에게 이제 아무 소용이 없어요. 그는 제가 자유를 주기를 바라고 있어요. 이혼해 달라는 이야기죠. 더글라스는 그녀가 남편이랑 이혼하고 자신과 결혼해 줄 거라 믿고 있어요. 전 겁이 나요. 챈트리는 그녀를 포기하지 않을 거예요. 그럴 사람이 아니니까. 어젯밤 그 여자는 더글러스에게 팔에 멍이 든 자국을 보여 주면서 남편 때문에 생긴 거라고 했대요. 더글러스는 길길이 날뛰었어요. 그는 너무 정의로워요. 아, 두려워요. 이제 어떻게 될까요? 제가 어떻게 해야 할지 좀 말씀해 주세요."

　에르퀼 푸아로는 선 채로 바다 너머 바로 보이는 아시아 대륙의 푸른 능선을 바라보며 말했다.

　"말했잖습니까. 당장 이 섬을 떠나요. 너무 늦기 전에."

　그녀가 고개를 저으며 말했다.

　"전 그럴 수가 없어요. 그럴 수가 없어요. 더글러스가 가지 않으면……."

　푸아로는 한숨을 지었다.

　그리고 어깨를 으쓱할 뿐이었다.

제6장

에르퀼 푸아로는 파멜라 리올과 함께 해변에 앉아 있었다. 그녀가 신난다는 투로 입을 열었다.

"삼각관계가 점점 심각해지고 있어요. 어젯밤에는 두 남자가 그 여자를 끼고 양옆에 앉아 있었다니까요. 험악한 얼굴로 서로를 노려보면서 말이죠. 챈트리 중령님은 술을 엄청 마셔댔고요. 그리고 더글러스 골드 씨를 보란 듯이 모욕했어요. 골드 씨는 대처를 아주 잘했고요. 발끈하지 않고 잘 참더라고요. 물론 밸런타인은 그 모습을 보고 즐거워했지요. 사람 잡아 먹는 호랑이가 기분이 좋아 가르릉거리는 딱 그 모습이었어요. 이제 어떻게 될까요?"

푸아로가 고개를 저으며 말했다.

"난 걱정스럽습니다. 무척 걱정스러워요."

리올 양이 본심을 감추고 말했다.

"아, 다들 그런 마음이죠. 사실 이런 일은 탐정님 전문이잖아요. 나중에는 탐정님 일이 될지도 모르고 말이죠. 뭐 하실 수 있는 일이 없을까요?"

"할 수 있는 일이라면 벌써 했습니다."

리올 양이 한껏 몸을 앞으로 기울이며 신이 난다는 듯한 목소리로 물었다.

"어떤 일을 하셨는데요?"

"골드 부인에게 너무 늦기 전에 섬을 떠나라고 충고했답니다."

"아……. 그렇다면 탐정님 생각은……."

그녀가 말을 멈추었다.

"말해 보세요, 마드무아젤."

"그게 일어날 거라 생각하시는 거죠?"

파멜라가 느릿느릿 말했다.

"하지만 그가 그럴 리는 없어요. 그는 결코 그런 짓을 할 사람이 아니에요. 그 사람도 알고 보면 정말 좋은 사람이거든요. 다 챈트리 그 여자 때문이야. 그는 절대로…… 그 사람은 절대로……."

그녀는 말을 멈추었다가 다시 조용한 목소리로 말했다.

"살인이죠? 탐정님이 마음속으로 생각하고 계시는 게."

"누군가가 마음속으로 그 생각을 하고 있지요. 내 나중에 말해 드리겠습니다."

파멜라가 갑자기 몸을 부르르 떨었다. 그녀가 단정하듯 말했다.

"말도 안 돼요."

제5장

10월 29일 밤, 사건이 전개된 양상은 그보다 더 분명할 수가 없었다. 먼저 맨 처음 장면에는 두 남자, 골드와 챈트리가 등장했다. 챈트리의 목소리가 계속해서 커지더니 마지막 말은 데스크의 직원, 지배인, 반스 장군 그리고 파멜라 리올에게까지 들릴 정도였다.

"이 빌어먹을 자식! 너랑 아내가 그런 식으로 날 속일 수 있을 거라 생각한다면 큰 오산이야! 내가 살아 있는 한 밸런타인은 내 아내라고."

그러더니 붉으락푸르락하는 얼굴로 호텔을 박차고 나가 버렸다.

그것이 저녁 전의 일이었다. 그런데 저녁 식사 후에 (어찌된 영문인지는 아무도 알 수 없었다.) 화해가 이루어졌다. 밸런타인은 마저리 골드에게 달밤 드라이브를 나가자고 했고, 파멜라와 사라도 그들을 따라 나섰다. 골드와 챈트리는 함께 당구를 쳤다. 그리고 나서는 라운지에 있는 에르퀼 푸아로와 반스 장군에게 합류했다.

챈트리가 기분 좋은 얼굴로 미소를 짓고 있는 것은 그를 만난 이래 거의 처음이었다.

"게임은 재밌었습니까?"

장군이 묻자 중령이 말했다.

"이 친구가 너무 잘합니다. 46점을 연속으로 올리더군요."

더글러스 골드는 겸손하게 이 말을 부정했다.

"순전히 운이 좋았던 거죠. 정말입니다. 뭐 드시겠어요? 제가 가서 주문을 하겠습니다."

"핑크진 갖다 주면 고맙겠습니다."

"알겠습니다. 장군님은?"

"고맙군요. 소다수를 탄 위스키 한 잔."

"저도 같은 걸로 하지요. 무슈 푸아로는?"

"너무 친절하십니다. 난 시로 드 카시스로 하겠습니다."

"시럽 뭐라고요?"

"시로 드 카시스. 블랙커런트로 만든 시럽입니다."

"아, 리큐어(식물성 향료, 단맛 등을 가미한 강한 알코올음료—옮긴이)의 일종이군요. 알겠습니다. 그런데 그런 게 여기 있을까요? 전 한 번도 들어본 적이 없는데."

"있습니다. 그리고 그건 리큐어가 아니에요."

더글러스 골드가 웃으며 말했다.

"이상한 맛이 날 것 같은 이름이네요. 하지만 다 나름의 취향이 있으니까요. 가서 주문하고 오겠습니다."

챈트리 중령이 자리에 앉았다. 워낙에 말이 많거나 사교적인 사람이 아니었지만 되도록 사근사근하게 굴기 위해 최선을 다하는 모습이 엿보였다.

"소식 하나 못 듣고 지내는데도 아무렇지 않다는 게 신기하군요."

그가 말하자 장군이 투덜거리며 말을 받았다.

"《컨티넨탈 데일리 메일》은 4일씩이나 걸려서 내게는 그다지 소용이 없습니다. 물론 《타임스》를 이쪽으로 배달시키고 매주 편지도 받아보긴 하지만, 오는 데 시간이 지독히도 오래 걸리지요."

"총선 때 이번 팔레스타인 사태가 주요 이슈가 될까요?"

"그 일은 완전히 잘못 돌아가고 있어요."

장군이 이렇게 단언했을 때 더글러스 골드가 다시 모습을 나타냈다. 웨이터 하나가 술을 들고 그의 뒤를 따라왔다.

반스 장군이 1905년 인도에서 군생활을 할 때의 일화를 꺼냈다. 두 영국인 남자는 그다지 큰 관심을 보이진 않았지만, 공손한 태도로 그의 말에 귀를 기울여주었다. 그러는 사이 에르퀼 푸아로는 자신이 시킨 시로 드 카시스를 음미했다.

장군의 이야기가 절정에 다다르자 사람들은 모두 예의를 갖추고 웃음을 터뜨려 주었다.

그때 여자들이 라운지 문간에 모습을 나타냈다. 네 명의 여인 모두 더할 나위 없이 기분이 좋은지 웃고 떠드느라 정신이 없었다.

밸런타인이 챈트리 중령 옆에 놓인 의자에 털썩 앉으며 큰 소리로 이야기했다.

"여보 토니, 정말 너무 근사했어. 골드 부인이 정말 대단한 생각을 해냈지. 모두 같이 갔어야 했는데."

그녀의 남편이 말했다.

"술은 어떤 것으로 할래?"

그가 다른 사람들의 얼굴을 묻듯이 바라보았다.

"여보, 난 핑크진."

밸런타인이 말했다.

"전 진저비어를 탄 진이오."

파멜라가 말했다.

"전 사이드카(브랜디와 레몬주스를 섞은 칵테일 — 옮긴이)로 주세요."

"알겠소."

챈트리가 자리에서 일어섰다. 그는 아직 입을 대지 않은 자신의 핑크진을 아내에게 건네주며 말했다.

"이거 마셔. 내 걸로 한 잔 더 주문할 테니. 골드 부인께서는 뭘로 드시겠습니까?"

골드 부인은 남편의 도움을 받아 윗도리를 벗고 있던 중이었다. 그녀가 몸을 돌려 미소를 지으며 말했다.

"오렌지에이드 한 잔 부탁드려도 될까요?"

"알겠습니다. 오렌지에이드."

그는 문 쪽으로 걸어갔다. 골드 부인은 남편의 얼굴을 보며 미소를 지었다.

"정말 너무 멋졌어, 더글러스. 같이 갔으면 좋았을걸."
"그러게 말이야. 다음에 한번 같이 가 보자, 응?"
그들은 서로를 바라보며 미소를 지었다.
밸런타인이 핑크진을 집어 들고 쭉 들이켰다.
"오! 이게 필요했어."
그녀는 커다랗게 숨을 내쉬었다.
더글러스 골드는 마저리의 웃옷을 가져다 기다란 의자 위에 걸쳐 두었다.
사람들 곁으로 다시 돌아왔을 때 그가 날카로운 목소리로 물었다.
"저기, 왜 그래요?"
밸런타인 챈트리가 몸을 가누지 못하고 의자에 기대 있었던 것이다. 입술은 새파랬고 손으로 심장 부근을 누르고 있었다.
"맛이…… 이상해요……."
그녀는 헐떡거리면서 어떻게든 숨을 쉬어 보려 했다.
챈트리가 다시 라운지 안으로 들어왔다. 그의 발걸음이 빨라졌다.
"이봐, 벨, 도대체 왜 그래?"
"모, 모르겠어……. 저 술……. 맛이 이상해……."
"핑크진?"
챈트리는 얼굴을 홱 돌렸다. 그의 얼굴이 흥분을 못 이겨 실룩댔다. 그는 더글러스 골드의 어깨를 잡았다.
"저건 내 술이었어. 골드, 도대체 저기다 뭘 넣은 거야?"
더글러스 골드는 경련이 일어나고 있는 밸런타인의 얼굴을 얼이 빠진 채 바라보고 있었다. 그의 얼굴은 새하얗게 질려 있었다.

"나…… 나는…… 절대."

밸런타인 챈트리가 의자에서 미끄러져 내렸다.

반스 장군이 소리를 질렀다.

"어서 빨리 의사를……."

하지만 5분 후 밸런타인 챈트리는 숨을 거두고 말았다.

제6장

다음 날 아침 수영하는 사람은 하나도 없었다.

심플한 어두운 색 드레스를 입은 파멜라 리올은 창백한 얼굴로 홀에서 에르퀼 푸아로를 붙들더니 자그마한 서재로 데려갔다.

"정말 끔찍해요, 끔찍하다고요. 탐정님께서 말하신 대로예요. 예상하셨잖아요. 살인이 일어날 거라고."

그녀의 말에 푸아로는 엄숙한 표정으로 고개를 숙였다.

"어떡해! 막으셨어야죠. 어떻게든 말이에요. 막을 수 있었잖아요."

그녀가 바닥에 발을 동동 구르며 말했다.

"어떻게 말입니까?"

에르퀼 푸아로가 물었다.

이 말에 순간 그녀는 말이 막혔다.

"누군가에게 가서 알렸으면……. 뭐 경찰이나……."

"가서 뭐라고 하면 됩니까? 사건이 일어나지도 않았는데 뭐라고 말하죠? 누군가 살인을 저지를 생각을 하고 있다? 말해 드리지요, 몽 앙팡(이 어린 아가씨야). 인간이란 말입니다, 다른 인간을 죽이겠다고 마음을 먹으면……."

"피해자에게 경고는 하실 수 있었잖아요."

파멜라가 억지를 부렸다.

"경고가 아무 소용이 없는 때도 있는 법입니다."

파멜라가 느릿느릿 말했다.

"아니면 살인자에게 경고를 하시거나요. 무슨 마음을 먹고 있는지 다 알고 있다는 걸 알려줬으면……."

푸아로가 이해한다는 듯 고개를 끄덕였다.

"그래요. 그 방법이 더 낫긴 하지요. 하지만 그러면 범죄자는 더욱 악독한 마음을 품을 뿐입니다."

"무슨 말씀이죠?"

"자존심 말입니다. 범인들은 자신의 범죄가 실패할 거라고 결코 생각하지 않거든요."

파멜라가 소리쳤다.

"말도 안 돼요, 그런 말씀이 어디 있어요. 이번 사건은 너무 유치해요. 어젯밤에 경찰이 와서 더글러스를 바로 체포해 갔어요."

그가 무언가를 곰곰이 생각하며 말했다.

"그래요, 더글러스 골드는 너무 어리석었습니다."

"그보다 더 멍청할 순 없어요. 들으니까 경찰이 남은 독을 찾았다고 하던데……. 그게 뭐였더라?"

"스트로판틴의 일종입니다. 심장을 마비시키죠."

"그걸 더글러스가 저녁 식사 때 입었던 윗도리 주머니에서 찾았다는 거잖아요?"

"맞아요."

"정말 멍청해! 가지고 있다가 버리려는 심산이었겠죠. 하지만 엉뚱한 사람이 약을 먹고 죽는 것을 보고 완전히 정신이 나가버렸어요. 연극의 한 장면이라면 정말 볼 만했겠어요. 사랑하는 사람의 남편 술잔에 스트로판틴을 넣었는데 그가 잠시 한눈을 판 사이 아내가 대신 그 술을 마셔 버리고……. 더글러스 골드가 몸을 돌려서 자기가 죽인 사람이 자신이 사랑하는 여자라는 걸 알았을 때 얼마나 소름이 끼쳤을지……."

그녀는 몸을 부르르 떨더니 다시 말을 이었다.

"탐정님의 삼각형 말이에요. 끝나지 않는 삼각관계! 그 결말이 이럴 줄은 누가 생각이나 했겠어요?"

"이렇게 될까 걱정스러웠습니다."

푸아로가 중얼거리자 파멜라가 그를 향해 몸을 돌리며 말했다.

"골드 부인에게 경고를 하셨잖아요. 왜 그에게는 경고를 하지 않으신 거죠?"

"그러니까, 왜 더글러스 골드에게 경고를 하지 않았느냐는 그 말입니까?"

"아니요, 챈트리 중령님에게 말이에요. 그에게 위험에 처해 있다고 말씀해 주실 수 있었잖아요. 결국 더글러스가 제거하려고 했던 장애물은 그였으니까요. 더글러스는 아내를 협박해서 이혼을 하고도 남을 사람이에요. 골드 부인은 마음이 약하고 또 그를 너무 좋아하니까요. 하지만 챈트리 중령님은 고집불통 악마라서 밸런타인에게 절대로 자유를 주지 않으려 했을 거예요."

푸아로가 어깨를 으쓱해 보이며 말했다.

"내가 챈트리 중령님에게 말해도 아무 소용이 없었을 겁니다."

파멜라가 인정한다는 듯 말했다.

"그럴지도 모르죠. 아마 내 일은 내가 알아서 할 테니 지옥에나 떨어지라고 탐정님에게 말했겠죠. 하지만 누군가 나서서 할 수 있었던 일이 분명 있었을 거란 생각이 들어요."

"나는……."

푸아로가 천천히 입을 뗐다.

"밸런타인 챈트리에게 이 섬을 떠나라고 설득할까 하는 생각도 했습니다. 하지만 그녀는 내가 하는 말을 믿지 않을 게 뻔했어요. 그녀는 내가 해 주는 말을 이해하기엔 너무나도 어리석은 여자였습니다. 포브르 팜므(불쌍한 여자), 그녀는 결국 자신의 아둔함에 목숨을 잃은 셈이죠."

"제가 생각하기엔 그 여자가 이 섬을 떠났어도 아무 소용이 없었을 것 같은데요. 당연히 그가 쫓아갈 테니까요."

파멜라가 말했다.

"그러니?"

"더글러스 골드요."

"아가씨는 더글러스 골드가 그녀를 따라갔을 거라고 생각합니까? 오, 아니오, 마드무아젤. 마드무아젤의 생각은 틀렸습니다. 완전히 잘못 생각하고 있어요. 마드무아젤께서는 아직 이 사건의 진상을 파악하지 못했군요. 밸런타인 챈트리가 이 섬을 떠났더라면 그녀의 남편도 함께 사라졌을 겁니다."

파멜라가 알 수 없다는 얼굴로 말했다.

"당연히 그랬겠죠."

"그랬다면 다른 곳에서 똑같은 범죄가 일어났을 거예요."

"그게 무슨 말씀이세요?"

"똑같은 범죄가 다른 곳에서 일어났을 거라고 말했습니다. 어딘가 다른 곳에서 밸런타인 챈트리가 남편에게 살해당했을 거라는 이야기입니다."

파멜라가 그를 뚫어져라 바라보았다.

"지금 밸런타인을 죽인 게 챈트리 중령님, 토니 챈트리라고 말씀하시는 건가요?"

"그렇습니다. 마드무아젤께서도 본 장면이지요. 더글러스 골드가 그에게 술을 가져다 주었을 때 그는 술잔을 앞에 두고 앉아 있었지요. 여자들이 들어와서 우리가 모두 그쪽을 바라보자 그는 준비해 둔 스트로판틴을 핑크진에 넣고는 선심을 베풀 듯 바로 아내에게 건네주었고 밸런타인은 그걸 마신 겁니다."

"하지만 스트로판틴은 더글러스 골드의 주머니에서 발견됐는

걸요!"

"밸런타인이 죽는 걸 보고 모두 경황이 없는 틈을 이용해 스트로판틴을 더글러스의 주머니에 넣는 것쯤은 식은 죽 먹기지요."

파멜라는 2분쯤 시간이 흘러서야 비로소 숨을 제대로 쉴 수 있었다.

"하지만 전 무슨 말씀인지 하나도 이해가 안 가요. 탐정님께서도 분명 삼각관계라고……."

에르퀼 푸아로는 힘차게 고개를 끄덕여 보였다.

"삼각관계라고 말했지요. 그렇습니다. 하지만 마드무아젤께서는 엉뚱한 삼각관계를 생각하고 있었던 겁니다. 아주 똑똑한 연기에 속은 거지요. 마드무아젤께서는 그들이 바라던 대로 토니 챈트리와 더글러스 골드가 모두 밸런타인 챈트리를 사랑하고 있다고 생각했습니다. 그리고 그들의 연기에 넘어가 밸런타인 챈트리와 사랑에 빠진 더글러스 골드가 극단적인 방법을 택해 챈트리에게 치명적인 독을 먹이려 했는데, 엄청난 실수를 저질러 밸런타인 챈트리가 대신 그 독을 마셨다고 믿게 된 거지요. 하지만 그 모든 것은 다 착각입니다. 챈트리는 얼마 전부터 아내를 없애려고 마음을 먹고 있었어요. 그녀가 죽도록 지겨웠던 거죠. 난 첫눈에 알 수 있었습니다. 그는 돈 때문에 그녀와 결혼한 거였어요. 이제 그는 다른 여자와 결혼을 하고 싶었죠. 그래서 밸런타인을 죽이고 그녀의 돈을 챙기려 한 거였습니다. 그 결과 살인이 일어난 거고."

"다른 여자라면?"

푸아로가 느릿느릿 말했다.

"맞아요. 그 작달막한 여인 마저리 골드. 끝나지 않는 삼각관계는 분명 있는 거였습니다. 하지만 아가씨는 전혀 엉뚱한 방향에서 보고 있었죠. 두 남자 모두 밸런타인 챈트리에게는 털끝만큼도 관심이 없었어요. 밸런타인의 허영과 마저리 골드의 아주 영악한 연기에 속아 넘어가 그렇게 생각하게 된 것뿐입니다. 골드 부인은 아주 영악한 데다 그 새침함이 아주 매력적인 여자예요. 작은 체구로 보호 본능을 일으킨단 말이죠. 나는 그 여자와 똑같은 유형의 여인들이 범죄를 저지른 경우를 네 번이나 보아왔습니다. 애덤스 부인이라는 여자는 남편 살인죄로 기소되었다가 무죄로 석방되었는데, 그 여자 짓이라는 건 모두가 알고 있었지요. 메리 파커라는 여자는 숙모와 애인, 그리고 형제 둘을 죽였는데 약간 방심하는 바람에 붙잡히고 말았죠. 그리고 로우든 부인이라는 여자도 있었는데 결국 참수를 당했고요. 레크레이 부인은 가까스로 탈출에 성공했죠. 이 여인이 마저리 골드와 정확히 일치하는 유형입니다. 난 그녀를 보는 순간 바로 알 수 있었어요. 그런 유형은 오리가 물에서 헤엄치는 것처럼 쉽게 범죄를 저지른답니다. 꽤나 잘 꾸민 계획이었지. 말해 봐요, 더글러스 골드가 밸런타인 챈트리를 사랑했다는 증거를 본 적이 있습니까? 곰곰이 되뇌어 생각해 보면 골드 부인은 자신감이 넘쳤고, 챈트리가 질투심을 억제하지 못하고 폭발한 것뿐이었다는 걸 알 수 있을 겁니다. 이제 알겠나요?"

"끔찍해요."

파멜라가 소리쳤다.

푸아로가 탐정의 냉정함을 유지하고 말했다.

"영악한 한 쌍이었죠. 그들은 여기서 '만나' 범죄 계획을 세운 겁니다. 그 마저리 골드라는 여자야말로 냉혹한 악마인 거죠. 아무 죄도 없는 불쌍한 남편을 양심의 가책 한 점 없이 단두대로 보내려 했으니 말입니다."

파멜라가 소리질렀다.

"하지만 어젯밤 경찰에 체포되어 끌려간 건 더글러스 골드잖아요."

"그랬죠. 그런데 그러고 나서 내가 잠깐 경찰과 몇 마디 이야기를 나누었답니다. 챈트리가 술잔에 스트로판틴을 집어넣는 것은 분명 나도 보지 못했어요. 나 역시 다른 사람들과 마찬가지로 라운지 안으로 들어오는 여인들을 보고 있었으니까. 그런데 밸런타인 챈트리가 독약을 마셨다는 걸 안 순간, 나는 그녀의 남편에게서 눈길을 떼지 않고 지켜봤습니다. 난 그가 스트로판틴을 더글러스 골드의 윗도리 주머니에 집어넣는 걸 보았습니다."

그는 얼굴에 엄숙한 표정을 지으며 말을 이었다.

"나는 훌륭한 목격자지요. 이름이 잘 알려져 있으니까. 경찰은 내 이야기를 듣자 사건을 완전히 다른 방향으로 바라보았습니다."

"그래서 어떻게 되었나요?"

파멜라가 이야기에 푹 빠져든 채 물었다.

"에 비엥(그래서), 경찰은 챈트리 중령에게 몇 가지 물었지요. 처음에 그는 노발대발하며 부인하려 했지만, 사실 그는 그렇게 영악한 사람이 못 돼서 곧 무릎을 꿇었답니다."

"그러면 더글러스 골드는 풀려난 건가요?"

"그렇죠."

"그러면 마저리 골드는요?"

푸아로의 얼굴이 굳어졌다.

"난 그녀에게 경고했어요. 분명히 경고했죠. 예언자의 산 위에서 말입니다. 지금이 범죄를 피할 수 있는 유일한 기회라고. 내가 그녀를 의심하고 있다는 사실도 분명히 전달되도록 했습니다. 그녀도 내 뜻을 알아차렸지만 그녀는 자신의 영악함을 너무 믿었어요. 삶을 소중히 여긴다면 이 섬을 떠나라고 일렀건만. 하지만 그녀는 남는 편을 택했습니다."

〈끝〉

옮긴이 | 왕수민

서강대학교에서 철학과 역사학을 전공했고 현재 인트랜스 번역원의 전문번역가로 활동 중이다. 옮긴 책으로 『교황 베네딕토 16세 평전』, 『브라보! 마이 라이프』, 『논리는 힘이 세다』, 『Abs 다이어트』, 『2007 세계대전망』(공역) 등이 있다.

애거서 크리스티 전집
뮤스가의 살인

3판 1쇄 찍음 2021년 7월 2일
3판 1쇄 펴냄 2021년 7월 9일

지은이 | 애거서 크리스티
옮긴이 | 왕수민
발행인 | 박근섭
편집인 | 김준혁
책임편집 | 정미리
펴낸곳 | 황금가지

출판등록 | 2009. 10. 8 (제2009-000273호)
주소 | 135-887 서울 강남구 신사동 506 강남출판문화센터 5층
전화 | 영업부 515-2000 편집부 3446-8774 팩시밀리 515-2007
홈페이지 | www.goldenbough.co.kr

도서 파본 등의 이유로 반송이 필요할 경우에는 구매처에서 교환하시고
출판사 교환이 필요할 경우에는 아래 주소로 반송 사유를 적어 도서와 함께 보내주세요.
06027 서울 강남구 도산대로 1길 62 강남출판문화센터 6층 민음인 마케팅부

ⓒ ㈜민음인, 2013. Printed in Seoul, Korea
ISBN 978-89-8273-737-4 04840
ISBN 978-89-8273-700-8 04840 (set)

㈜민음인은 민음사 출판 그룹의 자회사입니다.
황금가지는 ㈜민음인의 픽션 전문 출간 브랜드입니다.